こうべ文学逍遥

花と川をめぐる風景

野元　正

監修・大国正美

花と川に着目して読む文学のまち神戸

花と川、その二つのキーワードで神戸を舞台にした文学を読み解くと、どんな風景や作者の思いが見えるだろうか。このテーマを書くのに、筆者ほどの適任者はいないだろう。造園学と環境デザインを専門とする神戸市職員として、須磨離宮公園（旧岡崎邸）、しあわせの村や布引ハーブ園などを手掛け、これらの全体プランから設計、施行監理から管理運営までを担当した。神戸を代表する現代公園の「生みと育ての親」である。「花と彫刻の道」やフラワーロードなどの花意匠の原型もこの人の仕事である。

一方で仕事以外に何かを残したいと、最も仕事に脂が乗った四〇歳のころから小説を書き始めた。第一回「神戸ナビール文学賞」佳作賞、第四回「小谷剛文学賞」佳作賞、第二六回「ブルーメール賞」、第三回「神戸エルマール文学賞」や半どんの会「現代芸術賞」を受賞。明石市文化功労賞、兵庫県文化功労賞、神戸市文化賞も受けた。文化団体の運営にも深くかかわり、芸術文化団体「半どんの会」代表、文芸同人誌『八月の群れ』代表、神戸芸術文化会議運営委員を務めるなど、見事な二刀流を花咲かせている。

本書には、野元さんが吸収し続けてきた知識と蘊蓄が、これでもか、これでもか、と投げられる。神戸市が各区別に出したパンフレット「花を巡る文学散歩」の監修者だったことがその基礎にあるが、本書ではこうした過去の成果を土台にしつつも、周知のことは脇に置いて、まったく新しい切り口を切り開いた。その話題たるや、作者自身のエピソードやその周辺はもちろん、中国や日本の古典や、神話・伝説、日本史、地名学に及ぶ。そして神戸を舞台にした文学作品に、こんなに花や川のことが描かれていることに気づかされ、驚かされる。作者が花や川に筆を及んでいることに、造園の専門家ゆえに見落とさなかったのであろう。本書は作者の新たな境地を切り開いたと言えるのではないか。

野元さんの着眼点を通じて、新たな原作の読み方を教えてもらった。もう一度原作を読みたくなる。そんな思いに無性に駆られる。野元さんの渾身の書による導きに改めて感謝を申し上げ、どこからかでも本書を読み、原作に当たっていただけたらと願う。

二〇二三年六月

大国　正美（神戸新聞社）

はじめに

本書を発刊しようと思ったきっかけは、神戸市建設局が発行した各区版『花を巡る文学散歩』を監修、執筆したことだった。このリーフレットは、読んでいただく市民はじめすべての方がバッグの中にしのばせて、〝こうべ〟の文学逍遥と花と緑のガイドになればという趣旨だった。しかし、現地を見聞し、多くの資料を読むうちに、〝こうべ〟がいかに多くの作家たちに愛され、作品の中に取り上げられているかを知り、少しでも市民や来訪者に知ってほしくなった。それで、ついつい小さなリーフレットに、小さな活字で情報を詰め込んでしまった。写真や図版が多いのは良いが、もっと大きな活字にできないか、という要望をたくさんいただいた。それでいつか本にして思う存分書こうと、秘かに心のなかであたためてきた。

平成28（2016）年、このリーフレットの監修、執筆が認められて神戸市文化賞をいただいた。そのとき、表彰式に出席されていた（一財）神戸観光局の潮崎孝代氏から本にすることを奨められた。私もあのリーフレットに書けなかったことなどをまとめてみたいという願いがあった。そこで発行元の神戸市建設局公園部に許可を得て、本を出す環境は整った。しかし、生来の怠け癖から当時は発刊するまでには至らなかった。

令和4（2022）年、ようやくまとめておこうという気が高まり、潮崎氏の紹介で神戸新聞総合出版センターに発行を打診した。その結果、本書の監修を引き受けてくださった大国正美氏はじめ神戸新聞総合出版センター長合田正典氏から神戸市発行の『花を巡る文学散歩』に加筆して本にするより、花をキーワードに筆者が造園家であることを活かした視点からの文学逍遥にしたらどうか、というまったく新しいご提案をいただいた。

そこで花を巡る神戸を舞台とする文芸作品を、第1章「名作の舞台と花風景」としてまとめた。それに神戸市婦人団体協議会発行の新聞「婦人神戸」に1年間連載した「神戸の川と文学」を加筆改編して、第2章「名作の舞台と川風景」とした。また、各章の関連コラムでは、「花と川風景」や、あまり知られていない〝こうべ〟にちなんだ新鮮な話題を紹介できないかと心がけた。また、筆者が撮影した写真には、できるだけ撮影日時を記載した。地球温暖化の影響で開花予測が著しく難しい現代だが、花風景を読めば、四季のいつごろ咲くか大まかな目安となることをめざした。一方、風景写真は現在と対比できるよう意図した。これは各方面から提供いただいた古写真にも言えるが、文学作品舞台の時代を感じてほしかったからだ。本書が、きな臭い現代社会にあって、少しでも花の香りと川風を感じる癒しの本となることを願っている。

野元　正

こうべ文学逍遥　花と川をめぐる風景　目次

第1章
名作の舞台と花風景

■ウメ（写真の品種は「おもいのまま」）

・学名　Prunus Mume
　分類　バラ科サクラ属の落葉高木
・Prunus（プルナス）＝サクラ属
・Mume（ムメ）は、平安時代の古名。
　万葉集では「ウメ」
・分類法は諸説あるが、一般的には「南光」「白加賀」など食用の「実梅」と観賞用の「花梅」とに分類。花梅は３系統（原種に近い野梅系、花の紅白に関係なく枝の芯が紅色の緋梅系、アンズとの雑種と思われる豊後系）９性に分かれる。

（撮影：2010.3.3）

1　梅

『鶴唳《かくれい》』谷崎潤一郎と鎖瀾閣《さらんかく》と岡本（梅林）公園

（1）中国古典に精通した谷崎

表題『鶴唳』とは、小説に登場する「鶴」とその「唳《な》き声」が物語の展開に重要なモチーフになるからだ。この小説では「梅」が特別な意味を持つ描写はない。梅というより、中国の梅愛好家の故事と物語の核心に至る前の海の見える梅林のある風景という小説舞台の構築にある。

谷崎が『鶴唳』を書いた頃、住んでいた小田原は古くから食用の実梅の産地であり、曽我梅林や小田原城公園梅林など梅の名所としても知られていた。

『鶴唳』のあらすじは、谷崎とおぼしき語り手が小田原らしい城址公園あたりを散策中、「鎖瀾閣」という古い邸で支那服の少女が鶴と遊んでいるのを見る。帰宅後、妻から聞いたその邸の謂れは――中国趣味の当主、星岡靖之助は妻と娘を残して中国に渡る。７年後に、鶴と中国人の少女を連れて帰国。靖之助は日本語を話さず中国好みの暮らしを続ける。そして事件が起きるのだが……。

谷崎はこの小説に似た情景を実際に見たのだろうか。関西に移住してからも『鶴唳』の情景を思い浮かべながら岡本あたりを散策していてふと、小田原に似た海の見える梅林風景に巡り会い、そこに神戸の鎖瀾閣を建てようと

■岡本（梅林）公園から展望
小田原城址からの展望と比べると、市街地はすぐ真下。海は遙か彼方だが、鎖瀾閣は公園の南、阪急神戸線のすぐ上だから、谷崎のころは遮る建物もなく海は見えた。（撮影：2022.11.6）

■小田原城址天守閣からの展望
天守閣から小田原の市街地と海が眼前に広がる。沖の右手に真鶴の半島が見える。

思いついたのではないか。

　ところで、梅の剪定法の奥義は、〈疎影横斜《そえいおうしゃ》〉といわれている。中国・北宋の詩人で梅愛好家の林和靖《りんなせい》が詠んだ〈疎影横斜《そえいおうしゃ》水《みず》清浅《せいせん》暗香《あんこう》浮《ふ》動《どう》月《つき》黄昏《こうこん》〉による。簡単にいえば、よいとされる剪定は、「女」という字のような「くノ一」の枝ぶりに剪定せよということだ。梅は徒長枝や交叉枝が出やすく、剪定した方が花芽がつきやすいので、無駄な枝の剪定を推奨したい。

　林和靖というと、松尾芭蕉の『野ざらし紀行』に、〈梅白し昨日《きの》ふや鶴を盗れし〉という句がある。京都の鳴滝にある門下の三井秋風の山荘を訪ねたとき、そこの梅林で詠んだ句。これを単純に解釈すると、白梅が咲いているが、昨日だったか鶴が盗まれたらしいよ、となるが、芭蕉の心は、林和靖は梅を妻と思い、子を鶴と思って庵《いおり》を結び隠棲したというが、ここは素晴らしい梅林なのに鶴がいないのは盗まれたのだろうかとなる。また『鶴唳』は『晋書』の鶴が唳くのを聞いて故郷を思うという「華亭《かてい》鶴唳」が出典であろう。

　谷崎は中国の古典に精通していたので、林和靖と梅と鶴と妻子のことを知っていて『鶴唳』を書いたと思う。

　寒中、清楚に香る梅の花の趣は、日本人の感性を優しく包む日本的な風情だが、梅の原産地は中国であり、奈良時代以前に、遣隋使や遣唐使によって日本にもたらされた植物だ。万葉集では桜より作品数が多いが、万葉人の本心は「花＝桜」であったと思う。それで平安時代後期以降は「花＝桜」となった。谷崎も作品の系譜から桜に寄せる想いは熱い。

■芦屋市谷崎潤一郎記念館・大石
大石が土石流となって鎖瀾閣を襲ったとき、住吉川沿いの「倚松庵」にいて難を逃れている。鎖瀾閣は天上川に近く、土石流はすさまじかっただろう。（撮影：2010.10.13）

■鎖瀾閣（岡本（梅ヶ谷）の家）
特徴は玄関扉の卍文様や玄関前の花崗岩の階段が『鶴唳』に似る。しかし、谷崎好みの家も円本収入の納税に困り、約２年余で売却した。（NPO 法人潤提供）

（2）短期間で売却した鎖瀾閣

〈……此の町の名所の一つに数へられる見事な梅林がありました。―中略―美しい瓦を載せた四方の軒先は、八字髭のやうにピンと空へ挨ね上がってその下にある卍字つなぎの二階の欄干と共に、日本の建築には余り例のない空想的な曲線を弄んで居るのでした。―中略―（楼閣の正面の額に）「鎖瀾閣」と書いてある〉（『鶴唳』より）

「鎖瀾閣」の名前の由来は、谷崎潤一郎の短編小説『鶴唳』に描かれた和・洋・中折衷の家が「岡本（梅ヶ谷）の家」に酷似していることから、谷崎研究家たつみ都志（武庫川女子大名誉教授）によって名付けられたという。この小説舞台は神戸ではないが、〈東京から程遠くない海岸にある暖かい土地〉で「岡本（梅ヶ谷）の家」に似ている。

昭和３（１９２８）年、谷崎は改造社刊行の「現代日本文学全集」の定価一冊一円の「円本《えんぽん》ブーム」の印税収入で、海の見える眺望のいい梅の里が気に入って、自分でデザインした和・洋・中が奇妙に折衷した家を建てた。それは谷崎が小田原時代から願望していたものだった。谷崎は作品を書くために引っ越しを繰り返したという。後先は別として現実の生活から小説世界を構築していく場合が多い。それは、『痴人の愛』や『猫と庄造と二人のおんな』や『蓼食う虫』などのモデルを想定すると、女性についても言える。

鎖瀾閣は平成７（１９９５）年１月17日の阪神・淡路大震災で全壊した。

■『摂津名所図会』岡本梅花見圖

近くの岡本梅林公園に市民の浄財を集め、建設後、市民の手による運営をめざして再建される予定だったが、一部市民との折り合いがつかず振り出しに戻っている。

谷崎潤一郎は大の地震嫌いで、大正12（1923）年9月1日、箱根で大震災に遭遇。単身、芦屋の友伊藤甲子之助《こうしのすけ》宅に避難し、やがて妻子と共に二ヶ月間、京都・等持院付近に仮寓した。なぜ等持院近くかというと、最初の妻千代の妹で『痴人の愛』のモデルといわれるせい子を女優にした縁で、知り合いの監督から紹介されたからだ。

やがて、東京の復興に失望し、気候温暖な阪神間の風土に魅せられて関西に定住する。このことは谷崎文学にとって、彼の文学性や美意識に大きな変容を迫り、数々の名作を生む一大転機となった。

芦屋の「谷崎潤一郎記念館」の門前に大石が据えてある。これは昭和13年7月の阪神大水害のとき、鎖瀾閣を襲った土石流で運ばれてきた約15トンの大石だ。そのまま庭石として置かれていたが、竣工に伴い記念館に移し、『細雪』に描かれた災害の恐ろしさと治山治水の大切さを後世に伝える証。

阪神大水害のとき、谷崎は、すでに鎖瀾閣を手放し、住吉川右岸沿いの「倚松庵《いしょうあん》」に住んでいた。倚松庵は現在の位置より南へ約120m下流にあったが、天井川のため、高さがあったので、難を逃れている。

■岡本（梅林）公園上部住宅地からの展望
遠く海と紀伊半島の山並みが見える。今、眼下はビルの町に変貌し、紀伊半島の山並みは変わらない。（撮影：2022.11.6）

■『山水奇観』「摂津岡本」（国立国会図書館蔵）
江戸中期の岡本梅林から海を望む。漁村と田畑の海沿いに集落と帆掛船が見える。前方は紀伊半島の山並み。谷崎が見た眺望は、この景観に近かったと思われる。

（3）『鶴唳』の描写と岡本（梅林）公園

開園はポートピア'81の翌年、昭和57（1982）年。「楊貴妃」、「皇后梅《きさいのうめ》」、「八重紅枝垂れ梅」、「太宰府飛梅」など多品種の梅が楽しめる。またこの公園は、「鎖瀾閣」の近くに梅林がある設定など地形的にも『鶴唳』の描写と酷似している。『鶴唳』の発表は大正10（1921）年6月だから、小田原で書かれたと思われる。先述したように〈東京から程遠くない海岸にある暖かい〉場所はおそらく小田原だろう。一方、神戸の「鎖瀾閣」の建設は、昭和3（1928）年だから、谷崎は、小説舞台と現実の生活を重ねる性癖から阪神間で小田原と似た場所を探していたのかもしれない。

『摂津名所図会』「岡本梅花見圖」を見ると、日陰棚の下で俳諧師らしい人が短冊を片手に仲間と楽しんでいる。甘酒も売っていたようだ。花見圖と岡本梅林公園と場所が一致しているわけではないが、「鎖瀾閣」のあった辺りに「梅ヶ谷」の小字名が残っていることから、岡本（梅林）公園を含めてこの一帯、現在の東灘区岡本6、7丁目に、「♬梅は岡本、桜は吉野、みかん紀の国、栗丹波」と唄われた「岡本梅林」があったことは確かだ。

寛政12（1800）年の『山水奇観』淵上旭江《ふちがみきょっこう》にも「摂津岡本」と海を望む梅林が紹介されている。画賛は、「寒梅千萬　樹一路海　風長疑是　山腰雪布　帆掛暗香」と読める。意味は、よく分からないが、五言にすれば、李白の『静夜思』を参考に意訳すると、寒梅が多く咲き、遙か海風穏やか、是疑うらくは山容の雪か、白い帆掛船が見え、辺りは仄かに梅花の香が漂う、か。

COLUMN 1

年号・令和の典拠

私が大学生のとき、中学、高校と柔道部の先輩、故・鈴木日出男さん（東京大学名誉教授、『源氏物語』の研究家）に誘われて、若き日の万葉学者中西進先生に案内役兼チューターをしていただいて東京学芸大学の女子学生数名と明日香の「橘寺」に宿泊しながら「万葉旅行」に同行したことがあった。中西先生は当時からすでに、新進気鋭の万葉学者だったが、今考えると、誠に恐れ多い贅沢な万葉旅行だったと思う。その中西先生が発案者だといわれている「年号・令和の典拠」について書いておこう。

稲美町の「いなみ野万葉の森」には新年号「令和」の典拠となる『万葉集』巻５の「梅花の歌」32 首の漢文の「歌序」の歌碑がある。「歌序」の一節を挙げる。

〈天平二(730)年正月十三日(太陽暦２月８日)に、帥《そち》の老《おきな》の宅《いへ》に萃《あつ》まりて、宴を申《ひら》く。時に、初春の**令**月《れいげつ》にして、気淑《よ》く風**和**《やわら》ぎ、梅は鏡前《きょうぜん》の粉《こ》を披《ひら》き、蘭《らん》は珮後《はいご》の香《かう》を薫《かをら》す。—以下略—〉

この歌序は中国・東晋の書家、王羲之《おうぎし》の「蘭亭序《らんていじょ》」に擬して書かれた名文といわれている。　　　　＊（　）内は筆者注、太字は令和の２字。

要約すると、「天平２年１月13日に、大宰府の長官、大伴旅人は屋敷に歌人を集めて、正月の宴を開いた。時に初春のめでたい月、空気は清らかで風は穏やかで、梅は鏡の前で白粉を塗る美人のように美しく咲き、春蘭は男の帯の後ろに下げた匂い袋のように匂っている」となる。

「蘭」については、太陽暦２月８日だから、春に花が咲く「春蘭」以外、季節的にほかは考えられない。

■令和の碑（撮影：2022.4.28）

■須磨浦普賢象（大阪造幣局）
平成 2(1990) 年 4 月、神戸市須磨浦公園で発見された枝変わりの里桜。写真は笹部新太郎が整備に力を尽くした大阪造幣局で撮影した。（撮影：2022.4.19）

■『櫻守』の概要

この小説は、昭和 43 年 8 月～12 月、毎日新聞に日本の代表的現代作家 20 人の競作の一環として発表された。モデル笹部新太郎の業績を一庭師弥吉の視点で描いている。小説では弥吉の生い立ち、弥吉と竹部（笹部）との出会い、武田尾演習林（亦楽山荘）、「山桜」など日本固有種の保全といった桜への熱き思いと行動が語られる。特に御母衣ダム建設に伴う樹齢 400 年超えのエドヒガンの移植場面は圧巻だ。

2 桜（一）

『櫻守』水上勉と岡本南公園

(1)『櫻守』のモデル笹部新太郎

水上勉の小説『櫻守』のモデルとなった笹部新太郎は、学者のように机上研究だけでなく、研究家であると同時に実践家でもあった。「古代より日本伝統の桜は赤銅色の葉とともに咲くヤマザクラ（園芸種・里桜も含む）だ、近頃、流行っているソメイヨシノは違う」と言い続けた。また、美しい桜の存続は日常管理など地道な保全育成が大切だが、長期的視野に立つ見識がないと、桜の国の衰退を嘆いた。

自叙伝『櫻男行状』によれば、笹部は大阪堂島の大地主の次男に生まれた。旧制堂島中学校（現・大阪府立北野高校）を出て、旧制第7高等学校造士館（現・鹿児島大学）を経て、東京帝国大学法学部に入る。

「月給取りには絶対なるな。男一疋《いっぴき》この世に生を享《う》けた甲斐のあるだけのことを遺して死ねば本懐ではないか」という父の言により、職業を持たず「桜の研究」に生涯を捧げた。私財を投じて、名木ありと聞けば、その接穂をもらい受け、ヤマザクラやエドヒガンなど日本古来種の桜を残そうと多くの名木の接木や実生を武田尾の私設演習林「亦楽山荘《えきらくさんそう》」や京都向日町の苗圃で育てている。さらに笹部は「櫻男」として日本各地を飛び回る。例えば、大阪

■武田尾演習林への隧道
旧JR福知山線廃線敷の隧道。『櫻守』では弥吉が妻・園と出会うきっかけとなる。（撮影：2007.4.9）

■亦楽山荘（武田尾演習林）
笹部新太郎の私設演習林「亦楽山荘」への道。国鉄福知山線の廃線敷。中ほどにトンネルが見える。川は武庫川。（撮影：2004.5.24）

造幣局の里桜の通り抜けは、笹部が昭和11（1936）年から苗木探しや自営苗圃からの補植などその管理に携わった。また、講演や所蔵する桜に因む文献、書画などを展覧する「桜の会」を開催し、市民に桜の大切さを訴えた。彼と造幣局と市民、三位一体の桜への熱き思いと高い見識により、戦禍の厳しい時局を超えて造幣局の通り抜けは残ったのだ。

（2）水上勉は笹部新太郎をどう小説に描いたか

筆者は、笹部新太郎の桜に捧げた生涯を羨ましく思うが、水上勉は、『櫻守』の主人公を笹部にしなかった。それは彼の生い立ちに由来する。水上は、家の貧困ゆえに10歳（9歳説あり）で京都の相国寺塔頭「瑞春院《ずいしゅんいん》」へ小僧修行に出される。まだ母が恋しい年頃、辛さに脱走を試みて連れ戻され、同じ相国寺塔頭で衣笠にあった「等持院《とうじいん》」へ変わる。しかし、ひもじい生活を送ったようで、寺の池の鯉を縁の下で密かに食べたりした。その辛苦は直木賞受賞作『雁の寺』に反映されている。

水上が辛苦に耐えたのは、紫野にあった妙心寺の檀林・旧花園中学に通学できたからだろうと筆者は思う。中学卒業後、すぐ等持院を出ている。

そんな労苦の末、ようやく流行作家になった彼は、笹部新太郎の桜一途の業績を十分認めながらも、笹部の恵まれた生き方に同調できなかったようだ。

水上文学の主人公は女性なら薄幸の美しき女、男性も見栄えのしない頭の大きい短躯な男でなければならなかった。それ故に、『櫻守』は弥吉という一庭師の目を通して笹部新太郎（小説：竹部庸太郎）は語られる。

■サクラ（写真は「ヤマザクラ」）

・学名　Cerasus jamasakura
　分類　バラ科サクラ属の落葉高木
・Crasasu（ケラサス）＝サクラ属サクラ
・jamasakura（ヤマサクラ）
・ヤマザクラは花と葉が、同時が特徴。
・分類法は国によって異なるが、日本では1992年以降、本来のサクラのみ従来のPrunusからCerasusに統一した。サクラの原種については諸説あるが、一般的には、ヤマザクラ、オオヤマザクラ、オオシマザクラ、カンヒザクラ、エドヒガン、マメザクラ、カスミザクラとする。

（撮影：2014.4.4）

（3）『櫻守』の弥吉は水上勉か

〈花ざかりの四月半ば、やはりここへきて、

「弥ァよ、山桜が満開や」

と祖父がいった。はじめて山桜の名をおぼえた。―中略―どの木もあかみをおびた新葉が出て、花はその新葉のつけ根のあたりに付き、細枝がたわむほど重なっている。桃色のもあり、純白にちかい空の透けてみえるようなうすいのもあった。〉

（『櫻守』より）

これは『櫻守』の冒頭に近い一節だが、水上勉の故郷「福井県大飯郡本郷村（現・おおい町）の桜とイメージが重なる。水上はもともと桜への造詣が深かったかもしれないが、平成４（１９９２）年に故郷の桜や荘川桜《しょうかわざくら》など山里で生きる孤高の桜とその桜守たちを描いた桜随筆集『在所の桜』を刊行しているから、『櫻守』を書くに当たってかなり調査し、その取材の蓄積から桜に対する造詣を深めていったようだ。

それは、日本で消滅したといわれていた昭和７（１９３２）年、イギリスから里帰りした桜は、『櫻守』では笹部新太郎流の表記「泰白《たいはく》」だが、『在所の桜』では、元伯爵鷹司信輔命名による正式表記「太白」に修正されているなど、水上の研究のあとが窺われる。

また、『櫻守』の主人公弥吉と水上勉とは重なる部分が多い。一例を挙げれば、弥吉は伏見の輜重輓馬隊《しちょうばんばたい》に召集されるが、これは水上の履歴と一致する。

■岡本南公園のササベザクラ（撮影：2019.4.4）
須磨離宮公園で接ぎ穂育成されていた２代目。

■笹部桜（ササベザクラ）

笹部桜は、笹部が大阪から神戸岡本（現・岡本南公園）に転居後、所有の種子が庭にこぼれ芽生え、育てたカスミザクラとオオシマザクラ系サトザクラの交雑種と推定される実生の新種桜だ。花は八重に近く、実生から５年で花が咲き（仮名は「五歳桜」）、10 年で樹高は２階屋根まで達した成長の早い桜だ。４月中旬に若葉とともに咲く。日本古来の山桜の伝統を受け継いでいる。

（4）日本人の心と儚く美しい桜

桜は厳しい寒さの冬を越さないと、あのように美しい花を咲かせない。そして「待つ」「ひらく（咲く）」「散る」の感性は日本人の心の中に育まれ、桜は「花見」「種まき桜」など日本人の生活と切り離せないものになっていった。サクラの意味は、民俗学的にいうと、「サ・クラ」であり、サはサ・オトメ、サ・ナエなどと同じ接頭語であり、クラは神霊の依代《よりしろ》（神の坐《いま》すところ）で、日本人は桜をその年の豊かな実りを約束する、「稲霊《いなだま》」が宿る神聖な樹・花と考えてきた。そのため『古事記』『日本書紀』をはじめ『源氏物語』『平家物語』『枕草子』『今昔物語集』『徒然草』『太平記』などの多くの文学で取り上げられている。変わったところでは、古典落語「長屋の花見」なども庶民の花見への思いがジンジン伝わってくる。

『古事記』上つ巻の木花開耶姫《このはなさくやひめ》を例に挙げておく。

天の神の御子が天孫降臨の際、瓊瓊杵尊《ににぎのみこと》は大山祇神《おおやまつみのかみ》の娘である木花開耶姫と出逢い求婚する。父の大山祇神は喜んで、木花開耶姫にその姉の磐長姫《いわながひめ》を副えたくさんの献上品とともに差し出した。瓊瓊杵尊が容姿が醜い磐長姫だけを送り返すと、大山祇神は怒り、木花開耶姫は木の花のように儚《はかな》くなり、天孫の寿命も短くなると告げた。これは木花開耶姫が儚く散る花「桜」を神格化した女神であることを表しているといわれている。

人間の寿命を定めた神話のようだが、桜の儚さと美しさは、日本人の心を打つ儚さと美しさへの郷愁は、永遠のような気がする。

■公園に残置された笹部桜
大震災後枯死した一代目笹部桜。

■笹部桜に寄り添う笹部新太郎（神戸市蔵）
右手の二階家が旧笹部邸の母屋。

（5）笹部桜は2代目―岡本南公園（旧笹部邸＝岡本の家）

〈岡本の駅で阪急を降り、弥吉は、なつかしい川沿いの道を歩いた。鉄扉をあけて弥吉は「京の植木職の北ですねや」といった。〉〈竹部は柔和な老爺の貌をほほえまして、そこにのっそりと立っていた。〉（『櫻守』より）

この引用は、弥吉が岡本の竹部（笹部）の家を訪ねる場面だ。昭和36（1961）年4月、新聞紙上に、竹部（笹部）所有の京都向日町苗圃を日本道路公団が名神高速道路建設の盛土採集地として買収した記事が載っていた。弥吉は竹部が落胆しているだろうと思ったからだ。現在、岡本南公園（旧笹部邸）に行くには阪急岡本駅の北口を出て、阪急沿いの細い道を行くのが近道だが、当時はまだ、北改札口はなかった。しかし、天上川沿いを阪急のガードを潜るぐらいだからこの描写は少し誇張している。

笹部新太郎は、昭和20（1945）年の大阪大空襲で堂島の家を焼け出され、仮住まいをしていたが、昭和35（1960）年、神戸市東灘区岡本5丁目5（旧表示：本山町岡本225）に越してきた。戦災で財産を失い、戦前のように私財を投げ打っての活動は苦しかっただろうと思われる。

笹部の死後、この屋敷跡は神戸市に買い上げられ、昭和56（1981）年、『桜守公園』として開園した。園内には、小説『櫻守』にも出てくる御母衣ダムで移植したエドヒガン（荘川桜）の分身や、同じく小説の中に〈京都広沢の池の宇多野は京の桜の母親〉とある宇多野のモデルという、15代佐野藤右衛

■残された旧笹部邸の門
正面、荘川桜が満開。

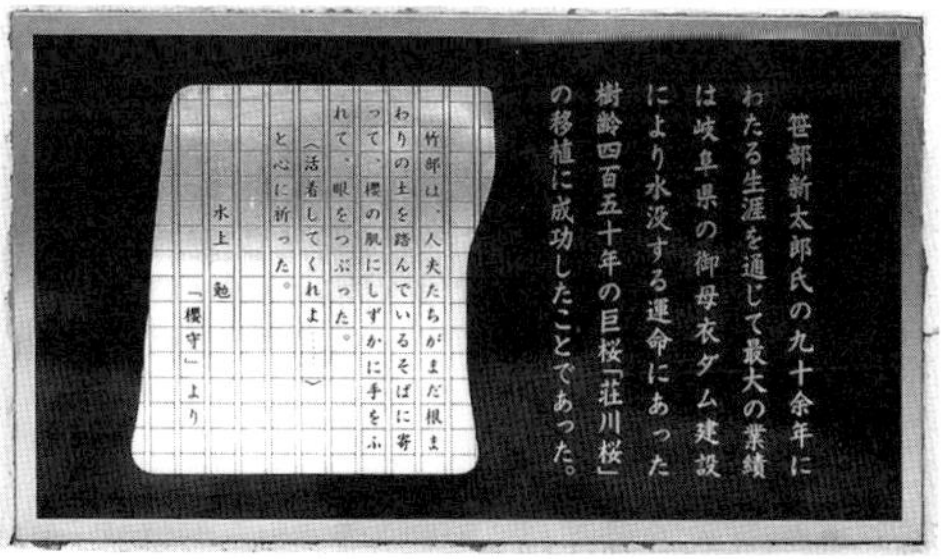

■勝手『櫻守』文学碑（撮影：2022.11.06）
碑文は御母衣ダムのエドヒガン移植の顕彰。

門から贈られたしだれ桜もある。平成4（1992）年、南側の用地が買い増され、約2倍の面積の公園に拡張された。旧笹部邸時代の笹部桜は、平成7（1995）年1月17日の阪神・淡路大震災の影響で水道《みずみち》が絶たれ、枯死したとされていたが、その後の調査で公園整備時の盛土の深植えが遠因のようだ。

（6）『櫻守』文学碑を嫌がった水上勉

岡本南公園、通称「桜守公園」を設計するに当たって、神戸市は数回にわたり、水上勉に文学碑の設置の承諾のお願いに行っている。しかし、水上は頑として文学碑の設置を承諾しなかった。文学者が文学碑の設置を嫌う例はよくある。一例を挙げると、須磨寺にある山本周五郎『須磨寺附近』文学碑をめぐり、詩人で小説家の足立巻一《けんいち》が生前の山本は文学碑をひどく嫌ってい た、と言っている。

神戸市の設計者が何回か水上を訪ねた結果、根負けしたのか彼は、「勝手にしたら……」と言われたので、勝手に設置したのが岡本南公園の『櫻守』文学碑だ。その意味で言うと、とても貴重な文学碑といえる。文学者の矜持に反するかもしれないが、岡本南公園を訪れる人にとっては、個々に植栽された数々の由緒ある桜とともに写真を撮るビューポイントとして人気が高い。

文学碑というものは作者が願って設置するのではなく、その作品に感銘を受けた読者である第三者が、その感動を後世に残すために設置するものかもしれない。

■『細雪』の概要

『細雪』（英文：Makioka Sisters）は、大阪船場の名家・蒔岡家の四姉妹、特に３女雪子の見合い物語を中心に、昭和10年代の関西を舞台に現代の『源氏物語』を意識した絢爛絵巻だ。昭和18（1943）年３月に「中央公論」に連載。６月掲載禁止となるが、秘かに執筆。戦後すぐ、『細雪』上・中・下巻を発表した。見合い会場や買い物・飲食など大阪より神戸のほうが記述が豊かだ。特に昭和13年水害は重要テーマで、「中巻」はその意味でも圧巻だ。また谷崎家の生活が色濃く反映されている。

（撮影：2007.4.17・八重紅枝垂れ桜）

2 桜（二）

『細雪』谷崎潤一郎と紅枝垂れ桜

(1) 桜を恋した谷崎

〈あの、神門を這入《はい》って大極殿を正面に見、西の廻廊から神苑に第一歩を踏み入れた所にある数株の紅枝垂、――海外にまでその美を謳われていると云う名木の桜が、今年はどんな風であろうか、もうおそくはないであろうかと気を揉みながら、毎年廻廊の門をくぐる迄はあやしく胸をときめかすのであるが、今年も同じような思いで門をくぐった彼女達は、忽ち夕空にひろがっている紅の雲を仰ぎ見ると、皆が一様に、／「あー」／と、感歎の声を放った。〉

（『細雪』上巻より）

これは谷崎潤一郎の心を、幸子（イメージは松子夫人）に託して平安神宮の神苑の「八重紅枝垂れ桜」に感歎の声を上げている場面だ。谷崎はこの紅枝垂れ桜に恋をしたのか、毎年、松子夫人やその姉妹や娘鮎子たちと一緒に、平安神宮の桜を愛でた後、南禅寺畔「無鄰菴」横の「瓢亭」で、夕食を食べる、といった優雅な花見コースを楽しんでいる。さらに鹿ヶ谷《ししがたに》「法然院」の谷崎の墓―直筆の「寂」の字を刻んだ潤一郎と松子の墓石―と夫人の妹重子夫妻が眠る「空」の墓石の間に紅枝垂れ桜を植えて草葉の陰で楽しんでいる。

■平安神宮紅枝垂れ桜（撮影：2007.4.17）
廻廊の門をくぐり、南神苑の紅垂れ桜の天蓋を通り抜ける。今は４月１週に開花。

■『細雪』文学碑（撮影：2022.4.7）
阪急芦屋川駅北すぐ、芦屋川左岸。松子直筆の『細雪』文学碑と紅枝垂れ桜。左上が開森橋。

（2）『細雪』なのに雪が降らない物語

タイトルの『細雪』の意味は、『広辞苑』を引くと、〈こまかに降る雪。また、まばらに降る雪。冬の季語〉とある。しかし、雪の降る場面はなく、「サクラ」のイメージが濃い。細雪のように降りしきる桜の花びらだ。

この物語の主人公、蒔岡家四姉妹の三女「雪子」の名前に、雪という字が当てられているに過ぎない。『細雪』は、谷崎が『源氏物語』の現代語訳を上梓し、その余韻をかって昭和17（1942）年から書き始めた。現代の『源氏物語』をめざして書かれたことは谷崎自身も語っている。絢爛たる現代版『源氏物語』を考えるとき、谷崎自身の嗜好はもちろんだが、それを超越した日本人の心に深く根ざす儚く美しい「サクラ」をモチーフにしよう、儚く美しく散るいさぎよさに絢爛たる「日本の美」を感じたのではないか。

突き進む軍靴の世相に、古き佳き日本文化が滅び行くのではないかという不安――その恐ろしい流れにあらがう想いが、『細雪』を書き始めた動機ではないのか。そう考えるとき、モチーフは「サクラ」でなければならなかった。古来より日本文化の象徴としての「サクラ」を、戦意高揚の具に使ってほしくない想いがこの作品には秘められていると思う。

また谷崎は、『源氏物語』「花宴《はなのえん》」の景も心に描いただろう。満開の「左近の桜」の下《もと》、光源氏は詩作と『春鶯囀《しゅんおうでん》』の舞で賞賛されるが、宴のあと、政敵右大臣家、弘徽殿女御《こきでんのにょうご》の妹朧月夜《おぼろづきよ》の君と結ばれる。これが須磨退去の遠因となる。

■谷崎潤一郎の墓と満開の紅枝垂れ桜
（京都・法然院）（撮影：2023.3.29）

■『徒然草』吉田兼好が嫌った奈良八重桜
（撮影：2009.4.13・都賀川河畔）

（3）「八重紅枝垂れ桜」は心裡に秘めた谷崎文学の神髄

『細雪』に絢爛たる「八重紅枝垂れ桜」を描くことで、谷崎は何を私たちに伝えたかったか。（2）に書いたように、「日本の美」を書きたかった。それ以外に谷崎文学の神髄を「八重紅枝垂れ桜」に仮託して心裡《こころうち》を吐露したかったのではないか。谷崎文学は『春琴抄』に代表されるようにサスペンスに満ちている。そのことを頭の片隅において「八重紅枝垂れ桜」を考えてみよう。『徒然草』の吉田兼好が嫌った八重桜（139段）、しかもたおやかにしなだれて紅をさす桜――それを谷崎は法然院の自分の墓に植え、巡る春ごとに眺めている。そこに谷崎文学の神髄が秘められていると思う。兼好は「八重桜」、これは「八重紅枝垂れ桜」ではなく、「奈良の八重桜」だが、異様で、花が重なり合ってひねくれていてわざわざ庭に植えるものではない、と言っている。しかし、谷崎にとっては一重でない、この複雑さが心情なのだ。倒錯した心理――たとえば、谷崎文学は松子夫人のような崇める「芸術の女神」が必要だった。跪《ひざまず》き心を狂わせるほどのマゾヒズムは、華やかだが、どこか心を惑わせる美を匂わす「八重紅枝垂れ桜」と重なる。よく言われることだが、『細雪』で谷崎が本当に書きたかったのは、雪子でも幸子でもなく自由奔放に生きる四女の妙子ではなかったのか。それは処女を奪われた代償として谷崎の心を弄んだ千代夫人の妹、思いのままにならないせいい子とも重なる。

谷崎文学の神髄は、たおやかでしなやかな「八重紅枝垂れ桜」のように、華麗で倒錯した「美」を追求し続けることであったような気がする。

■倚松庵（撮影：2022.12.3）
谷崎は大家に断って書斎を増築している。庭園は戦後住んだ京都の「潺湲亭」とは比べようがないが、『細雪』から推測すると谷崎と松子好みだったろう。今はその面影はない。

■打出の家（後に富田砕花旧宅）
念願が叶って松子と新婚生活を始めた家。谷崎は松子に因んだ「松」を植えている。後に富田砕花の宅となるが、戦災で門右手の書斎を残して本棟は焼失したので、谷崎と松子の住んだ家ではない。（撮影：2010.4.8）

（4）倚松庵

〈此の家は大部分が日本間で、洋間というのは食堂と應接間と二た間つゞきになった部屋があるだけであったが、家族は自分たちが團欒をするのにも、來客に接するにも洋間を使い、一日の大部分をそこで過ごすようにしていた。それに應接間の方には、ピアノやラヂオ蓄音器があり、冬は煖爐に薪を燃やすようにしてあったので、寒い時分になると一層皆が其方にばかり集ってしまい……〉

（『細雪』中巻より）

『細雪』の舞台となる家は、芦屋となっているが、実際谷崎潤一郎が住んでいたのは、住吉川右岸の阪神魚崎駅近くの住吉村（現・神戸市東灘区）反《たん》高林《たかばやし》にあった「倚松庵《いしょうあん》」だった。庵名の謂れは、文字どおり松に倚《よ》り添う庵《いおり》だが、谷崎の松子夫人を芸術の女神と崇める象徴的意味を持つ。

ここは住吉川沿いだが、天井川のため敷地が高かったので、昭和13年の阪神大水害での被害はなかった。

現在は六甲ライナー建設に伴い、さらに約１２０m北に移設されている。「倚松庵」は谷崎潤一郎が『細雪』を書き始めた重要な場所。たつみ都志の『谷崎潤一郎・「関西」の衝撃』によれば、倚松庵の間取りなどは『細雪』の家と符合するという。谷崎はこの家に昭和11（１９３６）年11月から昭和18（１９４３）年11月まで7年間住んだ。平均1年半と、引っ越しを繰り返し、阪神間を放浪したような谷崎にしては長い。

■「倚松庵」庭園（撮影：2022.12.3）
現在の庭園は、枯山水池などは『細雪』の描写と合うが、樹種については変化している。検証が必要だ。

■バイカウツギ（さつまうつぎ）
（撮影：2008.5.28）
漢字で書くと「梅花空木」。かつてライラックと混同された時期があった。

（5）倚松庵庭園

『細雪』貞之助の家のモデルを「倚松庵」と想定すると、当時の庭園の様子は、上巻18章の描写から、敷地は大正末期から開けた芦屋の山林と畑地だったという。庭は、北西側に六甲連山が望まれ、南側はささやかな築山と岩組と枯山水池と芝生と花壇がある和洋折衷の庭のようだ。谷崎と松子夫人の好みは庭園の設《しつら》えより植栽だったことが描写から窺える。

松は松子夫人への谷崎の想いと重なる。新婚時代に住んだ芦屋宮川町の「打出の家」でも松を植えているが、倚松庵では、この土地の昔が偲ばれる2、3本の松の大木を取り入れられていることがお気に入りのようだ。この描写は、住吉川沿いの松林を巧みに庭に残した倚松庵の庭をもとに書かれたことが分かる。また、桜は幸子（松子）が好きで、庭に植えて自宅で花見をしたいと植えたが、巧く育っていないと嘆いている。桜は、陽光を好む陽樹だから、おそらく隣家や他の樹木による日照の影響だと思う。他に庭の樹種は、梅檀《せんだん》、青桐、八重山吹、ライラック、「セレンガ」（和名は「さつまうつぎ」）を挙げている。英名：ライラックLILAC（仏名：リラ）は、〈今雪のように咲き満ちて芳香を放って〉と描写しているところから、白花だろう。

また、雪子たちのフランス人語学教師マダム塚本が故国を懐かしむ花、「セレンガ」は「シリンガ」とも言い、ギリシャ神話の牧神パーンを意味する。日本では花の形が梅花に似ていることから、「さつまうつぎ」より「バイカウツギ」と呼ぶことが多い。

COLUMN 2

『細雪』と昭和13年阪神大水害（住吉川・芦屋川編）

『細雪』では、中巻4章から10章にかけて、「昭和13年阪神大水害」について詳細に、まるで意図して記録を残そうとした谷崎の想いが感ぜられる。下図は国土交通省六甲砂防事務所作成浸水図に、貞之助の家など『細雪』の小説舞台を落としたものだ。

▲住吉川〈住吉橋よりやや上流から〉
（撮影：2022.12.3）

右上の森の下、緑の屋根が白鶴美術館。『細雪』の記述では〈白鶴美術館から野村邸に至るあたりの数十丈の谷が土砂と巨石で跡形なく埋まってしまった〉という。

▲芦屋川〈業平橋を望む〉
（撮影：2010.10.15）

芦屋川業平橋下流の写真。『細雪』では娘悦子を迎えに行ったお手伝いさんのお春が業平橋の桁に水が届きそうだと報告している。

▼昭和13年水害住吉川付近浸水図

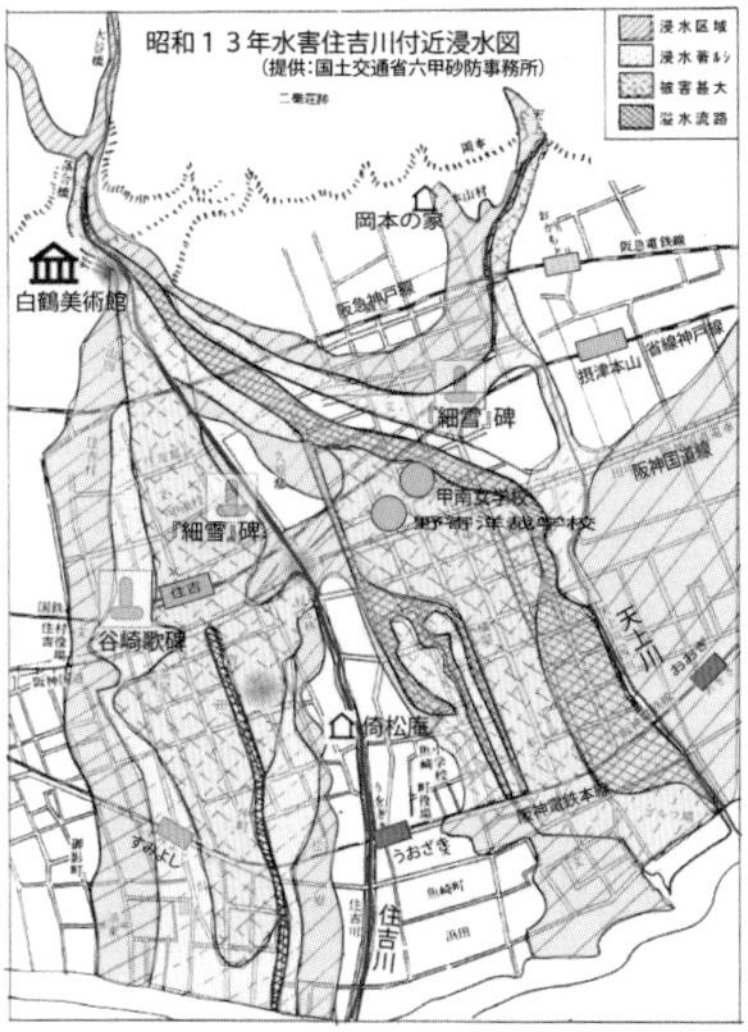

▼昭和13年水害芦屋川付近浸水図

（原図提供：国土交通省六甲砂防事務所）

■国立移民収容所前庭（（一財）日伯協会提供）
渡航のために荷造りをする移民の人々。後方に見える尖塔はお伽の国のお城と言われた、トアロード突き当たりにあったトア・ホテルだ。人々はブラジルで夢を実現できたのだろうか。

■国立移民収容所（神戸移住教養所）
この施設は昭和46（1971）年に閉鎖された。現在は「海外移住と文化の交流センター」として移住ミュージアム、地域在住外国人支援の場、芸術の国際交流の場など多文化共生拠点施設となっている。（撮影：2013.11.14）

3 イペ

『蒼氓《そうぼう》』石川達三とブラジルの国花

（1）蒼氓とは

広辞苑によると、人民、蒼生、たみくさをいうとある。それなら、石川達三の『蒼氓』に描かれたのは、どんな民であったのか。

『蒼氓』の主人公は、新潮文庫『蒼氓』の解説を書いた山本謙吉の言葉を借りていえば、「海外雄飛の先駆者」「無限の沃土《よくど》の開拓者」という美辞麗句のスローガンのもと、生まれて以来抱いたことのない一生一度の夢を抱いて、一本の藁にもすがりつこうとするブラジル移民を志した貧農の群れということができようか。『蒼氓』は、ブラジル移民の募集に応募して全国から集まってきた貧農階級の姿を描いている。2、3の例外を除いて伝来の農地を耕し食いつめてしまい、田畑を地主に返し、なけなしの財産をすべて売り払って渡航しようとしている人々だ。

（2）寒風が吹きすさぶ国立移民収容所

〈一九三〇年三月八日。／神戸は雨である。細々とけぶる春雨である。海は灰色に霞み、街も朝から夕暮れどきのように暗い。／三ノ宮駅から山ノ手に向う赤土の坂道はどろどろのぬかるみである。この道を朝早くから幾台となく自動車が駆け上がって行く。それは殆んど絶え間もなく後から後からと

■初代三ノ宮駅（現・元町駅）
（出典：『ふるさとの想い出写真集』）
『蒼氓』当時の三ノ宮駅。現・三ノ宮駅へ移転（高架）後、跡地に請願駅「現・元町駅」が整備された。

■『蒼氓』の概要

石川は、大学を退学して出版社に就職し、作家をめざすがうまくいかない。兄のつてで移民輸送副監督として移民に参加。『蒼氓』はその体験記に近く、「国立海外移民収容所」を舞台に全国から集まったブラジル移民の乗船までの８日間を描いた作品だ。移民講話や予防接種や眼科のトラホーム診断や移民同士の葛藤などを描いたものだが、移民に夢を持つ人々のありのままの姿や会話が反映され、淡々と描写されている。

続く行列である。この道が丘につき当って行き詰ったところに黄色い無装飾の大きなビルディングが建っている。後に赤松の丘を負い、右手は贅沢な尖塔をもったトア・ホテルに続き、左は黒く汚い細民街に連なるこの丘のうえの是が「国立海外移民収容所」である。〉

（『蒼氓』より）

第1回芥川賞受賞作『蒼氓』の冒頭は、出発までの移民収容所の日々と夢の国ブラジルでの生活さえも暗喩するかのように暗澹とした描写で始まる。

政府の移民奨励政策によって、神戸の高台に「国立移民収容所」（現・神戸市中央区山本通３―19―８）が開設されたのは、明治41（１９０８）年の移民船神戸出港から20年後の昭和３（１９２８）年３月だった。財界と兵庫県、神戸市が国に働きかけてできた内務省所管施設だ。その２年後、新館を増設、１３００人収用できる施設となった。

昭和３年３月３日付『神戸又新日報《ゆうしん》』によると、ここに移民収容所が開設されたことで、海岸通に近い移民宿は客足が減少し、使用人を解雇した宿もある、と報じられている。入所日の３月10日、予め移民宿に宿泊していた移民たちは、いずれも移民会社が手配した自動車で乗りつけたという。移民収容所の第１期生５８１名だった。入所期間は10日以内、出港の日まで各種講話と予防接種に明け暮れるが、滞在費は無料だった。この辺は『蒼氓』の描写のとおりだ。移民収容所とは捕虜収容所を思わせると悪評で、４年後に「神戸移住教養所」と改称している。

■イペ（イペー）（撮影：2006.5.8）

・学名　Tabebuia chrysotricha
　分類　ノウゼンカズラ科タブベイア属の落葉高木
・Tabebuia（タブベイア）＝タブベイア属
・chrysotrica（クリソトリカ）は、黄色い3稜花の意
・別名：キバナノウゼン、コガネノウゼンなど
・ブラジルの国花
・分類法は諸説あるが、南米原住民の古語「神の恵み」という意味のタベイア属だろう。本来、イペは紅花で種小名が「impetignosus（インペティギノサス）」のこと。いつの間にかキバナもイペと呼ぶようになった。花は葉が出る前に咲くので、黄色い桜ともいう。

■イペ（海外移住と文化の交流センター）

（3）イペ

『蒼氓』にイペがブラジルの国花として登場するわけではない。明治41年4月28日、日本最初の移民船「笠戸丸」が神戸港を出港してから100周年を記念して、平成21（2009）年、再整備され蘇った「神戸市立海外移住と文化の交流センター」からJR元町駅、メリケンロード（大丸より海までをいう）、メリケン波止場入り口の「港公園」を経てメリケンパークに至る「鯉川筋」にブラジルの国花「イペ」が植栽された。

鯉川筋の名は道路下を鯉川が暗渠で流れていることに由来する。山麓線北の生協からセンターに至る坂道は、幅員が狭く、イペは植栽出来なかったが、『蒼氓』の描写の面影を残していることから、通称「移民坂」と呼ばれている。また、鯉川もこの坂道につかず離れず地上に現れて流れている。

イペは落葉高木だが、イペの属するノウゼンカズラ科の植物は、アメリカノウゼンカズラなどつる性のものがよく知られている。神戸出身の探偵小説家横溝正史の友人・川口松太郎（第1回直木賞作家）の小説やそれを原作とする田中絹代、上原謙の映画『愛染かつら』のモデルとされる大阪四天王寺・愛染堂勝鬘院《あいぜんどうしょうまんいん》のノウゼンカズラは、巻き付いたカツラの巨樹を枯らしてしまったが、「恋愛成就、夫婦和合の霊木」として知られている。しかし、つる性植物は繁殖力が旺盛なので、花や「蔦の絡まる」などの美辞麗句に魅せられて無闇矢鱈に植えると、あとで大変苦労する。植栽は慎重に考えよう。

▲移民坂（センターから海を望む）
（撮影：2013.11.14）

▲穴門筋
（撮影：2014.12.12）

▲メリケンロード
（撮影：2012.4.27）

移民坂は現在も当時を偲ばせる狭い道路幅だ。写真は収容所の窓から撮影した。町の風情はぬかるみの土の道をイメージすると、なぜか当時を彷彿させる。穴門筋の道路幅はさらに当時に近い。老舗喫茶「エビアン」が懐かしい。メリケンロードのイペを見ながら、国道２号と「臨港線」（平成 15・2003 年まで国道２号と併走）を越えると、右手に税関監視所があった。

（4）ブラジルへの道

(1)移民坂

〈一時間の後、この女房は子供達に着更《きが》えをさせ、男手を失って重くなった荷物をまとめて収容所の玄関を出て行った。窓という窓からは見えなくなるまで皆が見送っていた。昨日の雨は霽《は》れていたがまだぬかるみの坂道を、まるで身投げをしに行く親子のように悄然と下りて行く哀れな後姿であった。〉

（『蒼氓』より）

この引用は夫を刑事に拘束され、収容所を去る女房と3人の子どもたち親子を収容所の窓から見送る移民たちの様子を描写している。なけなしの財産を叩《はた》いて夢見たブラジルへの門出を打ち砕かれた親子の思いと重ね合わせた暗澹たる情景描写だ。〈ぬかるみの坂道〉がいわゆる「移民坂」だ。中央幹線角の生協から収容所までの細い道をいう。

(2)穴門筋

穴門筋の名前は、現在のJR元町駅が三ノ宮駅として地上駅であったとき、線路下を潜《くぐ》る地下道に由来する。現在も元町穴門筋商店街として元町駅を挟んで南北に面影を残している。『蒼氓』当時、鯉川筋はまだ整備されていなかったから、冒頭の〈赤土の坂道〉とはこの穴門筋ではないかと思う。

(3)メリケンロード

神戸開港当時、海岸通と鯉川筋の交差点北西角（現・神戸郵船ビルの場所）

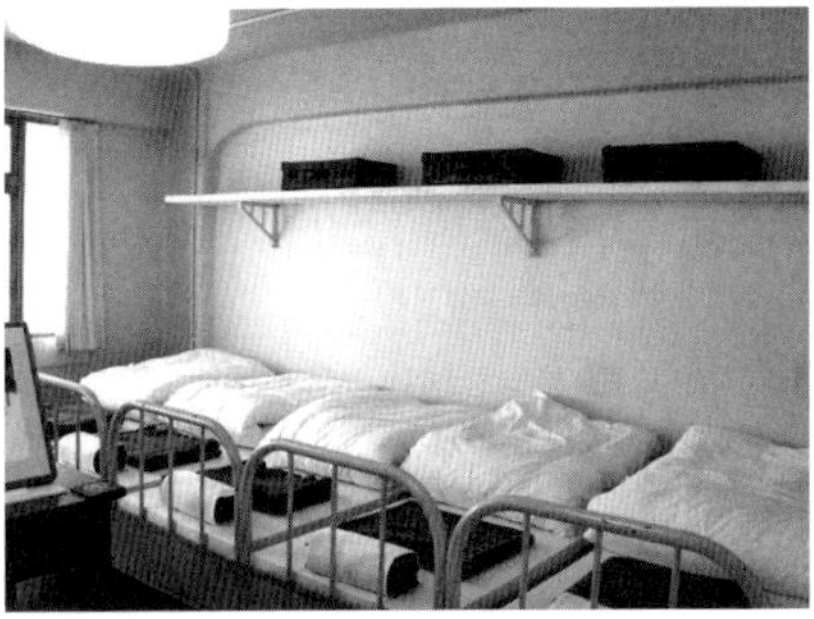

■現・移住ミュージアムの再現宿泊室
再現された部屋はベッド５台だが、実際は中央に通路を取って両側に６台設置されていたので、狭い12人部屋だ。
（撮影：2012.11.14）

■神戸郵船ビル（初代米国領事館跡）
慶応４（1868）年、神戸開港時に「神戸外国人居留地」の整備が間に合わなかったため、当地に領事館を開設した。〇に記念銘板。
（撮影：2022.12.6）

に「アメリカ領事館」があったことから大丸以南の鯉川筋を「メリケンロード」と名付けている。この道の鯉川は居留地外国人の「悪臭がひどい」という苦情を受けて明治８（１８７５）年、暗渠化された。

『蒼氓』の移民たちの乗船（らぷらた丸）は、長蛇の列を作り徒歩で、収容所から移民坂、穴門筋を経て三ノ宮駅（元町駅）のガードを潜り、メリケンロードを南下、海岸通を東行し、京橋筋では京橋を渡り、第３埠頭に向かったと思われる。なお、『蒼氓』の書き出しは、〈一九三〇年三月八日、〉昭和５年のことだ。省線（国鉄、JR）が高架になるのは昭和６（１９３１）年、旧三ノ宮駅のガード下を潜ったか疑問だ。そのあとの〈ゴッと頭の上を汽車が響きを立てて過ぎた。〉は、当時元町付近は高架工事が完了していたのだろうか。

（５）三密の宿泊室

〈室は中央に四尺の通路を空けて、あとは両側にびっしりと十二のベッドが床のように連なっている。通路には二つの長椅子と一つの長い机。〉

（『蒼氓』より）

この描写は１部屋12人だから、10人部屋の上の写真より過密だ。まさに三密状態、しかも、家族ごとだから男女混在。小説では、ヒロインお夏が、わずか２尺ばかりの隣のベッドに寝ている弟を起こすことなく、移民監督助手小水に犯されるなど、新天地をめざす施設にしては劣悪な環境だった。

COLUMN 3

神戸港移民船乗船記念碑『希望の船出』と数奇な移民船「笠戸丸《かさとまる》」

■『希望の船出』菊川晋久（彫刻家）— それは『蒼氓』文学碑

大丸からメリケンロードを南下、国道２号（『蒼氓』当時は海岸通）をメリケンパークに向かう。岸壁には、パイロット船や港湾管理舟艇が舫《もや》われている。平成７（1995）年１月17日、阪神・淡路大震災の被害を今に残す崩れた護岸を過ぎると、メリケンパークだ。右手に客船を象《かたど》った神戸メリケンパークオリエンタルホテルが見えてくる。

公園の突端は、写真スポット〝BE KOBE〟。その横で親子３人がじっと海を見つめている。それが『希望の船出』だ。筆者は勝手にこの記念碑を「『蒼氓』文学碑」だと思っている。この記念碑は像の後ろからともに海を見つめるのが佳い。

■数奇な運命の移民船「笠戸丸」

イギリス製6,000総トン。平均速度約10ノットと船足は遅いが長距離航行に優れている。当初露船だったが、日露戦争のとき、旅順港内で被弾し沈座。日本海軍が捕獲、「笠戸丸」と改名した。

明治時代後期から昭和初期にかけて、外国航路や台湾航路に就航。ハワイやブラジルへ移民が開始されると、移民船として、船底の貨物室を蚕棚のように２段に仕切って使用した。

その後は漁業工船として、漁業会社を転々とする。最後は太平洋戦争終結直前、貨客船としてカムチャツカ沖を航行中、ソ連海軍に爆沈されるという数奇な運命を辿った。何か悲しみを乗せた船という因縁を感じる。

■オリーブ
（写真提供：（公社）香川県観光協会）
・学名　Olea europaea
分類　モクセイ科オリーブ属の常緑高木
・Olea（オレア）＝オリーブ属
・europea（ヨーロッペヤ）は、地中海沿岸原産の栽培種
・本稿では主として栽培種をあげた。Oleaの意味は油質という意味であり、英語のoilの語源。果実は青いうちに収穫し、塩漬けにして食用とする。熟果は搾油しオリーブ油を採る。果実から採れる唯一の植物油。エキストラ・バージン・オイルは果汁100%だ。

4　オリーブ

『埋もれた神戸の歴史』落合重信と神戸阿利襪《オリーブ》園

（1）オリーブが似合う神戸

神戸は明治時代、港町として開港以来、海そして旧神戸外国人居留地を通じて西洋文化が流入しやすい環境だった。特に気候が似るオリーブと野菜とナッツと魚などを中心とする、いわゆる「地中海食」と接する機会も多かっただろう。だから、オリーブへの市民の理解のもと、地中海性気候に似る瀬戸内海性気候の栽培環境が適した神戸にオリーブ園が開設されやすい下地があったのだと思う。先人たちは明治維新を迎え、文明開化の一環として、オリーブ文化の効用を理解し、特産物にしたいと思ったのだろう。

パンにバターでなく、ガーリックとともにエキストラ・バージン・オリーブオイルを塗って食べるパン食文化や、サラダにドッレシングとして用いる食習慣など、オリーブオイルは欠かせないものだったようだ。

また（公財）長寿科学振興財団の健康長寿ネットによると、イタリア、スペイン、ギリシャなど地中海沿岸の国々が常食としている「地中海食」に欠かせないエキストラ・バージン・オリーブオイルは、認知症の予防など健康長寿の植物油として今、再認識されつつあるという。

■湊川神社のオリーブ（撮影：2019.2.28）
正門を入ってすぐ左。樹齢約 140 年か。

■完熟のオリーブの実（撮影：2022.12.11）
オリーブオイルは完熟の果実から搾る。

（2）神戸阿利襪園は2つあった

最近、日本でもフランスパンなどに、バターの代わりにエキストラ・バージン・オイルを使う人が増えている。また自家製ピクルスを作る人も多い。健康に良いことから一気に広まった。

明治6（１８７３）年、ウィーン万博事務副総裁だった佐野常民《つねたみ》が、オリーブを持ち帰り兵庫県勧業場「神戸植物試験場」（現在の県公館の西側を少し南に行った突き当たり付近）に植えたのが日本のオリーブ事始めだ。オリーブというと小豆島産が有名だが、実は国産初は神戸なのだ。

郷土史家落合重信『埋もれた神戸の歴史』（年号等数値については誤謬《ごびゅう》があるので、他の資料と照合し訂正した）によると、このオリーブは残念ながら伐採されて今はない。

次は明治11（１８７８）年に開催されたパリ万博日本館事務官長、前田正《まさ》名《な》が仏国産オリーブ２０００本を東京・三田育種場に持ち帰ったという。明治12（１８７９）年、そのうちの５５０本を兵庫県植物試験場（現・県庁西館あたり）に試植。造園家で新宿御苑や須磨離宮苑地の設計者、福羽逸人《ふくばはやと》のもと、明治15（１８８２）年、初めて結実。福羽逸人により日本で初めて搾油と塩蔵製品製造に成功している。

明治16（１８８３）年、兵庫県植物試験場は兵庫県模範農場と改称。明治17（１８８４）～18年、山本通3丁目地先に造成した「三田育種場神戸支園」に植栽し、気候に合い成長は良好だったので「神戸阿利襪《オリーブ》園」と称した。

■神戸阿利襪園跡地付近（撮影：2013.10.11）
トアロードー右手の北野ホテルから南、山本通３丁目界隈約 1ha がオリーブ園の園域といわれている。現在、市民運動として北野町やトアロードでオリーブを町に植える運動が進められているが、神戸阿利襪園ありしころも私邸にオリーブを植える市民がいたという。

その後、福羽逸人は神戸産でない苗木を小豆島に植え、栽培と搾油の指導をした。すなわち、小豆島のオリーブの栽培、搾油などソフト面のルーツは「神戸阿利襪園」だ。筆者は神戸のオリーブが今も小豆島で生きていると思う。

明治18（1885）年、前田正名は官を辞し、今まで携わってきた「神戸阿利襪園」と「播州葡萄園」の経営を委託され、これらの事業を民間経営とする計画で、本腰を入れるため神戸に移住するが、山梨県知事を拝命。甲州葡萄の育成に貢献した。神戸のオリーブ園は神戸の茶業者山本亀太郎に託される。このオリーブ園はNHK神戸放送局から北、今の北野ホテルあたりまでだったが、県庁に近く次第に他施設用地として削られ、ついに明治29（1896）年、廃園となった。

その後、「神戸阿利襪園」の跡地は川崎造船所創始者、川崎正蔵が買い取り自邸とした。

このような経緯からいずれも幻のオリーブ園だが、筆者はいわゆる「神戸オリーブ園」は現県公館南西側あたりとこの山本通と2つあったと思いたい。

（3）湊川神社のオリーブはどこから来たか

『埋もれた神戸の歴史』や湊川神社の説明板によると、このオリーブのルーツがこの2つのオリーブ園のどちらなのかは定かでない。

しかし、初代湊川神社宮司、折田年秀は珍しい植物を好み、佐野常民、前田正名と昵懇《じっこん》だったことや多数の樹木や苗木の寄贈を受けた記録があるので、このオリーブはいずれかの園から移植されたと想像できるとしている。

■黄金の液体
オリーブの小枝は花瓶に挿すと1週間以上持つ。お洒落なオリーブオイル差しを探そう。

■北野坂のオリーブの列植
（撮影：2022.12.11）
北野坂北詰（旧菊池邸の塀沿い）のオリーブ。かつては花壇だったが、オリーブを植える市民運動の一環として植栽された。

（4）オリーブは黄金の液体

オリーブは地中海原産の常緑高木だが、ヨーロッパの食事に欠かせない植物油だ。普通、植物油は種子から採るが、オリーブは唯一、果実から搾油する。

〈……オデュッセウスを風のあたらぬ所にすわらせ、そばにマントと下着を着るように置き、黄金の壺に入ったなめらかなオリーブ油を与えて、川の流れで身を清めるようにと言った。〉

（『オデュッセイア』ホメーロスより）

『オデュッセイア』は、英雄オデュッセウスがトロイア戦争後、凱旋する途中を描いた物語だが、オリーブオイルが身を清める油として描かれている。この作品の作者は、諸説あるが、吟遊詩人ホメーロスとされており、彼は〈オリーブは黄金の液体〉と言っている。ホメーロスは紀元前8世紀の吟遊詩人と言われているから、オリーブの効用は紀元前の昔から人々に認められていたことになる。

ギリシャ神話では、人間への最も役に立つ贈り物とされている。

新約聖書では「生命の樹」、旧約聖書ではノアの方舟に戻って来た鳩がくわえていた「平和と安全の樹オリーブの枝」だったということはよく知られている。

また、月桂樹（ローレル）ならぬオリーブで編んだ冠は、古代オリンピックで、勝者に与えられたという。

■「錐形の時間」のオリーブ
（布引ハーブ園）
ステンレス鍛造の円錐はハーブの長い歴史を表徴している。

■海が見える風の丘のオリーブ
（布引ハーブ園）
風の丘出入り口のオリーブ。開園時（平成３・1991年）に植栽したものだろう。

（撮影：いずれも 2022.12.11）

（5）布引ハーブ園

「ハーブをテーマにした公園を布引か北神地区に創りたい」

昭和58（1983）年秋、筆者が所属していた公園緑地部政策懇談会の席上のことだったと思う。若手の造園技術職員の、故・伊藤可人が熱心にハーブ園構想を提案した。そのころの神戸市では、政策について一般職員からの提案も故・宮崎辰雄市長・三役まで説明できる機会があった。並行して市は、神戸市公園緑地審議会に昭和42（1967）年7月の大水害で山腹が崩壊し26人という多くの犠牲者を出した「布引ゴルフ場跡地の公園整備方針について」諮問していた。しかし、防災面を考えると、簡単に整備計画が決定できなかった。用地は昭和47（1972）年、犠牲者の補償金を捻出する支援策として神戸カントリークラブから先行買収していたが、二度と災害を起こさないための対策が難しく跡地利用は難航していた。

最終的には現状地形を改変しない自然公園型のハーブ園が提案され、当時の日本では希有だったハーブ園の提案が採用されることになった。

この公園整備をきっかけに、神戸の街角でオリーブをはじめ種々のハーブを見かけるようになった。布引ハーブ園でも計画・設計・施工に従事した筆者は、紀元前から人間の生活とともに生きてきた有用植物としてオリーブを何本か植えたが、その象徴としてロープウエイの山頂駅広場に、当時武蔵野美術大学教授鈴木久夫のオリーブの彫刻「錐形の時間」を設置した。

COLUMN 4

武庫（須磨）離宮と福羽《ふくば》逸人《はやと》とオリーブ

■武庫離宮の選定

■潮見台〈遺構〉からの展望
（撮影：2004.6.19）

神戸の明治における皇室関係の施設は舞子の有栖川宮《ありすがわのみや》別邸（現・舞子ビラ）と弁天浜明治天皇御用邸だけだった。明治30（1897）年6月、宮内省は皇太子殿下（のちの大正天皇）のために、海に臨んだ避暑地として熱海、須磨、明石（明石城跡）、舞子を候補地として挙げた。最終的には須磨と明石に絞られ、結局明石に決定したが、明石離宮の造営は進まなかった。逆に宮内省は明治40（1907）年、須磨の西本願寺貫主大谷光瑞《こうずい》の別荘と隣接地藤野氏の別荘を買い上げ、背後の山林を御料林とし武庫離宮造営に着手、大正3（1914）年に竣工した。

武庫離宮の命名は、『日本書紀』の条、孝徳天皇が有馬温泉に行幸されたとき、武庫川河口付近に行宮《あんぐう》を営んだ故事にちなんだものといわれている。もし、明石離宮が造営されていれば、きっと明石の鯛とタコが献上されたことだろう。

宮内省が明石離宮の決定を覆して須磨の地に離宮を決めたのは、背後の緑豊かな六甲山系と前面の海原を借景とした自然の地の利を得た眺望や観艦式が望める展望のよさからであろう。

（上の写真：2007年以前の展望。今も海は見えるが遠い）

昭和20年12月、武庫離宮は宮内省より神戸市に下賜、ついで進駐軍射撃演習場となるが、接収解除後、昭和42年5月、皇太子殿下（現・上皇陛下）ご成婚記念事業として須磨離宮公園は正式に開園した。

■武庫離宮の庭園設計者福羽逸人とオリーブ

福羽逸人は宮内省の造園技師・子爵。新宿御苑、栗林公園北庭などの設計や「神戸阿利襪園」や小豆島のオリーブの発展に寄与したが、武庫離宮が決定されると、その庭園設計の命が下され、中門前などにオリーブも植栽している。右写真は、当時のものではないが、代々受け継がれている。福羽は武庫離宮の設計に際して天然の絶景とよく調和した庭園方式は何かを苦慮する。

■オリーブ（中門前）
（撮影：2022.12.16）

■福羽逸人（出典：『福羽逸人回顧録』）

■旧制神戸一中の建物基礎と移植楠の碑
この碑はJR神戸線の北、新生田川右岸にある。旧制神戸一中はこの川畔にあったが、昭和13(1938)年4月、現・上野が丘へ移り、戦後、県立第一高女と合併。兵庫県立神戸高校へその伝統は引き継がれた。旧制神戸二中と同じカーキ色の制服だった。(撮影：2014.12.12)

■雲中小学校（大正初期）
(神戸市文書館提供、神戸観光局港湾振興部蔵)
雲中小学校は幕末の寺小屋「香字庵学舎」から発展。明治5(1872)年学制発布とともに小学校となった。田宮虎彦は、当時住んでいた西灘村原田（途中から味泥）から通学していた。

5 朝鮮ダリア

『朝鮮ダリヤ』田宮虎彦、『神戸―我が幼き日の……』田宮虎彦・小松益喜と旧制神戸一中と原田・味泥《みどろ》界隈

(1) 我がふるさと―神戸

『神戸―我が幼き日の……』の「私のふるさと」によると、田宮虎彦は、ふるさとが2つあると言っている。20歳過ぎまで過ごした神戸と、名作『足摺岬』の原風景、先祖の墓のある土佐だと。

彼は大正2（1913）年、2歳のとき父の転勤のため、東京から神戸へ来る。大正7（1918）年、神戸市立下山手小学校に入学したが、父がジャワ・シンガポール定期航路に乗り組んだため、一時母方の祖父の家、高知県香美郡香宗村に移る。翌年、神戸に帰り、布引の滝に近い神戸市立雲中小学校へ転入学した。同級生に「暮しの手帖」創始者花森安治がいた。大正13（1924）年、旧制神戸第一中学校に入学。剣道初段で文学少年の同級生の影響や虚弱体質等から、小説を書き始め、芥川龍之介を盛んに読む。

中学卒業後、静岡高等学校理科の受験に失敗。昭和5（1930）年、第三高等学校文科、ついで東京帝国大学国文科卒業。在学中から同人誌『日暦』同人、「無花果」などを発表する。作品には戊辰戦争から奥羽追討を題材とした歴史小説『霧の中』や『落城』があり、代表作『足摺岬』は田宮虎彦の

■敏馬浦 KRAC のボートハウス
（神戸市文書館提供・箙写真コレクション）
初め現在の税関付近にあったが、神戸港の拡張で東の小野浜へ、明治 34（1901）年には敏馬浦に移転した。敏馬浦の沖で横浜の外国人倶楽部との対抗レースなどが開催された。

■旧制神戸二中正門（出典:『神戸と少年夢二』）
『神戸－我が幼き日の……』によると、小松益喜はカーキ色の制服は川崎造船所の職工学校の生徒と思っていたから、秀才校の制服と知って驚いたと記している。

基本モチーフ、〈人が人であることへの絶望〉を小説世界で試みたのだ。

（2）原田の森―関西学院キャンパスは通学路（原田・味泥界隈）

田宮虎彦の幼少のころの印象的な述懐は第2章の川風景で詳述するが、第1章では、小学生のころに住んでいた現在の灘区、当時の西灘村「原田・味泥」について、『神戸―我が幼き日の……』から、彼の原風景を歩いてみたい。

田宮が小学校3年生の大正9（1920）年。ちょうど阪急神戸本線が大阪十三から上筒井まで開通した年に当たる。

関西学院の裏門から入り、正門に抜け、あとはまっすぐ行けば1250mほどで雲中小学校に到着できる。田宮は下校時には、関西学院キャンパスを探索するようにいろいろなルートを歩き、構内のどの道を通っても裏門に出ることができたという。ある秋の日、校庭のグランドに出る道を帰る途中、槍投げの槍が学生の眉間に突き刺さる事故を目撃している。

原田から引っ越した先の「味泥」とは海浜の低湿地「隠江《こもりえ》」を意味する西求女塚周辺の土地だ。田宮の家からもと海だった国道43号までは36mほどしか離れていなかったという。現在は国道沿いのラブホテル街になっている。

国道より南東は黒い酒蔵の続く町。ここより西へ行くと、現・王子公園の東を流れる西郷川の河口、万葉集に詠われた景勝地「敏馬浦《みぬめのうら》」に至る。ここには、当時、東遊園地にあった旧神戸外国人居留地の名残の「神戸アスレチック&レガッタクラブ（KRAC）」の専用ビーチと艇庫《ボートハウス》があった、と田宮は書いている。また海の中まで金網はないから遊泳中に専用ビーチに紛れ込み、

■朝鮮ダリア（八重咲きオオハンゴンソウ）

・学名　Rudbekia laciniatar
　分類　キク科オオハンゴン属
・Rudbekia（ルドベキア）＝ルドベキア属
・laciniatavar（ラシニアタバア）
・通称：盆花、花笠菊
・田宮がイメージしている「朝鮮ダリア」は、よく分からない。従って、この比定が正しいか心もとないが、「ダリア」と名がついているが、おそらく北アメリカ原産のキク科オオハンゴンソウを八重咲きに改良した園芸種だろう。栽培種だが一部野生化している。英名：golden glow rudbekia
（撮影：2014.7.14）

金髪の少女に〈「ここアメリカところ、出ていきなさい」〉と言われたという。

（3）『朝鮮ダリヤ』―祖国を亡くした民の悲しみ　＊人名ルビは原作による。

この作品は旧制中学生の主人公「私」と、その同級生で成績優秀な在日朝鮮人の兄、呉《ご》炳均《へいきん》と戸口に咲いていた「朝鮮ダリア」の黄色い花のような清純な妹、呉淑春《しゅくしゅん》をめぐる差別と誤解を埋めようとして埋まらなかった心の葛藤を描いた小説だと思う。「朝鮮ダリア」は純潔と亡くなった祖国の象徴ではないか。華やかそうな花に見えるが何処か寂しさがつきまとう。

テーマは暗く重いが、「私」を含めて青春を生きる若者たちには、何のわだかまりもなかった。「私」は兄の心のバリアを解きほぐそうと試みる。そんなとき、兄妹の母が死んだ。「私」は、〈黄いろいうらぶれた朝鮮ダリヤの花のそばに立ちつくして泣いていた〉妹の姿を見て、兄妹の窮乏を察してある日本人の家を紹介する。それが結果的に、その家の主人に「朝鮮ダリア」のような清純な妹は犯され、兄妹はその家から理由もなく放逐される。妹はそれが原因で娼妓《しょうぎ》となり悪い病気で逝ったという。兄は再び心を閉ざし、「私」に盗みという嫌疑の罠をかけて惑わせ、やがて反日運動の闘士になる。

その経緯を聞いたとき、「私」は大きな鉄槌で頭蓋を打ち抜かれた気がしたという。善かれと思ってしたことが、逆の結果を生むことはままあることだが、「私」の真心は大きな打撃を受ける。

この作品の根底には、帰るべき民族の根幹「祖国」を失った悲哀があると思う。兄妹と、祖国を失ったことのない「私」を含めた我々との間には、到

■賀川豊彦生誕 100 年記念碑（右岸）
国道に接するこの公園には昭和 40 年代まで自然発生的な日雇港湾荷役夫寄場があった。西隣は小野柄小学校だった。（撮影：2022.12.24）

■生田川河口から新川方面を望む
右手の半円形は HAT 夢公園の人工干潟。新川と呼ばれた一帯は高速道路の北、左岸の街区だ。（撮影：2022.12.24）

底理解することのできない深淵が横たわっているように思えてならない。

（4）小説の舞台はどこか

小説舞台は特定されていないが、筆者執筆監修の神戸市発行『花を巡る文学散歩』では長田区の新湊川沿いを想定していたが、再度作品を読み直してみると、〈工場から流す化学薬品でむらさきいろにそまった新川〉、〈新川という小さな流れがあったが、あげ潮などは、その川に腐ったような汚水がいっぱいあふれて、逆に道路や路地に流れ込んだ。〉とある。「新川」という言葉が出てくることから、当時田宮が通学していた新生田川沿いの旧制一中（現・県立神戸高校）近くの新川であろう。賀川豊彦『死線を越えて』の舞台〝スラム〟と重なる。新川付近には阪神電車「新川駅」もあった。

〈呉炳均の家は、その新川をこえたところにあった。〉という。これは作者が無意識に新生田川を旧制一中のある右岸から見た情景ではないかと思う。

当時の情景は、引用したようにあげ潮とともに汚水が溢れる劣悪な環境だった。小説舞台は、新生田川の左岸、現在の国道2号を挟んで北と南の街区一帯だろうか？　国道より南は河口の川崎製鉄葺合工場の北までだ。

そこに咲く「朝鮮ダリア」を想像してほしい。それは汚濁にまみれながらも一点の清浄の表徴だと思う。田宮はそのなけなしの清浄を、また、祖国を失った民の誇りをも重ねて表現したかったのだろう。そしてそのささやかな誇りさえも、ある心ない日本人のために凌辱された悲哀を書きたかったのかもしれない。

これはまさに田宮が希求する〈人が人であることへの絶望〉の小説舞台だ。

■阪神電車国道線御影停留所附近
(出典：『ふるさとの想い出写真集』)
大正時代の景観。国道より海岸までは酒蔵のまち。今は阪神電車も高架と地下化し、当時の面影はない。

■旧阪神電車本線「新川駅」付近
阪神電車は国道線に変わるまで、西国街道を日暮町５丁目付近から斜め北西に向かい西国街道より北を走り、この「やくも橋」西詰め付近に「新川駅」があった。

(5) 田宮虎彦と少女

『神戸―我が幼き日の……』の「少女」に、田宮虎彦は、少年と青年の狭間のような思春期に抱く女性への思いを書いている。

田宮が「味泥」に住んでいたときであろう。阪神電車の大石駅（このころ、大石駅は高架後の現・橋上駅ではなく少し三宮よりの地上駅だった）から電車に乗って新川駅（後に阪神電車は国道線にルートが変わり駅名も生田川駅と改名。地下化とともに廃駅）で降り、旧制神戸一中に通学していた。

ある年の四月、大石駅から乗る、〈きりっとしたきれいな顔〉で〈清らかな感じ〉の少女に気づいた。少女は質素で地味な和服を着ていたが、それがかえって彼女を美しく見せていた。朝、その少女に出会うと、その一日がしあわせになるように思えた、と。このような体験は思春期だけでなく青年になってからもよくあることだ。しかし、田宮のその少女への密かな観察はそれで終わっていない。そこにのちに小説家となる非凡な人を見る目を感じる。

少女が清純な美しさを保ったのはわずか1ヶ月だった。ある朝、少女は化粧し派手な着物姿に変身していた。その変化を美しくなったという人もいるかもしれないが、田宮は醜く崩れていったと思ったという。これは女性に素朴な美しさを求める憧れの域を出ていない。田宮の思いは理解できるが、思春期から青年にかけて年上の女性の匂い立つような美しさに魅せられ、心をときめかす刻《とき》があると思う。それは異性への憧れだが、その錯覚を経て、清濁併せ持つ魅力的な女性に気づくのだろう。

COLUMN 5

敏馬《みぬめ》神社はどこにあったか？

敏馬の浦（敏馬の泊）は、武庫の水門《みなと》の次に泊地として栄えた。現在の神戸市灘区岩屋中町にある敏馬神社付近であり、近くに「味泥《みどろ》」や、神功皇后伝説「深淵《ふかぶち》」と呼ばれていた地名が残る船寺神社など、河口や海際の湿地などを窺わせる地名が残る。『日本書紀』には見えないが、『万葉集』では、大国主命の御代から百船が泊まれる敏馬の浦は清き白砂の風光明媚な港であったと詠う（巻 6-1065）など多くの歌が残されている。

『延喜式』巻 21「玄蕃寮《げんばりょう》（式）」の条には、新羅の客人入朝に際しては、大和国大和片岡社一社、摂津国の広田、生田、長田三社の稲を生田社で醸造し、その酒を敏馬の崎で給う、とある。新羅使を「祓い清める」、一種の体のよい検疫（防疫）であろう。難波津の外交施設・鴻臚《こうろ》館《かん》（難波館《なにわのもろつみ》）でも同じ儀式があった。

『摂津名所図会』には、敏馬神社は岩谷《いわや》村にあり、岩谷・大石《おいし》・味泥の産土神《うぶすながみ》として祀られているが、もと能勢郡敏馬山（美奴売山）にあった。神功皇后の船造営の功により、敏馬の浦に祀られたという。図会では菟《う》原《ばら》郡に分類しているが、「延喜式」や「摂津風土記」逸文では八部《やたべ》郡に載せている。

古は、敏馬神社はどこにあったか？　生田神社・長田神社とともに「八部郡三座」といわれた神社で、①敏馬浦付近説　②旧大輪田の泊説　③駒ヶ林説の 3 説があるが、現在の敏馬神社の位置は、八部郡ではなく菟原郡に属する。したがって、地元には敏馬神社を旧大輪田の泊に比定する説も根強い。筆者の自由な推論をいえば、兵庫の旧家白藤家古記録には、摂津国八部郡兵庫津に鎮座する七宮はすなわち延喜式にいう八部郡の神社だと記されている。また明応 2（1493）年の七宮神社蔵の古記録にも八部郡汝売神社とあるので、現在地の敏馬神社は後世兵庫津から遷宮したのかもしれない。これは定かではないが、敏馬の浦と敏馬神社は切り離して考えた方が良さそうな気もする。また、神戸の条里研究家・郷土史家、落合重信の『神戸の歴史』研究篇で菟原郡と八部郡との郡界「生田川」流路移動説もあるが、地形を読むと無理がある。

古代の管理者は津守氏。津守氏とは江戸時代まで代々、海の神として知られる住吉大社宮司を務めた名族だが、果たしてその同族であろうか？　興味深い。

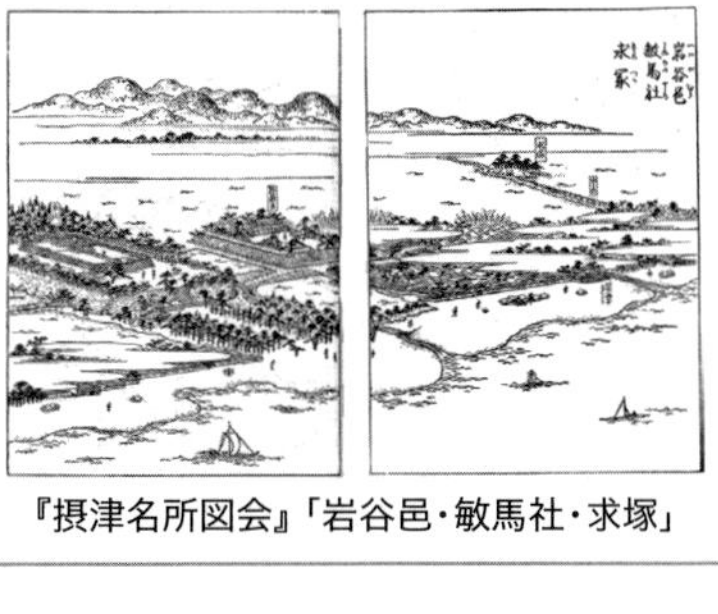

『摂津名所図会』「岩谷邑・敏馬社・求塚」

■ユウガオ（別名「黄昏草」）
（撮影：2020.8.15.19:01）
・学名　Lagenaria siceraria var.hisipida
分類　ウリ科ユウガオ属のつる性一年草
・Lagenaria（ラゲナリア）＝ユウガオ属（lagenos〈瓶〉のような実の形から連想）
・var（バー）変種の意味。variableの略。ユウガオはヒョウタンの変種。
・hisipida（ヒシピダ）剛毛があるの意。
・夏の盛り、黄昏時に咲き、翌朝にはしぼむ。ヒルガオ科の朝顔、昼顔、夜顔とは別種。果実は「カンピョウ」、食用にする。巻き寿司のねた。

6　夕顔

『天《てん》の夕顔《ゆうがお》』中河与一と大石川（都賀川）

（1）ヒロイン「あの人」は魔性の女

主舞台「大石川」に咲く「夕顔」は、二十数年に及ぶ熱烈な悲恋物語の大切なモチーフだ。「夕顔」はヒロイン「あの人」のイメージと重ねて描写されている。大学生「わたくし」は「あの人」に憧れ、手紙の交換や本の貸借を通じて互いに魅かれ合う。が、「わたくし」の燃える想いは4回の拒絶に翻弄され、想いは遂げられず、「あの人」は逝く。中河は黄昏時から咲き始める妖しい夜咲く花のような女と、その気にさせておいて拒む魔性の女を「夕顔」に仮託して表現したかったのだろうか。いや、もっと純粋なのか。

エッセイ『天の夕顔前後』によると、〈相思の二人水を渉りて男が女の足の指を触るる一節、ギリシャ古典芸術の風味あり、〉と永井荷風が激賞、与謝野晶子ほか何人かが佳作と認めた以外は、戦時下という時節柄や文壇との確執から完全に無視された。しかし本は戦中戦後もベストセラーとなる。その後、ゲーテの『若きウェルテルの悩み』に比較される浪漫主義文学作品としてアルベール・カミュなどの賛辞を得て、英、仏、独など六カ国語に翻訳出版された。筆者は、この作品を成り立たせているストイックな恋愛には、あるもどかしさを感じる一方、現代では希有な、純粋な想いに憧れを持った。

■大石川（都賀川）と六甲連山
（撮影：2012.6.25）
大石駅の大阪方面行ホームから望む。大石川は現在、三面張りの味気ない護岸だが、当時は自然豊かな川だったことが、文面から読み取れる。

■黄昏時の大石駅（撮影：2014.12.12）
写真は現在の橋上駅。『天の夕顔』の小説舞台は、ここより三宮よりの地上駅だった。現在も橋上駅のガードを潜って、少し南へ行くと、かつての軌道敷を思わせる細長い公園が残っている。

（２）名場面と夕顔

〈彼女が先に裾をからげて水に入りました。わたくしたちは手をつないでいました。小石の上を流れてゆく水の中で、あの人の足が白く魚類のように見えました。／永い間、浅いところを選って、二人は流れの中を歩きました。―中略― やがてあの人は、道の端で夕顔の花を見つけると、それを摘みとるのでした。手に白い花がにじんで、それが夕暮の色を余計に濃くするように思われました。〉

（『天の夕顔』より）

彼らは対岸（左岸）に渡ろうとして流れに入ったが、人のいない寂しい所を探して川の中を海へ向かって歩いて行った。やがて、川の畔にあがる。「あの人」が足を拭くように差し出したハンケチを断って自分のハンケチでふいた。「わたくし」のストイックな性格かららしい。ふたりの心の距離を縮めるチャンスなのに、と読者に思わせる。中河のじらしの策略だ。

次に「あの人」が夕顔の花を見つけて摘み取る場面は、言い換えると、「わたくし」の心と重ねていると思う。摘み取ってほしい「あの人」。手折れば、摘み取れそうな想いをかろうじて堪える「わたくし」。彼の内心は「にじむ」から感ぜられ、夕闇はときとして人を恋しくさせる気持ちと重ねている。

今の若人はこのストイックな気持ちを理解できないという人もいるかもしれないが、若者の気持ちは不変と思いたい。あの戦中戦後の混乱の中、若い人に多く読まれた事実はぬぐい去ることは出来ない。

■熊内あたり（撮影：2023.1.5）
「わたくし」は熊内の「あの人」の家を訪ねる。〈布引の砂山から東へかけて湾曲しているあたり〉の内側の高みに家を見つける。写真左手に砂山が迫る。

■京都神楽ヶ岡あたり（撮影：2012.3.30）
旧制第三高等学校寮歌『逍遙の歌』の吉田山（神楽岡）の東山麓あたりをいう。この坂を下ると、白川通に出る。前方の山並みは東山連峰。

（3）なぜ、「あの人」は遠回りして阪神大石駅まで送ってくれたのか

「わたくし」は、「あの人」から愛の告白も含めた最初の別れの手紙を受け取り、急遽、京都から熊内《くもち》の彼女の家を訪れ、彼は「あの人」に出したすべての手紙を引き裂く。何かが起きそうで起きなかった理性の夜が更けて彼女は〈わざわざ阪急の駅を選ばず、時間のかかる阪神の大石まで歩いて〉送ってくれた。

この熊内から阪神大石駅までの距離が何を意味するか。

熊内は現在の新幹線「新神戸駅」の東辺りだ。そこから最も近い駅は当時、阪急神戸線の終点「上筒井駅」だ。「あの人」はわざわざ遠い阪神大石駅まで送った。

この「あの人」の行動をどう解釈するかだ。

①本当は彼を心から愛していたが、人妻である理性が働き、せめて何分かでも同じときを過ごしたかったから。
②一途な彼の想いに応えるため、年上の「あの人」の彼に対する好意から。
③彼の思慕を繋ぎ止めるため、わざと遠回りしてさらに彼に気をもたせたかったから。

③はかなり「魔性の女」っぽいが、筆者は心情的には①と解釈したい。作者もその方向を模索していると思うのだが、小説的には、また男からすれば、③のほうが魅力的な女に見えるかもしれない。谷崎潤一郎ではないが、「魔性の女」ほど魅力を感じるような気がする。現に「あの人」は、彼が手を握

■旧 JR 灘駅（撮影：2006.9.26）
阪急の次に熊内から近いのは省線「灘駅」だ。現在は新築駅となり、この駅舎はないが、正面アーチの窓のデザインは踏襲されている。

■阪急神戸線旧線「上筒井駅」
（神戸アーカイブ写真館提供）
熊内から上筒井駅まではゆっくりした徒歩で約 30 分ぐらいだろう。それでも当時、京都まで帰るにはかなり時間がかかった。

ることを許しながら〈「いいのかしら、こんなにしていて」／彼女は襟をかきあわせると、ふと自省するようにそう呟きました。〉とある。これは①とも②とも受け取れる。若き彼の、ままならない女心に一喜一憂し悩む様子は、カミュが評したようにゲーテの『若きウェルテルの悩み』に通じるものがある。

（4）熊内から阪神大石駅までの距離

1回目の拒絶のあと、「わたくし」は京都から神戸・熊内に住む「あの人・あき子」を訪ね、その帰り「あの人・あき子」は「わたくし」を阪神大石駅まで送る。ここでふたりの気持ちがわかる。ふたりは別れがたい気持ちを心に秘めて、わずかでもお互いの時間を共有しようと、熊内近くの上筒井にあった阪急のターミナルを過ぎて、4～5㎞の道を阪神「大石駅」まで歩いたのだった。実にこのことによって、小説では何の説明もせずにふたりの思いを書くことに成功している。

このあと、2回目の拒絶がある。そして『天の夕顔』の大石川の名場面は、2回目の拒絶に割り切れない「わたくし」が今度は「西灘」に住まいを変えた「あの人」を再度訪ね、また阪神大石駅まで送られてきたときの道行きを描写したものといえよう。

時として恋する人にとって時間を長く共有するため、「距離」は、思い人の常として「時間」に比例するのだ。

「あの人」が彼を何とも思っていないなら、玄関先で見送り、（3）で前述したように、①～③の仮説のいずれかなら、阪神大石駅まで送っただろう。

■花火
「わたくし」の23年間は儚い一瞬の美だったのか。彼の打ち上げた花火は、「あの人」に届いただろうか。

■大石川の清流と赤とんぼ
(撮影：2006.7.14)
現在の大石川は小説舞台当時と同じ清流が流れている。

(5)『天の夕顔』の終焉

〈それでもわたくしは今、たった一つ、天の国にいるあの人に、消息する方法を見つけたのです。それはすぐ消える、あの夏の夜の花火をあの人のいる天に向って打ちあげることです。悲しい夜々、わたくしは空を見ながら、ふとそれを思いついたのです。〉

（『天の夕顔』より。以下同じ）

「あの人」の4回の拒絶に遇い、最後に想いが叶えられると、喜び勇んだ「わたくし」はその前夜に「あの人」が死んだことを知る。彼は天国にいる「あの人」と最後の消息をとりたかった。それが、この作品のタイトルとなった。

夕顔は黄昏時に咲いて翌朝しぼむ。妖しく儚い花だ。だから、作者には人心がなぜか揺れる黄昏時の男女の心理を表現するためには、夕顔しか考えられなかった。中河はこの小説のエピグラムに掲げた歌が、この物語の儚い終焉を暗示している。

つれづれと空ぞ見らるる思う人天《あま》くだり来むものならなくに　和泉式部《いずみしきぶ》

〈それは耳を聾《ろう》する炸裂《さくれつ》の音と一緒に、夢のようにはかなく、一瞬の花を開いて、空の中に消えてゆきました。／しかしそれが消えた時、わたくしは天にいるあの人が、それを摘みとったのだと考えて、今はそれをさえ自分の喜びとするのです。〉と終わる。

COLUMN 6

『源氏物語』巻４「夕顔」とユウガオと撫子《なでしこ》

17 歳の光源氏は正妻「葵の上」がいるのに、六条御息所《ろくじょうのみやすどころ》に繁く通っていた。その途中、五条(今の松原通)に住む乳母《めのと》の病気見舞いに立ち寄ったとき、隣家の生垣に咲く夕顔の花を見つけ、一房所望する。女童《めのわらべ》が出て来て花を載せた扇を差し出す。その扇には、香りが焚き染められていて、

〈心あてにそれかとぞ見る白露の光そへたる夕顔の花〉

（あなた様はもしや源氏の君では？）という一首が書かれていた。

光源氏の返歌は、

〈よりてこそそれかとも見めたそかれにほのぼの見つる花の夕顔〉

と（近寄ってみれば、ほのかに見える花とわかるよ）と。

これはまさに「夕顔」しかもその花がもっとも美しく見える黄昏時に「夕顔」の花をとおして心を通わせ、光源氏は通い始める。

やがて、光源氏は「夕顔の君」が、親友、頭中将《とうのちゅうじょう》の隠し妻であったが、頭中将の正妻の脅しを恐れてここ五条の粗末な家に身を隠していたことを知る。「夕顔の君」は有名な雨夜《あまよ》の品定めで頭中将が語る「常夏《とこなつ》」だったのだ。「常夏」とは「撫子」の古名。やがて、「夕顔の君」のもとに繁く通う光源氏に嫉妬した六条御息所の生霊《いきりょう》に、「夕顔の君」は取り殺される。

中河与一は『天の夕顔』を書くに当たって、『源氏物語』夕顔の巻を参照したことは、ヒロイン「あの人」を「夕顔」に仮託したことで想像できる。「あの人」は儚い人でなければならないのだ。

■カワラナデシコ（撮影：2018.7.18）

■垣に絡まるユウガオ（撮影：2020.8.15）

■旧神戸居留地38番館（行事局）
（神戸市文書館提供）
写真には「治外法権撤廃の朝」と説明がついているが、明治32（1899）年7月にしては、人物は夏服でないし、街路樹の葉が少なすぎるので、疑問だ。

■帝国酸素本社ビル（38番館）
現在は大丸の別館になっているが、元は1階がシティバンク。2、3階が帝国酸素の本社ビルだ。旧居留地時代は左のコロニアル風の居留地の自治庁舎だった。（撮影：2014.5.2）

7 ミモザ
『酸素』大岡昇平と神戸

（1）大岡昇平と『酸素』の時代背景

大岡昇平は、京都帝国大学仏文科を卒業後、昭和13（1938）年、神戸市生田区（現中央区）の旧神戸外国人居留地38番館に本社があったフランス系外資会社「帝国酸素」に翻訳係として入社。昭和18（1943）年川崎重工業などに勤務。昭和19（1944）年、召集され、暗号兵としてフィリピンのミンドロ島に赴くが、翌年米軍の俘虜《ふりょ》となり、レイテ島収容所に送られる。昭和20（1945）年12月復員し、家族の疎開先である明石市大久保町に住む。昭和24（1949）年、戦場の経験を書いた『俘虜記《ふりょき》』で第1回横光利一賞を受賞。『酸素』が書かれたとき、すでに代表作の『俘虜記』『武蔵野夫人』『野火』（読売文学賞）は世に出ていた。ほかに『花影《かえい》』『レイテ戦記』（毎日芸術大賞）などがある。

神戸ゆかりの作品『酸素』は、昭和27（1952）年1月から翌年7月まで文藝春秋の『文学界』に掲載された。この小説は太平洋戦争前夜の昭和15（1940）年の4月から6月の間の出来事を書いている。このころ、ナチ・ドイツは破竹の勢いでノルウェイ、デンマークに侵攻。6月14日パリを占領。若干日和見だった日本政府が、9月23日、「日独伊三国同盟」を締結した年だ。

機関誌の編集作業をする「半どんの会」代表の小林武雄さん（右）と仙賀松雄さん＝神戸市、県民会館（1992年4月）

■『酸素』の概要

当時の日本は酸素の製造が出来なかった。海軍に造船用酸素を納入していた神戸の〈日仏酸素株式会社〉に転向者の青年井上良吉が翻訳係として入社。開戦前夜の暗い時代の中、この圧縮酸素を製造しているフランス外資系会社を舞台に、日本の軍部がその乗っ取りを謀る過程に、互いに若い男女の愛欲や愛情を絡めた長編小説だ。特にその中で、井上と同じように元運動家だった藤井雅子が運営する「ミモザの会」の動きが興味深い。

（2）『酸素』の小説舞台――このころの神戸

そのころの神戸は、市の人口が昭和14（1939）年に100万人を超えた。しかし、世相は暗澹たる時代を迎えていた。昭和15（1940）年3月3日、昭和12（1937）年に「神戸詩人クラブ」の主導者、神戸モダニズム詩人小林武雄をはじめ、旧居留地の証券会社員の美青年・亜騎保《あきたもつ》、岬絃三ら7人が不当逮捕され、治安維持法違反により実刑判決を受けた「神戸詩人事件」が起こる。「神戸詩人クラブ」の活動は、内務省警保局が発行していた昭和15年度の年報『社会運動の状況』によると、「共産主義につながる破壊活動」と見なされたのだ。これは不当な言論弾圧であったが、世相は文化がまさに権力によって窒息させられた時代であった。亜騎保が当局に没収されたまま返却されなかった本の中には、モダニズム雑誌、揃いの『詩と詩論』や竹中郁『一匙の雲』、春山行夫『シルク&ミルク』（いずれもボン書店）があったという。生前小林武雄はこの事件をあまり語りたがらなかったらしいが、芸術文化団体「半どんの会」の仙賀松雄が「小林武雄氏を悼む」（神戸新聞2002年6月1日付）の中で、彼の言葉を挙げている。〈監獄生活はそれほど酷なものでないが、未決の三百余日は地獄だ。狭い留置所に、ときには十数人もぶち込まれる。座ることもできない状況で、吐く息が天井で水滴になって落ちてくる。冬でもだ。未決は長かった。〉と。転向を含めて語りたがらない気持ちはよく分かる。上の写真は、神戸新聞の切り抜き。右の芸術文化団体半どんの会創始者小林武雄は懲役3年の実刑判決を受け服役した。

■ミモザ（ギンヨウアカシア）

・学名　Acacia baileyana F.Muell
　分類　マメ科アカシア属
・Acacia（アカシア）＝アカシア属
・baileyana（バイレヤナ）＝園芸家名前
・近縁種：フサアカシアなど
・別名：ミモザアカシア、ハナアカシア
　本来、ミモザ（ミモサ：mimosa）はマメ科オジギソウ属の学名だが、流通で誤用された。春３月初旬に黄色い花をたわわに咲かせる。一般的にはミモザというと、フサアカシアを含むアカシアの総称として使われるようになってきた。

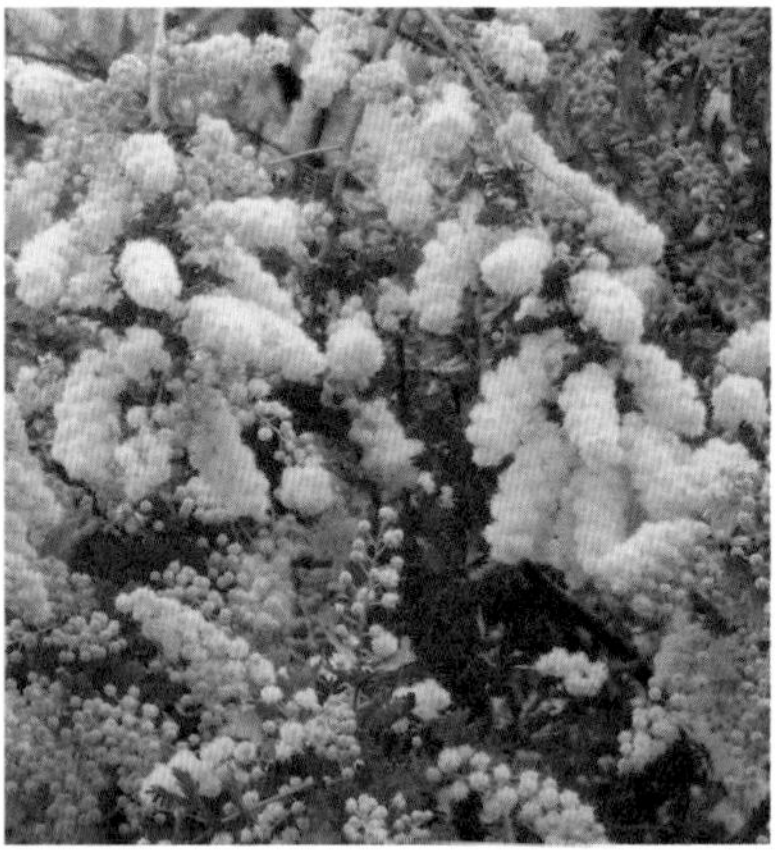

■ミモザアカシア　（明石公園花と緑のまちづくりセンター）（撮影：2019.3.7）

（3）『酸素』とミモザの会の謎

小説の中で、かつて運動家だった二科会の女流画家藤井雅子が運営する「ミモザの会」は、表向きは東京の私立N大学同窓生で東京弁を話す東京人の集まりとなっている。雅子は淀製鉄所の勝田社長の愛人だが、会はいつもアトリエがある夙川《しゅくがわ》の雅子宅で開催されていた。

ミモザは会の名前として使われているが、その由来は書かれていない。花言葉には「感謝」「友情」「秘密の愛」などがある。イタリアでは3月8日を「ミモザの日」と言って、男性が恋人や妻や母親に「ミモザ」の花を贈る習慣があるという。花期が卒業期の3月であることや、「友情」という花言葉や、旧制神戸二中のユーカリの校章のように、N大学構内にミモザの大樹があることなどから会の名前がつけられたと思うが、小説では「ミモザの会」の会員同士の秘められた愛の駆け引きが繰り広げられることから、花言葉「秘密の愛」が会名の由来として合っているように思えてならない。

ある日、井上は瀬川営業部長から自分は遅れるので、彼の妻で井上のかつての恋人頼子を先に「ミモザの会」へ連れて行ってほしいと頼まれる。

井上は阪急西灘駅（原文のまま）から急な坂を登った所にある瀬川家に頼子を迎えに行って、「ミモザの会」に出席する。会は、夫人同伴が原則だったから、雅子のパトロン勝田も夫人同伴だ。遅れてN大卒の主計将校西海中尉も駆けつける。やがて雅子との間も取りざたされている瀬川も現れる。

単なる同窓の親睦会というが、この会には隠された役割があった。

■兵庫運河（撮影：2006.9.26）
帝国酸素兵庫工場の屋上からよく見えた。近くに「浜中貯木場」や新川運河などもあった。大岡も散策したかもしれない。

■帝国酸素兵庫工場跡地あたり
（撮影：2006.9.26）
ここは兵庫区と長田区の区境に近い。前面の高松線を西へ行くと、すぐ東尻池交差点に至る。海は埋め立てで当時より遠くなった。

（4）『酸素』と兵庫工場と日本独特の臭い

小説では、日仏酸素兵庫工場は帝国酸素兵庫工場のあった所と同じ兵庫区高松町1丁目地先に設定されている。ボンベ入りの圧縮酸素のほかアセチレンガスも製造していた。附近には兵庫運河や新川運河や木場などがあった。

兵庫工場についての原作を要約すると、日仏酸素株式会社専務取締役エミール・コラン氏は、海に面した鉄筋コンクリート四階建の兵庫工場の屋上にいた。コラン氏は日本人工場長山村を従え、仏国から来た新任技師アンドレ・ラルー氏を案内していた。屋上からは、北は須磨高取山など低山に限られた西神戸が見渡せた。南には静かな大阪湾の彼方に生駒和泉の山脈が遠く霞み、淡路島が明石海峡にせり出しているのが見える。海峡を通過してきた機帆船や淡路島の洲本へ向かう漁船が航行する向こうを、神戸港を出港した欧洲航路の巨大な外洋船が行く。海からの暖かい春の風が、海辺の古い煉瓦造の神戸市糞尿処理場からのあの日本独特の臭いを含んでいた。その臭いにコラン氏は新任技師に対して慣れてもらわなければ、という。

そのころ、兵庫工場は原因不明の設備不良でよく酸素の生産を休止せざるをえない事態が起きた。これは工場に働く人々に迫り来る暗雲を予感させ、不安を密かに増幅するものとして作者が意図的に組み込んだフィクションだと思う。それは、軍艦の建造に欠かせなくなってきた酸素溶接の需要の増大で、増産を叫ぶ軍部への反同盟国であるフランス人経営者のささやかなレジスタンスであったかもしれない。

■摩耶山から市街地を望む
(撮影：2006.7.26)
『酸素』のころの市街地はもっと田園風景が広がっていた。写真は現在の展望だが、海は変わらず存在している。

■メリケン波止場のタグボート（筆者図化）
戦前の大型船舶からの荷揚げは、はしけと沖仲仕の連携で行われた。従って港内には無数のはしけが停泊していた。

（5）『酸素』と大岡昇平の周辺

新潮文庫『酸素』の加賀乙彦の解説によると、大岡は『酸素』の前作、『野火』で試みた方法――〈作者個人の体験を膨らまし拡大して作中人物の造型と作品世界の展開に用いるという方法〉を使っている。

あくまで虚構と断っているが、明らかに日仏酸素株式会社は、大岡が勤務したフランス系外資会社、帝国酸素株式会社であり、井上良吉――大岡昇平、瀬川――鈴木崧《たかし》、瀬川頼子――大岡の友人加藤英倫《ひでみち》の妹と想像できる。

・冒頭――〈……海はまだ暗かった。―中略―ドック、突堤、倉庫、起重機、煙突など、港の水際を形づくる設備が、さまざまの光度の燈火を、飾花のようにつけたまま、次第に輪郭を現わそうとしていた。遠く背景の六甲の山は、茜色にあけかける四月の空に影絵を描き、その文様を明らかにするつもりらしかった。〉

・巻末――〈……良吉や頼子がいた六甲の高みは、また雲に隠されていた。ここにははっきり聞こえる街の音も、あそこには聞こえないはずであった。〉

（『酸素』より）

書き出しは、明け方の神戸港の描写で始まり、やがて「六甲山」の描写でしめ、ラストシーンも海の見える下界の描写のあと、同じく「六甲山」で終わる。この小説舞台は大岡が帝国酸素に勤めた神戸であり、そこに勇躍する人の群れもこの時代、ここ神戸に生きた人々を明確に描き出している。

COLUMN 7

『灘にゐたころ』横光利一と泰山木《たいさんぼく》

第１回の「横光利一賞」は、『俘虜記』で大岡昇平が受賞している。大岡の神戸との縁続きで横光利一の『灘にゐたころ』を取り上げたい。

横光利一は大正 12（1923）年『新小説』5 月号に卑弥呼が主人公の『日輪』と、『文藝春秋』に同じ馬車に乗った人たちの共同運命を蠅の視点で見た『蠅』で文壇に登場する。

『灘にゐたころ』によると、文壇に出る少し前の横光にとって超絶望期だった大正 9（1920）年、10 年と、姉が神戸の西灘（当時、西灘村）に住んでいたので、夏になると姉の所に帰る癖があったという。帰ると、西灘や原田あたりを散歩するのが楽しみだったらしい。そのころの灘（現・灘区）は家がほとんどなく、大きな酒蔵ばかりが目につき、倉の間から外国船の巨大な船腹がよく見えたという。あてどもなく歩いていると、関西学院の校門の前に出ることがあった、と。

■都賀川河口酒蔵

横光の神戸の印象は〈馬糞の多い町〉だと。しかし、野趣が残る灘は別だが、異国情緒の文化的市街地の神戸は横光の友人たちにとっては憧れであったとも書いている。

灘から離れて東に行くと、〈大木に名の知れない白い花が真っ盛りに咲き盛ってゐたり、季節外れの椿の花の咲いてゐるのに出遭ふと、思ひかけず憂鬱さを取り払はれて立ち停まったものである。〉と。真夏に白い大きな花の樹は思いつかない。そこで季節としては夏の初めではないかと思う。おそらくモクレン科の泰山木か朴の木の花と思われるが、朴の木は六甲山の山中か、街に接する里山に多いから、泰山木ではないか。

横光は大きな花とかぐわしい香りに驚いただろう。そして異国情緒を感じたと思う。

泰山木は明治６（1873）年ごろ、渡来した北アメリカ原産のモクレン科マグノリア属の常緑高木だ。特徴は大きな白い花と香りと濃い緑の厚い葉だ。

NHK の朝ドラ『風見鶏』は、神戸市北野町を主な舞台に昭和 52（1977）年 10 月３日〜翌年４月１日まで放送された。その反響で北野町の異人館街は一躍脚光を浴びる。神戸市は「萌黄《もえぎ》の館」東隣のラブホテルを買収、北野町中公園を整備。当時の周辺調査で、北野町の異人館街の庭園樹は「泰山木」が多いとの結果が出た。欧米人には、遠く故郷を思う〝郷愁の樹《き》〟だったのかもしれない。それで北野不動交差点から新神戸駅に向かう坂道を泰山木の道となるよう整備された。

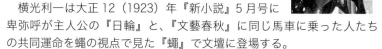

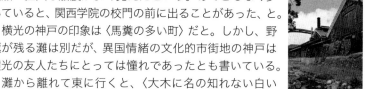

■菜の花（主としてセイヨウアブラナ）

・学名　Brassica napus
　分類　アブラナ科アブラナ属
・Brassica（ブラシカ）
　＝キャベツの古いラテン語
・napus ＝カブラのラテン語名
・アブラナ科の花は十字形の４弁なのでわかりやすい。葉の基部は茎を抱くので判別できる。本来のアブラナは、弥生時代に中国から渡来したといわれている。しかし、今では明治初期にヨーロッパから渡来したセイヨウアブラナに駆逐されてまれにしか見られなくなり、ほとんどが栽培種だ。今、私たちが川原などで見かける菜の花はかつて栽培されたものが野生化したものと思われる。

（撮影：2006.3.31）

8　菜の花（一）

『菜の花の沖』司馬遼太郎と兵庫津

(1) 高田屋嘉兵衛《かへえ》と菜の花の由来

『菜の花の沖』の菜の花は、正式には「アブラナ」という。『万葉集』『古事記』では「アオナ」と、『竹取物語』では「ナタネ」と呼ばれた。江戸時代には食用及び行灯用の菜種油として多く栽培され、見渡す限り菜の花畑という光景が各地に見られた。灘の酒造米を精米した水車は、もともとは菜種油をしぼるのに使われていたものだ。

『菜の花の沖』は昭和54（1979）4月から約3年、産経新聞に連載された、「高田屋嘉兵衛」の自伝的長編歴史小説だ。表題『菜の花の沖』は江戸時代、兵庫津から北前船で菜種油を全国に運んだ嘉兵衛の業績と重ね、また、嘉兵衛の故郷、淡路島都志《つし》が当時一面、菜の花に彩られていたことに由来する。淡路島の貧家出身の境遇から身を起こし、島を出て数年で船持ち船頭となり、兵庫津（兵庫区西出町）に開店した。淡路が生んだ海の大偉人になるきっかけは、まさに兵庫津だった。やがて北辺の蝦夷・千島の海で活躍し、鎖国を続ける日本と、南下する大国ロシアとの狭間で、松前藩がロシアの軍艦の艦長を抑留し、大きな外交問題になっていたゴローニン事件の解決でも知られる。北前船を駆って両国の橋渡し的な役割を果たした貿易商ともいえる。

■神戸総合運動公園の菜の花
（撮影：2002.3.22）
通称「コスモスの丘」の菜の花畑。毎年３月下旬が見頃だ。夏は「ヒマワリ」。

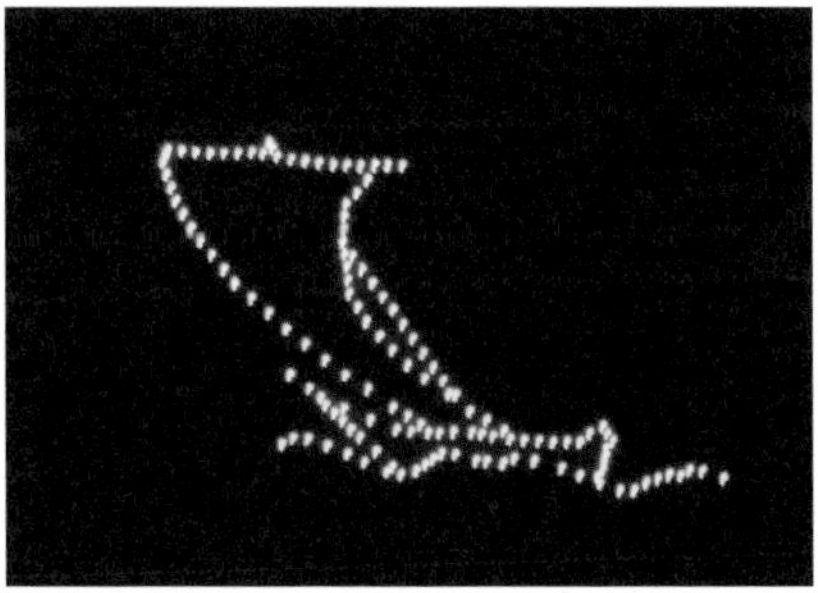

■北前船の電飾（神戸・堂徳山）
（撮影：2019.6.20）
神戸のランドマーク電飾は、碇山の碇、市章山の市章、堂徳山の北前船だが、北前船２とKOBE1の３パターンがあり20分ごとに変わる。

（2）高田屋嘉兵衛躍進の謎

高田屋嘉兵衛の急激な躍進は謎が多い。兵庫区役所発行『兵庫の歴史』「高田屋嘉兵衛の功績」や黒部亭『高田屋嘉兵衛』などを参考に探ってみたい。

彼が淡路島津名郡都志村を出て、兵庫津へ来たのは、24歳のときだった。

それからわずか4年、寛政８（１７９６）年嘉兵衛は出羽国酒田の北、土《つち》崎港《ざきこう》で初めての持ち船、１５００石積の「辰悦丸《しんえつまる》」を建造している。なぜ、造船の本場大坂で建造しなかったか。庄内平野の西、最上川の河口にある港町酒田は当時、蝦夷、上方、江戸を結ぶ拠点港であり、庄内米、最上米、大豆、木材など物産の積み出し港としてばかりでなく、人びとの交流、文化など東北一の重要な拠点であった。が、彼が将来の商機を考え、富商・豪商が各地から集まる酒田で人脈形成を考えていたというのは出来過ぎている。嘉兵衛が28歳の若者だったことから、出資者の意向など資金調達面からの必然性もあったのかもしれない。ちなみに『菜の花の沖』では、嘉兵衛は2年で約30両を貯めた、と出てくるが、それでは１５００両の北前船を建造するには１００年かかる計算になる。背後に強力な仕掛け人がいたと考えた方が良い。しかし、そうとしても、出資者としてはリスクが大きい。若い嘉兵衛に大金を貸すわけがない。2年で30両貯めたことも驚異だ。もしかしたら、嘉兵衛は雇われ船頭時代から、『菜の花の沖』にも出てくるように、嘉兵衛の商取引の実力だけでなく、彼の弟など血族を中心とする「北前船」操船職能集団を組織していた実績があったのかもしれない。

■高田屋嘉兵衛顕彰碑（竹尾神社）
東出町、西出町には、かつて三尾神社として松尾、竹尾、梅尾があった。（撮影：2006.9.25）

■復元北前船（撮影：2023.6.3）
北前千石船の模型。神戸海洋博物館に展示されている。他に小型で小回りがきく檜垣回船や樽廻船が出現する。

（3）「辰悦丸」の建造費の謎

若き嘉兵衛が持ち船船頭になり得た謎を、辰悦丸建造という観点から、もう少し掘り下げてみたい。

建造費１５００両の資金捻出については、諸説がある。淡路からぽっと出ながら、嘉兵衛の才覚が人の目に付いたのだろうか。酒田で知り合った紀州湯浅出身の栖原屋《すはらや》角兵衛、地元兵庫津の北風荘右衛門貞幹《さだもと》、兵庫の廻船問屋共同出資説があるが、いくら先見の明があり俊敏であっても嘉兵衛にこのような巨額な出資はむずかしい。背後に大物が控えていたのであろうし、嘉兵衛に大きな実績があったのだろう。記録では北風家の『北風遺事』に〈初メ貞幹無名ノ一船頭高田屋嘉兵衛ノ駿物タルヲ知リ、用イテ蝦夷地ノ遺利ヲ拾ハントシ〉て木屋又三郎を誘うが断られ単独で出資し、巨万の利益を得、これを折半してあたえた。嘉兵衛はこれを資本として独立したとある。兵庫津は明和６（１７６９）年、尼崎藩から天領になり、運上金は取り立てるが、振興策を怠る幕府と、大坂商業圏の外港としかみなさない大坂商人の妨害で衰退していた。北風荘右衛門貞幹は兵庫津の廻船問屋の復興に尽力していた。諸国に腹心を派遣して、情報網を張り巡らしている。政情や物産、人心、商機などの情報を集め、家運興隆に努力していた。だから、貞幹は紀州藩から依頼のあった紀州熊野の樹齢５００年ものの檜12本を、誰もやらない冬の海を江戸へ運んだ嘉兵衛の実績を知っていた。

司馬は北風説で『菜の花の沖』を書いている。

■**淡路島から神戸を望む**（淡路サービスエリアから）（撮影：2017.5.12）
遠く須磨の鉢伏山や兵庫津も白い帯状に見える。眼下は岩屋の町と漁港。高田屋嘉兵衛もこの丘から兵庫津辺りに熱い視線を投げかけていたかもしれない。

（4）謎解き

したがって、北風家出資説は有力だが、『北風遺事』は北風家私家本であり、誇張もあり得るし、文献至上主義にも疑問があるので、筆者は北風家だけでなく、最初の奉公先堺屋喜兵衛や酒田の栖原屋など有力者の共同出資ではないかと考えている。黒部亨が言うようにおいそれと、のるかそるかの若者に巨額の出資は考えられないから、「あの男に存分働かせてみたい。力になりたい」と思わせる魅力が嘉兵衛にあったと思われるし、（2）で触れたが、彼には信用のおける血族的な「北前船」操船集団があったようだし、冬の荒海を乗り切り商機を掴む力量を出資者は感じていたと思う。

江戸後期、ヨーロッパには古代からあったという保険制度もない日本（日本では慶応3・1867年福沢諭吉が欧米の近代的保険制度を紹介したが、保険会社の設立は明治13・1880年）では、現代でもそうだが、「信用」すなわち「のれんを守る」にはまさにこの「信」が大切なのだ。嘉兵衛には、5人の弟がいた。千石船は12～13人で動かしていたから、半数が身内であれば心強い。しかも2歳年下の嘉蔵は良い沖船頭に、6歳年下の4番目の弟金兵衛に至っては嘉兵衛に似て船持ち船頭間違いなしと兵庫津の船頭仲間で取りざたされていた。資金を株式制度など広く一般から出資を求める考え方がまだあまり広がっていなかったこの時代は血族の結束こそ起業の要だった、と司馬も書いている。船持ち船頭となった嘉兵衛は、西出町に「諸国物貨運漕 高田屋嘉兵衛」の看板をあげ、船印は「山高印」とした。

■「東海道名所之内兵庫築嶋寺」河鍋暁斎
（神戸市立博物館蔵　Photo:Kobe City Museum/DNPartcom）

■高田屋嘉兵衛本店周辺マップ

（5）小説舞台「兵庫津」

〈嘉兵衛は、西出町に入る前に、兵庫の浜を歩きまわった。廻船問屋や倉庫がいらかをならべ、軒を接して潮風のなかに建っている幾艘かの北前船があった。—中略—やがて西出町の堺屋喜兵衛方の前に立つと、その店はじつに小さい。〉

（『菜の花の沖』より）

『菜の花の沖』に描かれた神戸の小説舞台は、兵庫津の旧湊川河口の西側にあたる西出町から始まる。高田屋嘉兵衛の本店は今も「入江」という地名が残るように、兵庫津の入江に面してあった。付近には彼の顕彰碑のある竹尾神社や常夜灯を奉納した鎮守稲荷神社や敏馬神社兵庫津説の原点、七宮神社などがある。今は陸地だが、当時は佐比江に至る奥深い入江があった。そのことは、竹尾神社の高田屋嘉兵衛顕彰碑の後ろにあるかつての周辺図の看板でもよく分かるが、江戸時代末期の浮世絵「東海道名所之内 兵庫築嶋寺」も分かりやすい。中央の白壁が築島寺（来迎寺）。築港の人柱伝説として有名な松王丸の碑もこの寺にあるし、京都嵐山にある祇王寺ゆかりというか、清盛ゆかりの妓王妓女の碑もある。また入江だった「佐比江」の字も四角い小さな見出しの中に見える。佐比江は『摂津名所図会』にも描かれているが、江戸時代には花街があった。手前は誇張した築島船入江（今の新川運河の築島水門付近）。「船大工町」に大名行列が描かれている。太鼓橋の橋台は今も残る。

鎮守稲荷神社の鳥居脇には、文政7（1824）年に高田屋嘉兵衛が奉納し

■鎮守稲荷神社（撮影：2006.9.25）
国道２号に面した喧噪な場所にある。

■高田屋嘉兵衛本店の地碑
（撮影：2006.9.25）
のちに本店を箱館（函館）に移し、
国後島など北方交易で発展する。

た石づくりの一対の常夜灯籠が残されている。

また、ここには平清盛の弟経盛の子、平経俊の五輪塔がある。源平の戦いのとき、西出の浜をめざして逃げてきた経俊がこの辺りで討ち死にしたという言い伝えに基づく現地には「平経俊墳」とあるが、墓ではなく、おそらく供養塔だろう。因みに経俊の兄は琵琶の名手経正、弟は青葉の笛の敦盛だ。

大輪田泊《おおわだのとまり》（務古水門《むこのみなと》）（注：大輪田泊は兵庫津の古名）は、天然の良港で奈良時代から瀬戸内海を航行する船にとって重要な港だった。延喜14（914）年、平安時代中期の学者三善清行の醍醐天皇への政治意見書「意見封事十二箇条」に、行基上人が、瀬戸内海に「摂播五泊」〈河尻泊（尼崎市神崎町）、大輪田泊、魚住泊（江井ヶ島）、韓泊《からどまり》（現飾磨港）、室生《むろう》泊（たつの市室津）〉を築いたと見え、古代から重要な港として位置づけられていた。従って、絶えず港の修復・保全が図れてきたが、律令国家の衰退とともに放置されるようになった。しかし、平清盛は、父忠盛が盛んに行っていた海外貿易の利益の巨大さを知っていたことや、大宰府大弐などに任命され、海外貿易を一手に担っていた大宰府官人の利益の巨大さも知り、宋貿易など貿易立国の重要性を充分認識していたと思われる。また、白村江《はくそんこう》の戦いの敗北以後、瀬戸内海への外国船の進入は、禁止されていたが、清盛はその解禁を実現させた。現に宋船が初めて大輪田泊に停泊し、後白河法皇は宋人に謁見したという記録が九条兼実の日記『玉葉』に残る。この清盛の先見が、江戸時代の兵庫津の発展に繋がっていると思う。

■京都・金福寺芭蕉庵（撮影：2008.5.28）
松尾芭蕉は住職の鉄舟和尚をたびたび訪問、親しくしていたので芭蕉庵と呼ばれた。その後荒廃した草庵を蕪村が再建したと伝えられている。

■与謝蕪村の墓（金福寺）
（撮影：2008.5.28）
芭蕉を敬慕する蕪村は、芭蕉庵近くに葬られている。今もこの草庵でふたり静かに語り合っているやも知れない。

8　菜の花（二）

「菜の花の句」与謝蕪村と摩耶山

（1）与謝蕪村プロフィール

与謝蕪村は享保元（1716）年、大坂郊外の毛馬に生まれた。68歳、京都で逝去。代表作『春風馬堤曲《しゅんぷうばていのきょく》』を弟子に送ったときの手紙に、〈馬堤は毛馬塘《つつみ》也　則余が故園也　余、幼童の時、春色清和の日には必ず友どちとこの堤上にのぼりて遊び候〉と記している。現在でいうと、大川と淀川の分岐点、毛馬閘門《こうもん》あたりが彼の原風景だと思われる。蕪村はすぐれた俳人であり、画家だ。〈月は東に日は西に〉の句など雄大な世界観というか道教的宇宙観をイメージさせる画家の感性が溢れている。月だけを、日だけを見るのでなく、もっと雄大な宇宙を感じる。江戸元禄の俳諧の隆盛が芭蕉であれば、中期の天明の隆盛は蕪村といわれる由縁だ。

蕪村は芭蕉に傾倒し、芭蕉風の復興を唱えたが、作風は異なる。蕪村の墓所がある京都・金福寺の小冊子に〈芭蕉は「高悟帰俗」を説き、実生活と俳諧を一体化していたが、蕪村は「離俗の法」を説き、多くの漢詩や日本古典文芸の鑑賞によって俗気を払拭し、詩的精神の高揚をはかり、現実生活の外に美的世界を仮構し、美の饗宴を求めた。〉とある。「十便十宜之図《じゅうべんじゅうぎのず》」（国宝・池大雅と合作）、「峨嵋露頂図巻《がびろちょうずかん》」（重文）は絵画の代表作。

■与謝蕪村句碑（須磨浦公園）
（撮影：2019.4.5）
「春の海終日（ひねもす）のたりのたりかな」
この句が何処で詠まれたかは諸説あるが、
〈須磨浦にて〉とある本もある。

■須磨浦の海（撮影：2019.4.5）
須磨浦公園の展望台から見える「春の海」。須磨海浜公園前の海水浴場の湾曲の砂浜が鮮やかに見える。

（2）句から連想する蕪村とは

松岡正剛は、『千夜千冊』の中で『蕪村全句集』の中の3句、

秋もはや其の蜩《ひぐらし》の命かな
立ち聞きのここちこそすれ鹿の声
蛼《こほろぎ》や相如《しょうじょ》が弦のきるる時

を挙げて、蕪村はすぐれた画家だから、「目の人」であるとともに「耳の人」だと言っている。

また、次句を挙げて「見えぬものが見えてくる人」とも評している。1句目は菜の花畑の向こうの鯨のいない海が暮れようとしている。2句目は五月雨の長雨で名もない小川が氾濫して恐ろしいと。神戸市民は何回か手酷い経験をしているから、これは実感として伝わってくる。

菜の花や鯨もよらず海くれぬ
さみだれや名もなき川のおそろしき

剽窃かもしれないが、次の2句から、蕪村は現代的にいうと、「映像の人」ともいえると筆者は思いたい。蕪村の句は常に映像を意識した作品だ。描かれたものが生きている。諸説あるが、神戸を意識して次の2句を選んだ。

菜の花や月は東に日は西に（夕方、摩耶山から下山途中、海まで広がる菜の花畑）
春の海終日のたりのたりかな（須磨浦の海辺に寄せて返す長閑な波）

■摩耶山掬星台から市街地を望む
（撮影：2006.7.26）
ここからの夜景はお薦めだ。

■蕪村「菜の花」句碑
天上寺本堂前にある。
（撮影：2023.5.20）

（3）「……月は東に日は西に」は何処で詠まれたか

①摩耶山説

「……月は東に日は西に」は、蕪村の故郷毛馬説など諸説あるが、定説はない。しかし、摩耶説を採りたい。蕪村が夕闇迫る摩耶山から下山途中、いきなり視界が開け、海までの緩やかな傾斜に一面、菜の花畑が広がっている光景を詠んだものと、思いたい。

この光景は夕間暮れに濃さを増した菜の花畑と、ずっと下界に、夕日に染まった海がなければならないような気がする。古今、菜の花は、小学校唱歌〈菜の花畑に入り日薄れ……〉など黄昏時が美しいとされる。そして東は、まだ暮れかけの空に月が浮かんでいる、そんな光景だ。

この光景を「摩耶」だとさらに裏打ちするのが、蕪村が詠んだ9句の「菜の花や……」のうち次の3句だろうか。

菜の花や摩耶を下れば日もくるる
菜の花や昼ひとしきり海の音
菜の花や鯨もよらず海くれぬ（再掲）

「摩耶」と菜の花畑の向こうの「海」が効いている。

摩耶山に月の出と日の入りが時刻的に合う日を調べて摩耶山へ行ってみた。月の出と日の入りが見えるのは、月がほぼ満月に近いときだということを知ったが、同時に写真を写せる雄大な場所は見つからなかった。

■蕪村生誕地碑と句碑（撮影：2008.12.25）
淀川と大川分岐点「毛馬閘門」近くの堤防上。

■菜の花碑（大阪・梅田芸術劇場前）
阪急創始者小林一三の蕪村贔屓にちなんで設置。（撮影：2023.5.16）

②大坂・毛馬説の謎

蕪村の故郷は（1）で書いたように、大坂の「毛馬」だ。現在は淀川の改修に伴い実家は河川敷となったようで存在しない。

「……月は東に日は西に」は毛馬だという説がある。

『春風馬堤曲』は18首の句と漢詩と漢文直訳文が不規則に並べられたユニークな作品だ。この中で蕪村はあまり語らなかった「故園」すなわち故郷は毛馬だと言っているが、「蕪村生誕地と句碑」の句は、

　春風や堤長うして家遠し

だが、意味は深いと思う。〝堤長うして家遠し〟で蕪村は何を言いたかったのだろう。（公財）関西・大阪21世紀協会『なにわ大阪をつくった100人』の蕪村の章で、蕪村は村長の家に生まれたが、父祖の家産をなくし、飢饉で一家離散の憂き目にあったとある。蕪村は故郷を捨てざるをえなかった。従って、蕪村の望郷は、故郷は遠くにありて思うものに近いか、蕪村がめざした中国・東晋の詩人陶淵明の『帰去来の辞』に憧れたのかもしれない。

それではなぜ、毛馬説があるのか、と本題に戻る。江戸時代、このあたりも見渡す限り「菜の花畑」であったことは確かなようだ。当時、領主は収入増に繋がる菜種栽培を農家に奨励したので一面、菜の花畑になったのだろう。それで毛馬説が生まれたのであろう。しかし、雄大さや宇宙観からすると、毛馬説は弱い。そのことは次の句が象徴しているように思えてならない。

　菜の花や油乏しき小家がち

■蕪村自賛像
蕪村は30歳ころから俳諧人が好んだ僧体であったらしい。賛は、〈歯あらはに筆の氷を噛夜かな〉と読める。

■摩耶山頂（撮影：2006.7.24）
現在、摩耶山に徒歩で登るには、西郷川上流の青谷道か、『太平記』の摩耶山城への道、上野道であろうか。今もあるが、熊内から摩耶山参詣の旧摩耶道がある。

（4）画家・与謝蕪村

（2）で蕪村は現代的にいうと、「映像の人」だとプロファイルしたが、彼は俳人だけでなく画家（文人画）なのだ。いや逆かもしれない。画家であり、俳人なのだ。

本稿の主題「……月は東に日は西に」は絵画の構図を意識しない人にはなかなかむずかしい宇宙観だと思う。

蕪村がもし、「菜の花」の句を絵画に描いたらどうなるのだろうと、想像してみた。先に挙げた蕪村の「峨嵋露頂図巻」の構図が思い浮かぶ。2景の蛾眉山を相対して横長長方形2葉の巻絵として描いている。

だとすれば、「菜の花」の句も横長長方形2葉の巻絵だろうか。「峨嵋露頂図巻」のように景色の違う六甲山容にそれぞれ月と日を配するのではないだろうか。「峨嵋露頂図巻」の2葉には明らかに李白の「蛾眉山月歌」を意識した三日月を配している。

また「菜の花」の句で筆者がまず思ったのは、李白の『静夜思』だ。〈頭《こうべ》を挙げて山月を望み、頭をたれて故郷を思う〉という視点の流れを感じた。

蕪村にはもちろん『静夜思』からの発想で読んだ句がある。

　茸《たけ》狩《が》りや頭《こうべ》挙《あ》ぐれば峰の月

「菜の花」の句も、中国の詩人とその作品に精通した蕪村の宇宙観によるものだと思う。

COLUMN 8

梛《なぎ》と菜の花と行灯《あんどん》

奈良の春日大社の灯明は、かつて「梛の実」の油が使われたことがあった。梛はマキ科の高さ20メートルに達する常緑高木。雌雄異株。古くから神社の境内に植えられ、熊野神社では神木とされ、その葉に供物を盛る。神紋は神武天皇東征のとき、道案内したという八咫烏《やたがらす》と梛を組み合わせたものだ。また葉の繊維が強じんなため、葉が切れにくいことから、男女間の縁が切れないように女性が、葉を鏡の裏に入れる習俗があった。

■梛（ナギ）
（撮影：2012.5.3）

有馬温泉では『温泉寺縁起』によると、中興の祖といわれる仁西上人《にんさいしょうにん》が建久2（1191）年、「災害で荒廃した有馬温泉を再興せよ」という熊野権現の夢のお告げから、有馬を訪れ、落葉山から梛の葉を撒いた。梛の葉が落ちたところが土石流に埋もれた泉源だと分かり、温泉を再興したという伝説がある。これは、梛の霊力で埋もれた泉源を見つけたとしているが、再興の光明、即ち梛が足下を照らす灯火として使われていたことを暗示するものではないだろうか。

古は梛のほか胡桃《くるみ》、麻の実、椿の実、胡麻、荏《え》胡麻、綿の実などが灯明として使われていたが、江戸時代になって「菜種油」が行灯の光源エネルギーの主流となり、その需要が著しく高まった。武士階級だけでなく町衆を中心とする町人文化の隆盛に呼応するように、各都市の夜の行灯油需要に著しい変化が起こったからだ。それに伴い、大坂毛馬、灘、淡路島はじめ全国各地に広大な「菜の花畑」の光景が広がったという。

各地から集められた菜種が灘の水車で搾油され、廻船で江戸等に出荷された。また、六甲山系の南面の水流急な小河川が多い灘地区は水車業に向いていた。灘の酒造りのため、米をみがく水車精米もあったが、やはり菜種の搾油が隆盛を極め、「水車新田村」という地名も残るほどだった。しかし、明治になると、石油がとって代わり「菜種油」の生産も水車業も衰退していった。

■『吉原格子先之図』葛飾応為
葛飾北斎の娘の作だが、角行灯など町人文化と灯火の隆盛を窺わせる。

■萩　（ミヤギノハギ）
（撮影：2004.10.17）
・学名　Lespedeza thunbergii (DC.)Nakai
分類　マメ科ハギ属の落葉低木
・Lespedeza（レスペデザ）＝人名
・thunberugii（チュンベリー）
＝タブノキのような
・本稿では日本で最も多い栽培種をあげた。宮城県に多く自生することが由来だ。
秋の七草の一つ。秋の七草は春の七草と違って秋の風物詩を彷彿とさせる美を表す草々をあつめている。萩はマメ科だから、古くから地味を肥やす植物として植えられてきた。砂防樹としても有効で戦後、盛んに植栽された。

9 萩

『西遊草《さいゆうそう》』清河八郎と敦盛萩

（1）萩と『西遊草』と生田の森

『NHK趣味の園芸』令和2（2020）年9月号の連載「万葉の花」によると、ハギは最も多く、歌中に141首、詞書《ことばがき》に1首、計142首詠まれている。それほど万葉人に好まれていた。『万葉集』巻8―1538山上憶良「秋の七種《ななくさ》」をあげる。

萩の花　尾花　葛花　撫子の花　女郎花《おみなえし》　また藤袴　朝貌《あさがお》の花

＊「朝貌の花」は「桔梗の花」と解するのがほぼ定説

『西遊草』の著者、清河八郎は庄内藩士で幕末に学問と剣術道場「清河塾」を開き、新撰組結成の流れを作った人だ。文久2（1862）年3月～9月母親と諸国を歴訪。そのときの紀行文が『西遊草』だ。清河は作中、「敦盛萩」について感慨を述べたわけでなく、生田川を過ぎるころ、雨となり、摩耶や布引の滝は帰途に寄ることにして、生田神社（原文表記は生田明神）へ行く。〈田間にあれど森々たる森にして、千年已來名高き神にて、―中略―まことに品のよき宮なり。〉と書き、源平合戦や梶原景時の息子景季《かげすえ》の「箙《えびら》の梅」、そして「敦盛萩」にふれて能『生田敦盛』について解説している。

■垣根に添わせた萩（撮影：2003.10.19）
萩は枝が枝垂れるので垣根に添わすと風情が佳い。

■シロバナハギ　（撮影：2018.9.28）
ミヤマハギの変種で白花も人気がある。

（2）敦盛に子どもがいたか

諸説あるが、敦盛は源平合戦のとき16歳（17歳説あり）、当時としては15歳で元服は希ではなかったから妻子があってもおかしくないと思う。

『拾遺《しゅうい》都名所図会』に芭蕉と蕪村の禅寺として有名な京都・一乗寺（舞楽《ぶらく》寺《じ》村）の「金福寺」の条に、真偽は定かではないが、興味ある記述がある。この寺の門前、松の根方に敦盛の夫人が幼児を置いたところ比叡山から賀茂社へ参詣途中の法然上人が拾い上げて養育した、という故事の場所だと書いてある。あとで触れるが、敦盛が亡くなって7年後、熊谷直実が若い敦盛を討ったことにもののあわれを感じて法然上人に弟子入りし、出家する話との辻褄合わせであろうか。伝説や謡曲等では妻子がいた設定になっている。

能『生田敦盛』金春禅凰――舞台は鎌倉時代。少し時を遡るが、法然上人が美しい捨て子を育てた話を説法で語ると、その母が名乗り出て敦盛の遺児（子方：法道丸）と知れる。遺児は出家し賀茂明神に父との再会を祈る。やがて明神の夢のお告げにより生田の森で敦盛（シテ：幽霊）と出会い、親子の対面を果たす。敦盛は子との再会を喜び舞う。だが、名残を惜しんで遅れた敦盛は閻魔王の怒りに触れ、あたりは修羅の場となり、敦盛は消える。

『新・平家物語』で吉川英治は、敦盛が陣抜けの大罪を犯したのは、京に残してきた妻子に逢うためとしている。敦盛には帰る陣がなかったが、兄経正が頼み込んだ西の木戸の総帥、平忠度《ただのり》配下に着陣。それが一ノ谷で熊谷直実に討たれる遠因となった。人の運命とは分からないものだ。

■北野村付近から神戸港を望む（明治２年）
（神戸市立博物館蔵　Photo:Kobe City Museum/DNPartcom）
清河八郎が訪れてから６年後、右手の丘が生田の森。中央のフィールドは居留外国人が造成した競馬場。右側の「くの字」がほぼ今の東門筋だ。右手上に付け替え前の生田川が見える。

■『拾遺都名所図会』「金福寺・芭蕉庵・丈山墳」

（3）敦盛の萩

（2）で述べた能『生田敦盛』が先か、巷の口碑が先か定かではないが、生田神社名誉宮司の加藤隆久博士の『敦盛の萩―神と人との出会い―』によると、「口碑」と断って平敦盛が深く生田神社の萩を愛でて和歌を作ったが、討ち死に後、その遺児が賀茂明神の御託宣により生田の森を訪れ、疲れた身体をこの萩の下で休め、まどろむと夢の中で亡き父敦盛と対面したのが生田の森だと伝えられているという。おおよそ、『生田敦盛』の流れと同じだが、能には萩は出てこない。そこに『生田敦盛』と「口碑」の違いがある。それはおそらく万葉人に深く愛されたようにその風情が繊細でたおやかな樹姿だからだろう。それは敦盛にふさわしく、萩の葉から今まさに離れ落ちんとする白露のように儚く、敦盛の最期に似つかわしかったので、いつの間にか伝説となったのではないかという。

ところで『万葉集』では、「萩」を万葉仮名で「芽子」か「波疑」で表記しており、「萩」の字は使われていない。「芽子」は「妻子《めこ》」と同音同意だから、「萩」は「女性」の象徴という説もある。それで『万葉集』では、女性のたおやかさや美しさを「萩」にかけて詠ったと解釈すると、歌の数が多いのはうなずける。諸説あるが、もしかしたら敦盛に妻子がいて大罪の陣抜けまでして逢いに行ったのか。その心情を「萩」を愛でたことに託して、「妻子」を愛した気持ちを表徴したかもしれない。そう思うと、生田神社が家族愛や縁結びの神としていることと相通じる。

■黒谷の金戒光明寺から京都市内を望む
江戸幕府は金戒光明寺と知恩院を密かに城郭構えに改造、御所を監視していた。御所まで馬で5分、徒歩（かち）で15分の距離にある。会津藩屯所はここに置かれた。晴れた日はあべのハルカスが見える。（撮影：2012.10.24）

■生田神社（『摂津名所図会』部分図）
往時は浜の鳥居から桜並木で、「梅は岡本、桜は生田、松の良いのは湊川」と言われた。松は洪水に弱く、生田神社の旧地布引砂山（いさごやま）から現在地までご神体が流されたという伝説から境内には1本もない。

（4）司馬遼太郎と藤沢周平は清河八郎をどう描いたか

　清河八郎は、幕府の将軍上洛警備の浪士隊の結成を受けて、文久3（1863）年2月8日江戸小石川伝通院に集合した240余名の浪士組とともに京都へ向かった。同23日京都の壬生へ到着したが、生麦事件（薩摩藩元藩主島津久光の行列に騎馬の英国人が横切り藩士に殺傷された事件）の発生により、清河八郎ほか200余名は江戸へ帰ることとなる。しかし、清河と意見を異にした近藤勇・土方歳三らは、水戸浪士芹沢鴨等とともに京都残留を希望。最終的には京都守護職（松平容保《かたもり》）御預かりとなった。3月16日には近藤・芹沢等は黒谷で京都守護職松平容保に拝謁。8月18日の政変（七卿落ち）の日、『新選組』の命名と市中取締の命を受け、京都の治安維持の任に着いた。

　なお、文学的にいうと、おもしろいのは、司馬遼太郎と藤沢周平が同じ人物、「清河八郎」をどう描いたかだ。司馬は『奇妙なり八郎』で八郎を、有能な士を使い捨てにした、無位無冠の浪人で、体制側の人として描いた。

　15年後、藤沢は、自分の立場より弱い者や慕い寄る者に対して真摯に面倒をみた人と描く。評論家佐高信は、「無位無冠」とは賛辞として使うが、司馬は違うようだ、もの書きは所詮「無位無冠の浪人」ではないのかと書いている。また藤沢は「名もない者」を描き、司馬は「名のある者」を描いていると。さらに藤沢は『回天の門』で遊女あがりの妻「おなお」を巧みに描いているが、司馬は女性が描けていないという。柴田錬三郎、海音寺潮五郎も『清河八郎』を描いているから、それだけ魅力的な人物であったらしい。

■熊谷直実供養塔
（金戒光明寺）

■敦盛供養塔
（撮影：2012.10.24）

直実帰依に由来する供養塔、法然上人廟舎前に、右の敦盛塚、左に直実塚がある。直実の墓は埼玉の「熊谷寺」や京都長岡京市の「西山光明寺」の法然廟に添うようにある。

■蓮生法師（菊池容斎画）
東方に向かうのに西方浄土に尻を向けぬよう馬に反対に乗ったという。その様子が菊池容斎の『行往座臥、西方に背を向けず』だ。頑固な一面をよく表現している。

（5）熊谷直実の真実

熊谷氏はもと平家の出というが、武蔵七党の分派ではないかといわれる。幼いときに父を失い、母方の伯父久下直光《くげなおみつ》に育てられるが、伯父から独立し、平知盛に仕えた。「石橋の戦い」で常陸《ひたち》の佐竹氏征伐に貢献、熊谷郷を安堵され、源頼朝の御家人となった。

『平家物語』の一の谷の合戦では、先攻めの熊谷より後攻めの平山季重《すえしげ》が城内一番乗りを果たし、あとで一番乗りをめぐる争いが起きた。

『吾妻鏡』によると、文治３（１１８７）年、鶴岡八幡宮で開かれた放生会の流鏑馬《やぶさめ》で弓の名手直実は的立て役を命ぜられたことに憤慨するが、この役は的中吟味も兼ねる名誉な役なのに頼朝の説得を聞き入れず、所領の一部を没収された。等々、直実の融通が効かない、頑固一徹さを表現している。

また、相続では伯父久下直光の久下郷と熊谷郷の境界争いは、頼朝の面前での両者の口頭弁論で、武辺者で口べたな直実は、頼朝の質問に巧く答えられず憤怒して証拠書類を投げ捨て座を立つと、髻《もとどり》を切り出奔する。それは敦盛を討った8年後のことだった。直実は、京都黒谷の金戒光明寺《こんかいこうみょうじ》に法然上人を尋ね弟子となり出家する。それゆえ、直実出家の真相は若輩敦盛を討ち青葉の笛に世の無常を感じたというより、主張が聞き入れられなかった抗議ではないかともいわれている。白洲正子は直実の行動を好意的に解釈して、敦盛のことももちろん動機の一つだとしている。後に法力房蓮生《れんせい》（蓮生法師）となった直実は、数多くの寺院を開基したことでも知られている。

COLUMN 9

『万葉集』と萩

NHK『趣味の園芸』2020 年 9 月号によると、『万葉集』に詠まれた植物は、160 種類以上だが、そのうち「萩」が、歌中 141 首と詞書《ことばがき》（題詞）1 首の合計 142 首で最も多く詠まれている。

梅は第 2 位で、コラム 1 で触れたように、梅は当時、中国で好まれ文芸作品に多く登場するところから、梅を取り上げることは上流階級にとってはトレンドなことだったようだ。しかし、庶民は違った。萩を好んだ。

古い図鑑を見ると、『万葉集』に詠われた萩は、「ヤマハギ」だと解説されている。しかし、最近の研究では、ヤマハギの出現は標高 500 m以上の山へ行かないとなかなかお目にかかれないから、ハギ属の仲間でもヤマハギに似ているツクシハギやマルバハギやキハギだったのではないかといわれている。なお、現在販売されている園芸種としてはミヤギノハギが多い。

『趣味の園芸』では、「花見」は桜だけでなく萩を観に行くことも「花見」と言ったと書かれている。

○例 ― 萩の歌を 1 首

秋風は冷《すず》しくなりぬ馬竝《な》めていざ野に行かな芽子《はぎ》の花見に

（巻 10 − 2103）

○例 ― 詞書（巻 8 − 1548）

大伴坂上郎女《おおとものさかのうえのいらつめ》の晩《おそ》き芽子《はぎ》の歌一首

■奈良・萩の寺 白毫寺

上記 2 例は萩を万葉仮名で「芽子」と表記している。これは『広辞苑』でもハギを「萩」または「芽子」の漢字を当てている。また「めこ」と引けば、「女子」と「妻子」が出てくる。これは、9 萩の (3)「敦盛の萩」で述べたように、古には「萩」はあのたおやかな樹形から「女性」または「妻子」の隠喩の意味があったのではないかと思う。また、萩の剪定法では冬は根元から 10cm ぐらい残した方が、春の芽立ちが良く、後の姿も佳い。これは「生《は》え芽《き》」が萩の語源とする説にも通じる。なお陽樹なので日陰は避ける。

＊写真：奈良の送り火の高円山《たかまどやま》中腹にある萩の寺「白毫寺《びゃくごうじ》」は万葉歌人志賀皇子山荘跡といわれ、歌碑もある。

■『太陽の子（てだのふあ）』の概要

「てだのふあ」は「太陽の子」の意味。神戸の湊川公園から川崎重工（当時、川崎造船所）に至る旧湊川河川敷の新開地大通り界隈の下町を舞台に大衆的な琉球料理店「てだのふあ・おきなわ亭」の女子小学生ふうちゃんが主に沖縄県人のやさしい常連たちに見守られて成長する姿が生き生きと描写されている。

6年生になったふうちゃんは、父が時々、どこかに出かけて帰ってくると、ふさぎ込んでいることに気づく。やがてそれが「沖縄と戦争」に遠因があるらしいと知る。父の行き先は、父が沖縄戦で米軍から逃げ回った沖縄南部の海岸線に似ている江井ケ島から明石の海岸と分かる。父のなかでは戦争は終わっていなかったのだ。

■湊町1丁目交差点
国道2号から南を望む、突き当たりが川崎重工。この道路は旧湊川河川敷。しばらく行くと右手奥に松尾稲荷神社があり、手前にアーケード付きの稲荷市場があった。

10 彼岸花（曼珠沙華）

『太陽の子』灰谷健次郎と新開地・川崎重工あたり

（1）作者灰谷健次郎は苦学生

灰谷健次郎は昭和9（1934）年神戸市生まれ神戸育ちの児童文学作家であり詩人。神戸市立中学卒業後、貧困のため溶接工など、働きながら定時制高校から大阪学芸大学（現・大阪教育大学）へ進学し、小説を書き始めた。22歳のとき神戸市立妙法寺小学校教員となる。竹中郁らが昭和23（1948）年に創刊した児童詩専門誌『きりん』の編集に参加、詩人伊勢田史郎主宰の詩誌『輪《わ》』の同人でもあった。

17年間勤めた教師を辞めた後、沖縄、アジアへ放浪の旅に出る。昭和49（1974）年『兎の目』で第8回児童文学者協会新人賞を受賞し、作家デビューした。『太陽の子』は神戸の新開地本通り界隈を舞台にした作品で昭和54（1979）年、第1回路傍の石文学賞を受賞した。淡路島で11年間、自給自足の生活後、沖縄渡嘉敷島《とかしきじま》へ移住する。『兎の目』など厳しい批判に晒されたが、多くの人に感動を与えた作品群から、読者がその批判を知り、それぞれの立場で真理をさらに深めていけば良い。批判だけからは何も生まれない。たとえば、読者が『太陽の子』の作品に込められた沖縄戦の悲惨さを深く認識することで『太陽の子』の文学性はさらに高まると思う。

■松尾稲荷神社（撮影：2006.9.25）
このお稲荷さんの神殿はお香が立ち込めた不思議な空間だ。

■江井ヶ島海岸（撮影：2023.1.21）
江井ヶ島から林崎にかけて海岸段丘が続く。沖縄南部のように高さはないが、海面は眼下に見える。

（2）新任教師となった学校はどこだったか

新米教師として神戸市立妙法寺小学校に赴任する。この小学校は須磨区の妙法寺川上流左岸にあった。対岸の右岸にある行基《ぎょうき》上人開基の真言宗高野山派如意山《にょいさん》「妙法寺」は平清盛の福原京で「新鞍馬」になぞらえられる。本尊の木造毘沙門天立像は平安時代作・重要文化財。追儺式《ついなしき》が有名だ。

エッセイ集『島へゆく』「我が教師一年生時代」にそのときのことを20年後に回想している。校舎が山懐にあり、裏が山で約1・5haの「自然教育学習園」があり、さまざまな植物が植えられていて、シャボテン類、食虫植物、果樹園、蒟蒻《コンニャク》畑、水性植物やアヒルやモリアオガエルが産卵する池、メタセコイアの林、学級動物園などが自然の山の中で見られるのだ。そこで新任教師は勉強に疲れると、生徒と一緒にこの裏山で遊んだという。ヤマモモの実やコンニャクイモからコンニャクを作って食べたりしたらしい。彼が宿直の日は生徒が交替で泊りにきて賑やかだったとか。この学校には3年いたが、離任する日飲んで帰ると、子どもたちが全員、灰谷の家で彼を待っていたとか。〈教育の不毛や荒廃が叫ばれるとき、あの時代の営みが、今、必要なのだと痛切に思う。〉と回想の１９５０年代に戻っている。この自然教育学習園は現在もある。

学校の裏山が「里山」という環境はすばらしい。灰谷の作品にもこの「学習園」の体験が反映されていると思う。エッセイには書かれていないが、『太陽の子』で特別な意味を持つ彼岸花（曼珠沙華）も9月半ばに咲いただろう。

■ヒガンバナ（マンジュシャゲ）

・学名　Lycoris radia-ta
　分類　ヒガンバナ科ヒガンバナ属の多年草
・Lycoris（リコリス）＝ヒガンバナ属
・radiata（ラジアータ）＝放射状の
・学名リコリスは花が美しいので、ギリシャ神話海の女神リコリスにあやかった意味。「手くさり」という別名があるほど有毒だが、飢饉のとき水にさらして食べる救荒植物であり、堤防や田の畦をモグラなどの被害から守る有用植物でもある。先人は有毒で家に持ち帰ると不幸を招くとか、火事になるとか、死人花など不吉な名で呼ぶとかして、わざと禁忌の花として大切に守ってきた。

■彼岸花（曼珠沙華）（撮影：2003.9.30）
原産は中国・揚子江あたりといわれ、洪水で堤防が決壊、球根が海を渡り日本の海辺に漂着して伝わったところから椰子の実と同じように漂流植物ともいう。

（3）『太陽の子』の曼珠沙華は何を意味するか

『太陽の子』では、彼岸花でなく曼珠沙華。意味はサンスクリット語で、天上に咲く花。めでたいことが起きる吉兆の花なのだ。おそらく中国原産だから中国の大河の堤防が洪水で決壊。球根が「椰子の実」のように東シナ海を漂流、日本の浜辺に漂着し、あの赤い花を咲かせたのだろう。日本人はなんと、美しい花だと思い、先祖が眠る墓の周りに球根を埋めた。

〈あたりは一面の曼珠沙華《まんじゅしゃげ》なのである。ふうちゃんはいっしゅん息をのんで、なにかこわいものにでも出会った目つきをした。／ま、きれい！……とおかあさんはいったが、ふうちゃんはしばらく声が出なかった。〉

『太陽の子』は、ふうちゃんが、新開地の南、湊町（現・西出町2丁目付近）で大衆琉球料理店を営む父母と郊外の曼珠沙華が咲く丘にピクニックに行った情景で始まる。白いセーターを着たふうちゃんは曼珠沙華の海で数本の白い曼珠沙華を見つけるが、ふうちゃんの父は元気がなく心の病気に罹っていることが暗示される。次の日、父と散歩に出たふうちゃんは、白い曼珠沙華は幸福のしるしや、と言う。この曼珠沙華の丘の情景は最終章でも出てくる。

赤い曼珠沙華は何を意味するか？　やがて彼女は沖縄戦のことなどから今を生きる彼女の生は、多くの人の「死」と「悲しみ」の上にあることを知る。

赤い曼珠沙華は幸運の白い曼珠沙華のふうちゃんを生かすため、いや、生き残った人々を生かすための夥《おびただ》しい「死」と「悲しみ」の暗喩なのだ。

■花が立つ刻葉はない（撮影：2006.9.25）

■白花のリコリス（撮影：2006.9.25）

（4）『太陽の子』で灰谷健次郎が言いたかったことは

『太陽の子』は昭和54（1979）年に出版、小説に分類される児童文学作品だ。この年の世界情勢は、米国スリーマイル島原発事故による放射能の恐怖、ベトナムからのボートピープル激増、カンボジアのポル・ポト政権の大虐殺など暗いニュースに満ちている。明るいニュースといえば、アジアで初めての東京サミット開催とソニーのウオークマンが大ヒット商品となったぐらいだろうか。

灰谷のエッセイ集『島へゆく』「『太陽の子(てだのふあ)』を書き終えての記」の中でそのときの心境を書いている。この作品には2年かかったこと。今ある一つの「生」がいかにたくさんの「死」と「悲しみ」によって成り立っているか、を教える教師が少なくなったことを憂い、それは日本人の堕落だと述べている。日本という国のために命を捨てた多くの人々の「生」を無駄にしてはいけないという思いが伝わってくる。そして子どもたちの中にある可能性のみが日本の国を再生させる力になると主張している。また沖縄の置かれている立場について、佐渡山豊の『どうちゅいむにい』（ひとりごと）の中の歌詞——唐《とう》ぬ世《ゆー》から大和《やまと》ぬ世大和ぬ世からアメリカ世アメリカ世からまた大和ぬ世ひるまさ変わるゆるくぬウチナー——と暗くて重たい現実を書いている。今、まさに中国との暗雲など沖縄は何も変わっていない。灰谷は19歳のとき、「沖縄」のオも知らなかったと恥じている。『太陽の子』は人間を愛し、日本を憂い、神戸を考え、沖縄を思う物語だ、と筆者は思う。

■神戸タワー
（神戸市文書館提供）大正13（1924）年開業直後。神戸タワーの高さは底上げ、公称91 m、実際は57 m。ちなみに大阪通天閣は54 m。

■定時制神戸市立湊高校跡
（現在は神戸市立兵庫中学校）
湊高校は兵庫中学校に間借りしていた（兵庫区永沢町）。
（撮影：2013.8.6）

（5）灰谷健次郎の青春

『灰谷健次郎の本』エッセイ集3「消えた神戸タワー」は、〈わたしの青春は、湊川公園の神戸タワーからはじまる。〉という書き出しで始まる。灰谷のイメージの「新開地タワー」は廃墟のようなイメージであったらしい。1階にまるで客の来ない写真館があった。定時制高校通学中（昭和21〜24年？）の灰谷は、「幽塔」をぼんやり見ながら、坂横の古本屋に寄る。40円〜50円くらいの春陽堂の明治大正文学全集が唯一、灰谷が買える本だった。しかし安いから傷んだ本だ。昼間働いた給与は月2800円。腹一杯食べたい、読みたい本を好きに買いたい、といった飢餓感に晒されていたという。定時制高校での灰谷は同級生の書いた文章からすると、入学当初は就職に失敗し、排他的で孤独な暗い学生だったが、その後弁論部長として活躍。同級の女子学生との恋愛など暗いイメージを一掃したらしい。

灰谷は、神戸職業安定所にニコヨンと呼ばれる自由労働者に混じって並んだ。商店小僧、港湾労働者、印刷会社の外交見習い、電気溶接工など、仕事は転々としていた。そして神戸の福原と妙に縁があった。やがて金もないのに福原の遊郭通いにのめり込む。女性から好意で客以上の性の手ほどきなどを受けたりした。本も横光利一や谷崎潤一郎から小林多喜二や徳永直《すなお》などプロレタリア文学を読むようになり、〈私の青春の碑、神戸タワーも湊高校も今はない。〉と灰谷は結ぶ。市役所入庁直後の筆者は何も分からず湊川公園の神戸タワーの取り壊しと、引揚者住宅の退去に従事した記憶がある。

COLUMN 10

彼岸花（曼珠沙華）とリコリス

リコリスは、彼岸花の学名Lycorisを市販品種名として一般的には使っているが、どちらかというと彼岸花の園芸種の総称として呼んでいる場合が多い。

従って、リコリスというと、種類も多く、花色もそれこそ色いろある。

日本では彼岸花（曼珠沙華）という場合は名のごとく秋の彼岸の頃咲く赤い花の野生種、リコリスという場合は園芸種とおおまかに思えば、当たらずとも遠からずだろう。また、野生であっても種子は出来るが、発芽しない。繁殖は球根（鱗茎）による無性生殖だ。

あの１輪の花のように見えるのは、５～７つの花のかたまりなのだ。開花する前の蕾をよく観察すると花ごとに独立しているのが分かる。それが見事に調和した１輪の花のような花の群れを咲かせるのは神のみが知る神秘な技かもしれない。

しかし、『太陽の子』に出てくる曼珠沙華の海は、厳密にいうと野生ではないだろう。山野で採集した曼珠沙華の球根を大量に植えたか、園芸種の赤いリコリスであれば、容易に数を確保できる。また、白花の曼珠沙華は野生では赤花の突然変異であり、希な花だ。だからこそ、四つ葉のクローバーのように希少価値があるし、珍しいので、しあわせを運んでくる吉兆の花になる。しかし、最近では飢餓のための禁忌が忘れられ、観賞用として野生種を栽培しているところもあるので、そこから入手したという想定もできるから、虚構と一概に言えない。灰谷は、神戸近郊かどうか分からないが、小説で実際の情景を描写したのかもしれない。

『万葉集』では諸説あるが、彼岸花は「いちし」と呼ばれていたようだ。

道の辺《へ》のいちしの花のいちしろく　人皆知りぬ我《あ》が恋妻《こいづま》（巻11-2480）

〝いちしろく〟は「はっきり」の意。意訳すると、道ばたの赤い彼岸花がはっきりと見えるように人に隠していた我が美しい妻のことを皆に知られてしまった、となる。「いちし」＝「彼岸花」は通説に近いが、他説としてタデ科の大黄、ギジギジ、イタドリなどがある。しかし、「花に葉なく、葉に花なし」であり、不気味と思う人もいるかもしれない。また、全草にアルカロイドという猛毒を含むことから、「手くさり」という別名があるくらいだ。だが、現代では有毒であることは十分理解した上で有用植物に分類した方が良いと思う。

■畦と彼岸花（撮影：2005.9.20）

■シャラノキ（ナツツバキ）
（撮影 2011.6.20）
・学名　Stewartia pseudocamellia
分類　ツバキ科ナツツバキ属の落葉高木
・Stewartia（ステワルテイア）＝ナツツバキ属
・pseudocamellia（プセドキャメリア）
＝ツバキに似た
・日本では、沙羅樹をナツツバキとしているが、本当はフタバガキ科サラノキ属の常緑高木だ。乱伐が問題となり輸入量が減った「ラワン材」の仲間といえば分かりやすい。一般的なツバキは常緑高木で花は冬から春にかけて咲くが、ナツツバキは落葉高木で花期が６月中旬なのが違う。共通なのは一日花で花びらが散らずに花ごと落花することだ。ただし、「散り椿」という品種は散る。

11 沙羅樹《しゃらのき》

『平家物語』と有馬「念仏寺」の沙羅樹・雀蛤《すずめはまぐり》庭園

〈祇園精舎の鐘の声、諸行無常の響きあり、沙羅双樹の花の色、盛者必衰の理をあらわす。……〉

（『平家物語』より）

（1）間違えた祇園精舎の沙羅樹

これはよく知られている『平家物語』の冒頭だが、三蔵法師がインドの聖地、「祇園精舎」を訪れたとき、そこは荒れ果てた廃墟になっていたという。

『平家物語』のテーマは「世の無常」。どんなに栄えた者もやがて滅びるは世のならいと書き出すことで物語のテーマをはっきりと掲げている。またその栄枯盛衰の儚さ、無常さを一日花で潔く落花する「沙羅双樹」に仮託してその哀れさを表現している。

沙羅樹が日本に伝えられたとき、日本僧が沙羅樹をナツツバキと間違ってしまった。だが、その取り違いは怪我の功名ではないかと思う。風に揺られてぽつりぽつりと緑苔《りょくたい》に落花する風情は、一日花であることと相まって、その儚さをなお一層際立たせるからだ。また、「沙羅双樹《さらそうじゅ》」とは、諸説あるが、釈迦入滅の涅槃図を観ると、臥床の四方に２本ずつ８本あった沙羅樹が４双樹となり、うち２双樹が白変したという伝説に由来する。

■有馬「念仏寺」(浄土宗)
(有馬観光協会提供)
正式名称は「摂取山光明院念仏寺」。豊臣秀吉の正室ねねの別邸跡を寺院として開基。本尊は伝快慶作「阿弥陀如来立像」。

■雀蛤庭園(有馬「念仏寺」)
(撮影:2016.6.20)
「沙羅樹園」と呼ばれている。沙羅樹と緑苔と雀蛤の岩組の枯山水庭園。雀蛤枯山水庭園は極めて珍しい。

(2) 有馬「念仏寺」の沙羅樹

沙羅樹は樹齢250年の老木だというが、上の写真を撮っている間もひっきりなしに落花していた。一日花と落花の相乗した儚さとものあわれは、観る者の心に『平家物語』の世の無常を思い起こさせる。

念仏寺は、秀吉の正室北の政所ねねの別邸跡だが、晩年、関白秀吉の朝鮮出兵や淀君との確執など、ねねの心安まらない人生とも重なってさらに世の無常を感じる。

沙羅樹がこの寺の庭園の主な樹として植えられたかは定かではないが、有馬にも「平家落人伝説」がある。有馬温泉中興の祖、仁西上人が吉野川上村から平家の落人12名を呼んで有馬の12坊を管理させたという伝説もある。しかし、落人は世をはばかるものであるし、12名というのも温泉寺の薬師如来の眷属12神将や有馬12坊と数字あわせのきらいがある。だが、沙羅樹の庭園を造ったのは有馬に隠れ住んだ落人の末裔か、密かに平家の滅亡に心痛める人が平家鎮魂のために「沙羅樹園」を造成したのかもしれない。

また、徳川幕府の世になると、有馬の「湯山御殿」や「ねねの別邸」など豊臣家ゆかりの施設はすべて取り毀されるか、有馬が藩内の三田藩に下げ渡された。当時の藩主有馬氏から引き継いだ九鬼氏は菩提寺「心月院」の主要建物に転用したが、現在は心月院も火災により残存するのは「山門」だけとなった。

■雀石　（撮影：2016.6.20）
雀石にみえる石を山野から探し出すことはむずかしい。この石は雀が羽ばたいているところだろうか。いずれにしても雀蛤の庭は激しく変化する世にもののあわれを感じての作庭であろう。

■蛤石（石表に仏の御顔か）
（撮影：2016.6.20）
この蛤石は２つの石を組み合わせたものだろうか。蛤は昔から貝合《かいあわせ》（貝覆い）などの遊びで知られる。蛤は対の貝殻でないと合わないところから「夫婦和合」のめでたいものとして嫁入り道具の１つだった。

（3）念仏寺「雀蛤庭園」

念仏寺では沙羅樹を主体の庭として「沙羅樹園」と総称しているが、ここの庭園はとても珍しい枯山水だ。ほかにあまり例を聞かないので、もしかしたら、日本で唯一の庭園かもしれない。

中国の俗信〈雀海中に入《い》りて蛤となる〉は、雀が晩秋になると町からいなくなり、海辺に集まって騒ぐのを見て、海に入って蛤になるのではないか、と想像したこと、転じて意味は、物事は変わりやすいの喩えといえる。

元来、枯山水は鎌倉時代から室町時代初期の立石僧（造園家）「夢窓国師（疎石）」が始めた造園手法で禅宗思想を込めた作庭といわれており、具象庭園というより抽象的な庭園空間を造成することが多い。

念仏寺「雀蛤庭園」の岩組はデフォルメされてはいるが具象に近い。岩組に雀、蛤と観る者に感じさせる加工が施されているような気がする。その辺は山から例えば「雀」に似た石を見つけ出して据えることが主流の枯山水手法とは少し違う気がする。でも、既成の概念に囚われない自由な考え方をすれば、それはより近代的で斬新な造園と思えるし、価値が高まる。

石の大きさ、立て方、組み方、置き方は、沙羅樹の落花の静寂に対して雀が騒ぎすぎている感がある。

ところで、雀が晩秋に海辺に集まることが多いのは、おそらくヌルデ（ウルシ科ヌルデ属）の果実（熟すと表面にリンゴ酸カルシウム液を分泌）を好んでなめる鳥がいるのと同じで、ミネラル分の補給ではないか。

■湯山御殿名残の石積み（撮影：2011.3.14）
斜面上部の石積みは当時の穴太衆の野面石積みに見える。中間の石積みはセメントで固めた練り積みのようだ。修復石積みか。手前は石積みの裏込め栗石が露出した穴太積みだろうか。なお、現地から大阪城と同じ型を使った軒丸瓦が出土している。

■九鬼家菩提寺心月院山門（三田市）
（撮影：2012.1.29）
有馬『湯山御殿」山門と伝えられる。扁額は「清涼山」と読める。御殿が焼失したのは残念だ。

（4）太閤湯山御殿は何処にあったか

　江戸時代になると、秀吉ゆかりの湯山御殿等は破却され、解体された建物は三田の心月院に移築されたが、延宝6（1678）年の火災で焼失。今は山門しか残っていない。なお、心月院は三田藩主九鬼家の菩提寺だ。幕府は湯山御殿の跡に徳川家ゆかりの浄土宗寺院（極楽寺・念仏寺）を建てたので、秀吉の御殿が何処にあったのか分からなくなったが、有馬の人々は温泉寺本堂の北、念仏寺に夫妻の御殿が、温泉寺東にある極楽寺に「願いの湯」があったと言い伝えてきた。平成7（1995）年の阪神・淡路大震災でも有馬は甚大な被害を受けた。その復興調査の中、その言い伝えの正しかったことが証明された。念仏寺の床下から館跡が発見され、極楽寺の地下から秀吉時代の浴場が発見された。これに基づき、床下の遺構が見えるよう強化ガラスの床展示を持つ太閤の湯殿館が整備された。それは秀吉の死後から奇しくもちょうど400年後のこと、多生の縁を感じる。

　庭園・湯殿のある平地の背後、愛宕山山麓沿いに、天正から慶長年間の特徴を示す「野面積み」の石垣が約70mにわたって続いている。石積みの上は幅約5～15mの平坦地であり、「帯曲輪《おびくるわ》」と呼ばれるもので、ここに「多聞」と呼ばれる長屋づくりの城壁と北隅に隅櫓があったようだ。湯殿館では湯屋関連は蒸し風呂一、岩風呂一が館内で露出展示されている。

　この庭園にある手水は側面に秀吉の定紋の桐が彫られており、鍋島藩菊池家から献上された「太閤ゆかりの品」だという。

■伝「湯屋」跡（左手：現・湊山温泉）
（撮影：2012.12.11）
重要資料、中山忠親の『山槐記』によると、治承3（1179）年6月22日条に、〈以御車令渡湯屋給〉〈禅門居去一町許〉とある。御車にて湯屋に渡らせ給う。平野（清盛邸）から一町ばかりの所だ。

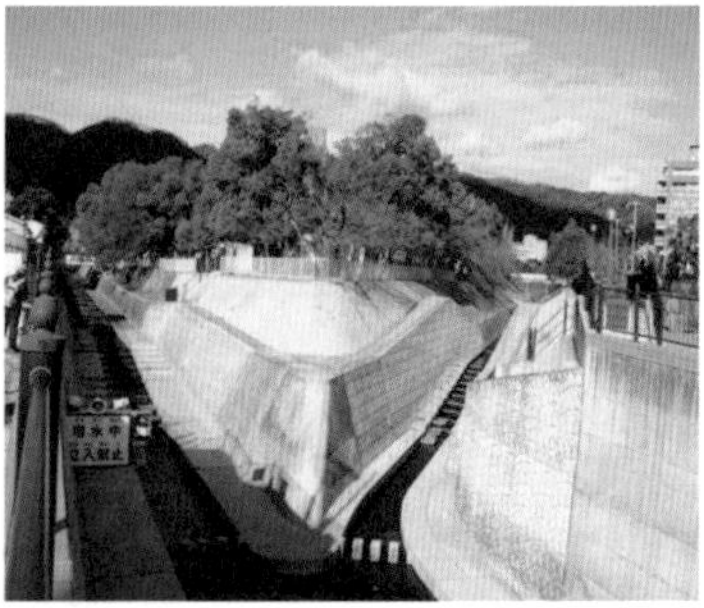

■雪の御所（石井川と天王谷川の合流点）
（撮影：2011.3.14）
ここは現在、「雪御所公園」となっているが、当時の雪の御所は合流点から少し北の旧湊山小学校から道路を挟んだ北側の範囲だ。

（5）平清盛は有馬温泉へ行ったか

江戸時代、誰が念仏寺に沙羅樹を植えたか、を検証したが、適切な資料が見つからないので、推測の域を出ていない。

平清盛が有馬温泉に湯治に来た、という資料も今のところ見つかっていない。朝廷や皇族や親族が頻繁に訪れていたにもかかわらず、福原にいた清盛が有馬を訪れた記録がないのだ。したがって、分からないとするのが妥当であろう。しかし、それは不思議としか言いようがない。

大治3（1128）年の白河法皇は除外するとして、安元2（1176）年、後白河法皇・建春門院（清盛の妻時子の妹滋子）などが有馬を訪れ、入湯している。このとき、清盛は随行しなかったのだろうか。

清盛は治承元（1177）年、平家打倒の謀議のあった鹿ケ谷《ししがたに》事件の発覚により、治承3（1179）年に後白河法皇を鳥羽殿に幽閉しているから、その前だ。承安4（1174）年に、後白河法皇と一緒に厳島神社を参詣しているし、常に後白河と清盛の間を取りもっていた滋子も生きていたから、まだ良好な関係だったと思われる。だから、随行しなかったというのは考えにくい。

しかし分からない。鎌倉方の中山忠親《ただちか》の『山槐記《さんかいき》』によると、清盛の館（禅門家）があったとされる「雪御所」近辺から一町ほどのところ（現代の「湊山温泉」「天王谷温泉」あたり）に「湯屋」の存在が確認されており、清盛は敢えて有馬温湯まで行く必要がなかったのかもしれない。

COLUMN 11

有馬温泉の３つの謎

（1）なぜ、有馬では射場山《いげやま》のタムシバをコブシというか

乙巳《いっし》の変の２年後の大化３（647）年、有馬で湯治中の孝徳天皇は功徳山《こうとくやま》（現・射場山）から切り出した見事な杉の木を使って宮殿を建てた。天皇はこの山の功徳《くどく》を称えて「巧地山《くむちやま》」と命名。山名は功徳山、巧地山、弓場山と変遷し、現在の「射場山」になった。射場山は有馬を囲む南山に位置し、町中より遅れるが、桜の季節にモクレン科モクレン属の「タムシバ」が全山を白く覆う。有馬ではこの「タムシバ」を「コブシ」と呼んで愛《め》でる。「タムシバ」は原種に近い野生種でコブシに似るが、花の下に葉がつかない。コブシは花の下に小さな葉を一枚つける。有馬でタムシバをコブシと呼ぶのはコブシのほうがポピュラーで分かりやすいからだろう。

■コブシ
（撮影：2004.3.29）

■タムシバ
（撮影：2012.3.25）

（2）彷徨う温泉寺の平清盛供養五輪塔

現在、伝清盛の塔（右）は伝尊恵の塔と左右一対で温泉寺本堂前にあるが、江戸時代の『有馬山絵図』には、極楽寺の東上に塔の絵が描かれ、「きよもり石とう」と草書で墨書されている。また古老の話では、伝清盛の塔は温泉寺の玉垣の下に２塔ともあったという。まるで彷徨える塔だ。またなぜ、これが清盛の塔なのか、文献も伝承もなくただ口碑で「きよもり石とう」と伝わる謎の塔なのだ。

■温泉寺（右：清盛の塔）
（撮影：2010.9.2）

（3）有馬温泉と鉱山の謎

神代の昔、大己貴命《おおなむちのみこと》（大国主命）と少彦名命《すくなひこなのみこと》の出雲系２神が人々の病気平癒を願って薬草を探して旅の途中、有馬温泉を発見したという。２神の真の目的は何か。それは金銀銅など鉱山探索の旅だったのだ。少彦名命は一寸法師の原形と言われる小人、即ち鉱山工夫。大己貴命は鉱山技術者なのだろう。

温泉と鉱山探索は密接な関連性があるから、おそらく鉱脈調査の過程で、有馬温泉の泉源を見つけたのではないかと思われる。有馬温泉周辺には鉱山関連の「湯槽谷山《ゆぶねだにやま》」「悪僧谷《あくそうだに》」などの地名があり、江戸時代の『土砂留改帖』には有馬の灰形山は「小屋場山」と記され、鉱山の神・毘沙門天を祀る多聞寺などもある。

12 月見草

『垂水』 神西清《じんざいきよし》と五色山あたり

(1)『垂水』の舞台はどこ

〈二十年ほども昔のこと、垂水の山寄りの、一めんの松林に蔽はれた谷あひを占める五泉家の別荘が、幾年このかた絶えて見せなかった静かなさざめきを立ててゐた。—中略—その日ののち、通りかかる里の人々の目は、崩れかけた築地のひまから、松林の奥に久方ぶりの燭火の幽かにまたたくのを見た。〉

（『垂水』より）

『垂水』の書き出しだ。神西はこの小説舞台を描くのにどこをモデルにしたのか。すぐ思い浮かぶのが、舞子ビラだ。ここは海が見える景勝地だが、谷あいの池などない。ただここは赤松氏の支城「烏崎城《からさきじょう》」址で、斜面は現在も松林で蔽われた小高い丘の上にあることに注目したい。

もう一つは、明石海峡大橋の神戸側着地点の苔谷公園だ。ここは開発行為で生み出されたが、元はウシオ電機創始者の「牛尾邸」跡地だ。小字「苔谷」が示すように低い松林の丘の谷あいに池を巡る庭園がある広大な屋敷だった。その池畔に今は相楽園にある姫路藩の川御座船「船屋形」があった。神西は舞子ビラと苔谷を合体し、小説舞台を構築したのではないか。

■相楽園の「船屋形」（国重文）
（撮影：2005.2.20 雪の日）
移設先設計担当の筆者は、相楽園の池を「桂離宮」の笑意軒前の舟泊の直線切石護岸を参考に西池畔を埋め立て、池の中に『作庭記』の技巧を踏襲して「離れ石」を立てた。船屋形は川御座船として我が国唯一。なお、表面の飾り金具の家紋は榊原「源氏車」だが、裏面は本多「立ち葵」だ。船屋形は本多氏から榊原氏に引き継がれたのだ。

■『垂水』の概要

神西清は堀辰雄に数学から文学へ志望変更を奨めた旧制第一高等学校の寮友。この小説は作者が志貴皇子の「石ばしる垂水……」に刺激を受けて書き出したという。舞台は神戸市垂水区の五色山あたりの松林に囲まれた谷あいにある荒れた五泉家の別荘だ。厚母伯爵家から嫁いで9年、27歳の美しい五泉男爵夫人李子は子がなく、病気静養名目でこの別荘に永久追放された。小説は旧華族社会の古い因習に耐えて生きる李子をめぐる、五泉家の厄介者である一族の遺児・至と李子の出自の秘密を握る厚母家当主喬彦の、三つ巴の愛の情念を描いた作品だ。

■苔谷公園から移情閣を望む（撮影：2004.5.24）
明石海峡大橋関連で再整備され、新設道路で分断された苔谷公園を連結する跨道橋上から明石海峡を通過する貨物船と前方は淡路島だ。大橋はこの右手だが、移情閣は移設後の位置だ。右の舞子ビラの写真は移情閣から撮影した。

■舞子ビラと松林（撮影：2012.7.9）
丘の斜面の松林が色濃い。皇女和宮の婚約者だった有栖川宮熾仁親王《ありすがわのみやたるひとしんのう》の別邸跡。日本の映画発祥の地。

（2）華族階級の古い因習と五色山あたり

〈久しい間見捨てられてゐた別荘は、朽ち傾いた昔ながらの冠木門を開いて、この年若い男爵夫人を迎へ入れることになったが、移り住んだのは彼女一人ではなく、曾根至と呼ばれる青年が同じ自動車の踏段を踏んで姿を現した。至は五泉家にとって遠い姻戚に当る、今は死に絶えた或る一族の遺子であった。〉

（『垂水』より）

すなわち五泉家《ごぜいけ》を取り仕切る後室（先代の正室）にとって李子夫人も至も家の体面を保つ上では、厄介者であった。しかし、至は生まれ落ちた瞬間、当事者ふたりの知らぬ間に厚母伯爵家の当主である喬彦の妹麻子と許嫁の取り決めがなされていた。至は喬彦と麻子が住む厚母兄弟の家が須磨寺にあったから、秋に迫った結婚を控えて至がこの別荘に移り住むことは傍目にはごく自然なもののように見えた。後室は至のしあわせを願ったのではなく、至の家系を利用した、五泉家の閨閥《けいばつ》づくりにほかならなかった。李子夫人も至も華族階級の古い因習に絡め取られていたのだ。

そんな暗い別荘とふたりの立場とは裏腹に、この小説舞台の五色山あたりは限りなく明るく、古代から海の見える風光明媚な墳墓の地であった。諸説はあるが、五色塚古墳を中心に内海、淡路島の東浦、西浦、果ては明石川上流部の木津、押部谷をも含む地域は海人族《あまぞく》が支配してきた。後室はこの地に李子や至を住まわせることで家の浄化を企てていたのかもしれない。

■オオマツヨイグサ
（撮影：2019.9.1）
・学名　Oenothera erythrosepala
分類　アカバナ科マツヨイグサ属
・Oenothera（オエノセパイア）
＝マツヨイグサ属
Oenos（酒）＋ther（野獣）＝根に葡萄酒のような香気があるの意。
・erythrosepala（エリズローズパラ）
＝赤い萼片のという意味。
・通称：月見草、待宵草、宵待草
・関東では花が小さいメマツヨイグサが主流。夕方咲いて朝しぼむ一日花。アカバナ科は咲き終わった後、花殻が赤いので、分かりやすい。

■大待宵草（月見草）

（3）月見草の李子夫人

ある炎暑の後、通り雨が過ぎた黄昏時だった。別荘の〈南に面して月見草の咲く僅かな芝生があり、その尽きるあたりの丘のうへには、四阿《あずまや》が夕空の青を吸ひとって黒ずんで見えた。—中略—ふと至は、四阿を抜けて白い浴衣姿の李子夫人が丘を下りるのを見た。夫人は、黄色い花の間の夕闇を縫って近づいて来る。彼女をこんな光線の中に見出すのは、至には初めてであった。夫人の姿に何か珍らしい美が匂ってゐるやうに思はれて、〉至はその方を見やった。

＊〈　〉内は原文引用。

『垂水』では、「月見草」と表記しているが、〈夫人は、黄色い花の間の夕闇を縫って〉の記述から草丈の高い月見草は、オオマツヨイグサしかないから、それと知れる。現代では、月見草というと、同じマツヨイグサ属でも矮性で黄花の「大花小待宵草《オオバナコマツヨイグサ》」や同じく矮性で昼間も咲いていることから名付けられた薄桃色の花の「昼咲き月見草《ヒルザキツキミソウ》」も月見草と呼ぶことが多くなった。

しかし、月見草からはやはりすらっとした美女のイメージが浮かぶのは、筆者だけだろうか。コラム12で触れる竹久夢二のなよっとした美人か、それとも夢二が傾倒したアールヌーボーのミュシャの影響だろうか。

この小説における「月見草」は李子夫人であり、これは、黄昏時に咲いて翌朝しぼみ、赤い憂いを残す一日花の「月見草」に、李子夫人の儚い美を仮託して表現していると思われる。

■コマツヨイグサ
（撮影：2010.5.12）
矮性のマツヨイグサ。浜辺に多い帰化外来種。
しぼむと赤色になる。葉が長細い。切れ込みあり。

■ヒルザキツキミソウ
（撮影：2009.6.7）
大正時代に渡来した観賞用園芸種だが、
現在は野生化している。しぼむと赤色になる。

（4）李子夫人は不倫をしたのか

〈彼女がその故に暗々の裡に五泉家の京都の本宅を遠ざけられる事になった一種の乱倫も、たとひそれが形影相伴はぬもので、実際は寧《むし》ろ男爵自身の乱行の反映と見た方が正しかったにせよ、やはり幾分は彼女の病弱のせゐにしていいやうに考へられる。〉

（『垂水』より）

これは李子夫人が病弱ゆえに子ができないからという名目で、荒廃した垂水の別荘に永久追放された真実の理由を語っているように思われる。よく分からないが、誇り高い五泉男爵家への抵抗であろうか、一種の意趣返しのように李子夫人は不倫をくりかえしていたのだろうか。そのため、世間体を憚って五泉家の後室が李子夫人を垂水の別荘に永久追放したとはっきり書いてはいないが読める。

ところで、神西が知っていたかは分からないが、「月見草」には、花色が黄色から次第に紅色にかわっていくことから「移り気」という花言葉がある。また黄昏時に咲きはじめ朝しぼむことから「無言の愛」というのもある。

このことから「乱倫」は妻の孤独と悲しみを顧みない夫の乱行に対する李子夫人の無言の抵抗ではないかと思われる。

筆者は『垂水』から、李子夫人の出自が京都の卑しい陶物師《すえものし》の娘であることはあまり感じないし、物語の展開から男ふたりの情念は感じるが、李子夫人からはむしろ清純な美しさを感じる。浅読みのせいか……。

■海神社（撮影：2008.1.25）
読み方は現在「カイジンジャ」だが、「ワタツミジンジャ」か。江戸時代は「垂水神社」ともいった。

■五色塚古墳から海峡を望む
（撮影：2008.1.25）
明石海峡を通過する船がよく見え、対岸に岩屋が見える。手前はレプリカの円筒埴輪列。

（5）五色塚古墳は誰の墓か

五色塚古墳は兵庫県最大の前方後円墳。築造は4世紀末~5世紀初頭だ。3段の墳丘は葺石で覆われている。墳丘最下段の葺石は付近産、上2段は淡路島の東浦産といわれている。五色塚の名前の由来は、①淡路島西南部の五色浜付近産の葺石②葺石が太陽の光の移行につれて色が変わる③米を蒸すセイロウの古語「コシキ」に古墳の形が似ているなどの説がある。『新・神戸の町名』神戸史学会編では各論を挙げて③の立場を支持しているが、不詳だ。

『日本書紀』第9巻「気長足姫尊《おきながたらしひめのみこと》・神功皇后《じんぐうこうごう》」では、新羅征伐から凱旋した神功皇后が、崩御された仲哀天皇を祀り、海路都に向かわれた。そのとき、仲哀天皇の子で、神功皇后が母でない麛坂王《かごさかのみこ》と忍熊王《おしくまのみこ》は、神功皇后が群臣と諮って我が子（後の応神天皇）を後継者にすると思い、仲哀天皇の陵を造営すると偽り播磨の明石に山陵を造り待ち伏せた。すなわち、五色塚は、2皇子が兵士終結の口実に築いた偽計陵墓だというのだ。しかし、発掘の結果から偽計墳墓とは思えない。やはり海神《わたつみ》社などの存在からも当時この地域に勢力を張っていた海人族《あまぞく》系地方豪族の墳墓とするのが通説だ。

五色山一帯が古墳時代中期、水上交通と深く関わり、五色塚古墳を要に海人族の本拠地であったのではないかといわれている。海神社が東垂水、西垂水、東高丸、塩屋、下畑、名谷と広い氏子地を持っているのはその証だろう。また上の写真から五色塚は古墳であると同時に、対岸の岩屋の城山と呼応して海峡を通る船から通行税を取る監視所を兼ねていたのではないかと思う。

COLUMN 12

宵待草と竹久夢二そして神戸

■画集の夢二作品

「待宵草」というと、すぐに竹久夢二の『宵待草』を思い出す。

もう何年も前になるが、岡山へ行ったとき、「夢二郷土美術館」と「夢二生家記念館」へ寄った。美術館前で「宵待草」の歌碑を観て、牛窓近くの岡山県瀬戸内市邑久《おく》町の生家へ行った。ちょうど、6月。生家の庭には、丈の高い大待宵草（月見草）が咲いていた。ところがここで少し疑問を生じた。通説では夢二が「待宵草」を「宵待草」と間違ったという。しかし、筆者はこの歌を唱うとき、何の違和感も覚えないこと、『宵待草』のセノオ楽譜の表紙絵は美人画で、曲名としてちゃんと「待宵草」と表記している。夢二は語順が逆であることを知っていたことになる。もともと『宵待草』の歌の歌詞と夢二作の原詩とは内容がやや違う。漢文的な『待宵草』より日本語的な「宵待草」が音律にかなっていると原詩も歌詞も修正しなかったのではないか。さらに興味を引かれたのは、夢二の「宵待草」はもしかしたら丈の低い海辺などに咲くコマツヨイグサだったのではないか。というのは、『夢二画集』夏の巻に描かれている「待宵草」はどう見ても海辺に咲いた「小待宵草」だ。それは『宵待草』が生まれた失恋の思い出の地、太平洋沿岸の漁港、銚子の海鹿島《あしかじま》の浜辺のコマツヨイグサではなかったか。(楽譜表紙は『宵待草』表記のものもある)

■セノオ楽譜№106表紙には「待宵草」とある。

夢二というと、岡山生まれ、神戸には縁もゆかりもないように思っていた。あまり知れていないが、夢二と神戸にはとても深い縁がある。珍しい豆本の中右瑛著『神戸と少年夢二』を参考に触れてみたい。中右瑛は神戸在住の行動美術協会会員の抽象画家、国際浮世絵学会常任理事の浮世絵研究家、夢二エッセイストとして著名だ。夢二は秀才校、旧制神戸一中の前身、兵庫県立尋常中学校に在学していた。当時、邑久から神戸に行くには船便だった。生家に近い牛窓港から、室津、赤穂、飾磨、神戸へと沿岸を辿った。夢二にとって、異国情緒の神戸は、後の画風に色濃く反映されている。湊川神社近くで米屋を営む父の弟方に寄宿。生田川の学舎に通学したが、「家事の為」を理由にわずか8ヶ月で退学している。幼い日、新開地はまだなく、頭の上を流れていた湊川、遊んだ湊川神社境内、初めてのラムネや通った神戸キリスト教会など興味深い。

■トケイソウ　時計草

（撮影 2009.7.19）

・学名　Passiflora caerulea
　分類　トケイソウ科トケイソウ属つる性木本類
・Passiflora（パッシフローラ）＝トケイソウ属
　Passi（受難）＋ Flora（花）＝受難の花の意。
・cacerulea（カエルレア）＝青色の
・ラテン語 passiflora または英語 passion flower で「受難の花」の由来は、キリストが磔になったときの様子に似ているからだ。３分岐している雌しべは針、副冠は茨の冠、10 枚の萼は 10 人の使徒などを表しているという。繁殖旺盛なので庭に植えるのは止めた方が良い。

13 時計草

『大君の都』ラザフォード・オールコックと新種の時計草

(1) オールコックは植物について博識だった

〈われわれは、本通りを通って帰ってきたが、店頭には大して興味をひくようなものや新奇なものは見当たらなかった。帰る途中で、トケイソウの新種と、川の土手に生えている巨大なイラクサを目にした。〉

（『大君の都』第28章より）

初代駐日英国公使兼外交代表・オールコックは陸路を江戸へ行く条件として、〈天皇《ミカド》〉のおられる京都《ミヤコ》を通らないことを約束する〈外交的やりとりが終わったので〉、〈本陣、すなわち宿泊所〉の薬仙寺世尊院から町へ見学に行った。彼らは〈酒の醸造所〉や大きな和船や小舟を建造する造船所などを観るなどして町を縦断した後、天井川の水が流れていない砂と砂利ばかりの〈幅の広い川〉から引き返す途中で、〈新種の時計草〉と〈巨大なイラクサ〉を見つけたという。オールコックは外交官だが植物に造詣が深く、植物名もよく知っているのは驚きだ。英国人外交官は大航海時代からプラントハンターとしても活躍していた。それで植物に対する知識は相当なものと推測できる。〈新種の時計草〉かどうかの見分け方など、現在でも非常にむずかしいことなのだ。また「イラクサ」に至っては花も極めて地味で目立たない植物な

■イラクサ　刺草
花も葉も地味で目立たない。茎など赤い「アカソ」とか、葉がビロードのような「ラセイタソウ」などならまだ分かりやすいが……。

■舟入（築島橋）から兵庫港展望
左手が島上町、右手は旧中央市場。オールコックはここから上陸した。（撮影：2006.9.25）

のだ。

「トケイソウ」は新種としているが、品種が５００種以上あるといわれているから、新種の発見は簡単ではない。原書を確認したところ、a new kind of passion-flowers だった。オールコックは英国王立キュー植物園にない種類だったので、珍しく思って新種と書いたのだろうか。先端の雌しべの色の例を挙げても、茶色や緑色など多様だから……。翻訳は間違っていないが、本来の意味の分類上の「新種」ではない。単に新しい品種の場合は、a new kind of passion-flower だが、オールコックは原文でも本来の意味の「新種」a new species of passion-flower とは表記していないので、この翻訳上の「新種」とは厳密にいうと、「新しい品種」ということになる。

次に「イラクサ」だが、学名 Urtica（ウルチカ）は古いラテン語で「チクチクする」の意味。刺毛があるからだ。オールコックが観たことのあるイラクサはおそらく「セイヨウイラクサ」であり、兵庫津で観たイラクサは一般にいう「イラクサ」だと推測できる。なぜ、オールコックの目に止まったか。見た目はまったく目立たない草本だが、欧米では古代から繊維、抗炎症作用薬など人間に有用なハーブとして使用されていたからだろう。また、オールコックは兵庫から大坂へ行く途中、苗代、麦、綿、空豆、ナスなどの田畑を入念に観察している。６月半ばというから、野生種のサツキツツジかヤマツツジの花がたくさん咲いていたともいう。

■開港当日の神戸港（「イラストレイテッド・ロンドン・ニュース」）（神戸市立博物館蔵 Photo:Kobe City Museum/DNPartcom）
白いところが造成中の居留地。開港を祝い、整列する各国外国船が見える。写生場所は布引丸山あたりか。

■薬仙寺（撮影：2012.3.6）
当時の世尊院は新川運河開削で水中に儚く消えた。平清盛の千僧寺の塔頭という。

（２）兵庫港開港前夜とオールコック

当時、日本を取り巻く情勢は緊迫していた。中国清朝は英国が仕掛けたアヘン戦争（１８３９～１８４２）に敗北し、不平等条約の締結や香港の租借など悲惨な立場に追い込まれた。ついで欧米列強は日本の開港を迫っていた。

このようなとき、初代駐日英国公使兼外交代表ラザフォード・オールコックは、安政６（１８５９）年６月から文久２（１８６２）年３月まで日本に滞在し、幕末外交史上、貴重な資料である『大君の都』（"The Capital of the Tycoon : Narrative of a Three Years' Residence in Japan"）を著した。彼の兵庫津上陸は、兵庫開港後、設置される外国人居留地予定地の下見が目的であるといわれている。彼はこの著書で兵庫から神奈川まで陸行するのが目的だと否定しているが、真相は分からない。オールコック一行が京都通過を危惧する幕府外国奉行竹本図書頭正雅《ずしょのかみまさつら》が治安上を理由に上陸を拒否したのに対して、彼は、前述したように京都通過を断念することを条件に陸行することになる。オールコックの宿舎は兵庫の薬仙寺世尊院であったが、その近くの海浜（現在の和田岬以西妙法寺川に至る海浜）は外国人居留地としていい場所だと内心思ったときに、「外国人居留地としてこの辺りはどうか」と図書頭が聞いたので、「非常にすばらしい」と答えたという。これは兵庫開港が「兵庫津」であることが前提の応答だ。しかし、幕府は兵庫津住民の反対、兵庫津の税収減、薩摩藩の強硬な反対、激しい攘夷論への懸念などから兵庫津の市街地を避けた代替開港の目論見があった。

■多田美波『スペースアイ』
（撮影：2014.5.17）
旧生田川（フラワーロード）を
モチーフの流れを望む。

■旧神戸外国人居留地 42 番館（大丸）
東道路から三宮神社、モルガン教会を望む
（撮影：2018.10.23）
振り返ると意外、海の船が見える道だ。

（3）外国人居留地の選定の謎

なぜ、兵庫開港が兵庫津から神戸村の旧生田川河口周辺に変わったのか。それは、開港に伴う外国人居留地を出来るだけ市街地から離れた場所にしたい幕府と、水深が深く大型船舶の寄港が期待できる、将来の発展が見込める新港と居留地を建設したい列強諸国との利害が一致した結果に他ならない。オールコックの後任ハリー・パークスら米英仏蘭四か国公使が、慶応元（１８６５）年９月16日、軍艦８隻（米国軍艦は派遣なし）を率いて兵庫に来航し、早期開港を要求、強行停泊したとき、記録にはないが、居留地適地の調査も行い、兵庫津より水深が深い、生田川尻の海岸の方が開港場に適していると判断したからであろう。呉越同舟だが、開港は実施された。それは長い目で見た場合、神戸の発展に繋がり結果として吉だったと思う。

ハリー・パークスの随員A・B・ミトフォードは『Tales of Old Japan』に兵庫の印象を書いているので引用する。

〈兵庫は満足すべき居留地になるであろう。街の周辺の景色は私の見るところ横浜同様にたいへん美しくてとても素晴らしい。居留地に予定された場所は兵庫の旧市内からやや離れたところにあって、大型船が自由に出入りできるだけの十分な水深もあり、天然のすぐれた投錨地となっている小さな湾に面している。予定地の背後一里か一里半ほどのところには丘陵地帯がある。高さおよそ千五百フィート程のなだらかなこの丘陵の様子は長崎と非常によく似ている……〉と。

■ハゼノキ（撮影：2009.12.5）
ハゼノキが多かったとオールコックは記す。蝋燭の原料か。

■コバノミツバツツジ（撮影：2012.4.17）
春、野山に咲く野生種のツツジの代表。

（4）オールコックは植物好きだったのか

オールコックは、長崎を出発する随員に植物学者を参加させたかったようだが、生憎要員は出払っていたという。ということはそれだけ植物への関心が高かったことへの証明にもなる。オールコックはなぜ、植物学者の随行を望んだのか、それは単に彼が植物好きだっただけではないだろう。この理由の究明はおもしろい。実際、『大君の都』では長崎から江戸までの陸行中、田畑の作付けや巷の植物へのオールコックの関心は非常に高い。

たとえば、田植えの苦労、麦刈り、稲刈り、山腹に石垣を築いて作るサツマイモなどの農業、生け垣のスイカズラ、道ばたのアザミ、〈ピンク、青、白など繊細な色合いのツツジ〉、野生の椿（おそらくヤブツバキ）、竹、ハジの木（ハゼの木）、松柏類で蔽われた山々など綿密に観察している。

それは世界中のプラントコレクションの受け皿のような王立キューガーデンへ新種を提供する栄誉とか、支配階級の生活により密着している一種のステータスとか、それとも植物への関心は英国人にとって大切な教養の一部であるとかなどからだろうか。興味はどんどん膨らむ。

おそらく植物への異常な関心は新しいビジネスチャンスの取っかかりを探すためではないかと思われる。英国はコショウ、紅茶、コーヒーなど、鉱物のダイヤモンドなどより植物の宝石を通して発展してきたように思える。

それは日常において人間生活に役に立つハーブという有用植物との深い関わりがあると筆者は考えている。

COLUMN 13

兵庫（神戸）開港の行方

■延期された開港の内幕

安政５（1858）年、江戸において外国奉行水野筑前守忠徳と英国使節ジェームス・エルジン卿との間で調印された「日本国大不列顛《グレートブリテン》国修交通商条約」、世にいう「安政仮条約」の一つである。その第３条（五港開港期日）の規定によって、箱館・神奈川（横浜）・長崎は安政６（1859）年７月１日、新潟は万延元（1860）年、兵庫は文久３（1863）年１月１日に開港することになっていた。ただし、大坂開港には触れていない。しかし、幕府は文久元（1861）年、攘夷論が横行する中、世情不安を理由にヨーロッパに特使（全権大使勘定奉行兼外国奉行竹内下野守保徳）を派遣し、兵庫開港を慶応３年12月７日（1868年１月１日）まで延長することを申し出た。

英国側は交換条件としてロシアの南下策を阻止するため対馬の開港を迫ったが拒否した。しかし、５年延期の代償として　①貿易に関する各種制限の撤廃　②大名と外国との直接貿易承認　③日本人と外国人の交際の自由　④日本人雇用に対する干渉の撤廃などの条件を受け入れた。

ついで元治元（1864）年、四国艦隊下関砲撃事件の賠償金として300万ドルの支払いに際して、連合国は賠償金を３分の２に減額する代わりに、兵庫の即時開港、大坂の開港追加を条件に出してきたが、実は幕府にとって「兵庫、大坂２港」の開港には、内国的な事情が隠されていた。２港開港は尊皇攘夷派を刺激し、倒幕運動に拍車をかけると危惧していたし、前に調印した修交通商条約の勅許問題の対応に苦慮していたため幕府財政は逼迫していたが、まだ賠償金支払いの方が得策と考えていたようだ。また、薩摩藩はこの２港開港に強く反対していた。５港はすべて幕府直轄領であったから開港による関税収入は幕府収入であり、それは幕府強化に繋がりかねないと考えたようだ。薩摩藩の強弁な主張の背景には、ハリー・パークス卿が慶応元（1865）年、米仏蘭公使と８隻の連合艦隊を組織して兵庫沖に侵入したとき、薩摩藩は大久保一蔵（利通）を派遣して強硬な攘夷論者孝明天皇に攘夷実行を奏上した成果か、孝明天皇は条約勅許を拒否したと考えられる。歴史の流れは止められず、慶応３年の兵庫開港は幕府の瓦解を早めた。

■占領された長州藩前田砲台（1864年）
（出典：ウィキペディア）

14 松（一）

『火《ほ》垂《た》るの墓』野坂昭如と石屋川の松

(1) 野坂昭如は「成徳小学校」出身

野坂昭如は昭和5（1930）年、新潟県副知事野坂相如《すけゆき》の息子として鎌倉市に生まれ、神戸市灘区中郷町3丁目の張満谷《はりまや》家へ養子に入り、成徳小学校に通学した。近所にいた『大菩薩峠』の中里介山をよく尋ねたらしい。

野坂は昭和20（1945）年6月5日の神戸大空襲で自宅と養父張満谷善三を失い、養母節子は大火傷を負い、祖母が養母の面倒を看たという。その後、1歳の妹と、7月末まで西宮の親戚に預けられ、飢えた妹恵子はよく夜泣きしたので、外に連れ出し、頭を小突いて黙らせたらしい。野坂は後で自分と西宮の家の娘京子のことばかり思って、義妹恵子のことを少しもかわいがらなかった、もっとかわいがればよかった、と反省している。その後、福井県春江町に疎開。そこで妹恵子は一歳六ヶ月で他界した。この体験が『火垂るの墓』の元になっているが、この作品は戦争の悲劇と厳しい現実をひととき忘れさせる蛍のイメージの物語でもある。清太が死んだ三ノ宮駅の南広場の草に宿る蛍、清太の妹節子が死んだ西宮・満池谷《まんちだに》ニテコ池畔の蛍の乱舞、防空壕に放した蛍、蛍の墓、妹節子を火葬にした丘に群れる蛍など、はかなく悲しい「蛍」のイメージだ。表題の「火垂る」は古語。空襲の意味も重ねている。

■『火垂るの墓』の概要

神戸大空襲の体験を元に儚い命の蛍をモチーフに描いた、野坂昭如の自伝的小説だ。空襲で母を失った清太と節子兄妹は、西宮・満池谷の遠縁のおばさんの所に身を寄せる。そこはニテコ池の堤防の下で清い水が流れ、蛍が乱舞する所だった。おばさんは携行した食糧を取り上げるなど、ふたりを邪魔者扱いする。兄妹はおばさんの家を出てニテコ池の防空壕で生活を始めるが、節子は栄養失調で死ぬ。妹を近くの丘で荼毘に付した清太は省線三ノ宮駅構内で逝く。駅員が、節子の遺骨が入ったサクマ式ドロップ缶を駅南広場に放ると、草むらから夥しい蛍が飛び立って終わる儚く悲しい物語だ。読後はいかなる理由があろうとも「戦争は決してしてはならない」という思いが浮かび上がる。

■成徳小学校旧校舎（成徳小学校蔵）
昭和7（1932）年創立。成徳とは教育勅語の「徳器を成就し」からとられている。校舎は阪神・淡路大震災後、建て替えられ、校庭下に雨水貯水池がある。東を流れる高羽川は清流だ。

■石屋川（撮影：2004.5.24）
阪神大水害以降、河床が２段になった記述は本文にもある。御影公会堂がチラッと見える。

■中郷町３丁目（撮影：2023.2.4）
左手が中郷町３丁目。道路の突き当たりが石屋川。伝二本松がある。成徳小学校まで徒歩５分。

（２）『火垂るの墓』は贖罪の文学

『火垂るの墓』は昭和42（１９６７）年10月、「オール讀物」に発表された。翌年43（１９６８）年、『アメリカひじき』とともに第58回直木賞を受賞した。

『文壇』野坂昭如著によれば、『火垂るの墓』では戦災死した父は海軍大佐で巡洋艦に乗り組み音信不通、空襲で大火傷を負った母と、戦後転倒して寝たきりとなった祖母は戦災死とした。そのことから清太〈必然的にぼく（＝野坂だと読者が思うように）は、あわれな戦災孤児となった。〉〈ぼく〉は小説のなかでやさしかったようには、本当は義妹にやさしくなかった。夜泣きする義妹を外に連れ出し、小突いて脳震盪《のうしんとう》を起こさせて黙らせた兄だという。

『名作を歩く』神戸新聞文化部のヒアリングによれば、〈「とにかく何でもいい。正直に書きたいと思った。贖罪の意識が書かせた作品という思いが強いですね。あの作品に出てくるほど僕は妹に優しくはなかったから」〉と野坂は語り、「贖罪の文学」だという。

『火垂るの墓』は、読む人によっては再読を嫌う人もいる。しかし、「戦争は決してしてはならない」という思いが読み終わらないうちから溢れ出る。読者をこのような気持ちにさせるのは、虚構を超えたと筆者は思う。どこかに人間の深淵に隠された醜い何かがあぶり出されていて、飢餓の中で自分が果たして、清太のように人にやさしくできるか、読者の気持ちを激しく動揺させるのではないか、と。筆者は、あの阪神・淡路大震災の中で垣間見た人々の相互扶助の思いやりから、未だに人間を信じたいと思っている。

■クロマツ　黒松

（撮影：2023.2.4）

・学名　Pinus densiflora
　分類　マツ科マツ属
・Pinus（ピヌス）＝マツ属
　ラテン語古名、語源はケルト語＝山
・densiflora（デンシフローラ）＝密な花。
・日本におけるマツは黒松と赤松のみ。
・古来から日本の伝統的景観は白砂青松だが、海浜のマツは潮風に強い黒松に限る。赤松は樹幹が赤いのですぐ見分けられる。

■アカマツ

■黒松（西国街道名残松・御影中学校前）
（撮影：2023.2.4）

（3）石屋川の「二本松」はどこにあったか

『火垂るの墓』の描写によると、昭和20（1945）年6月5日、清太は神戸製鋼所への勤労動員に通っていたが、その日は節電日で上中町（今は交差点の名前として残る町名）の自宅で待機していた。すでに制空権はなく早朝7時過ぎ、低空の空襲だった。清太は節子を背負い、病弱の母を町内会で設置した防空壕へ送ってから一旦、家に帰ったが、焼夷弾攻撃は思ったより急だった。母のいる防空壕へ行くこともできず、阪神電車の高架沿いに石屋川の堤防に逃げる手はずであったが、避難民で混乱し無理だった。そこで一旦、海に出て海浜を伝い、石屋川河口から上流に向かい何とか助かった。

空襲から逃れて、母の安否を気遣いながら、清太と節子の兄妹は、〈「きっと石屋川二本松のねきにきてるわ、もうちょっとやすんでからいこ」〉と、かねてから打ち合わせていた一時《いっとき》集合場所の「石屋川の二本松」をめざした。〈二本松は国道をさらに山へ向かった右側にあ〉ったが、母の姿はなかった。

このことから、「石屋川二本松」は御影公会堂前の国道2号よりさらに山へ向かった右側にあったようだ。終戦から78年目、「石屋川二本松」がもし生き残っていたら、と思ったが、地元でいう二本松は戦後の二代目のような気がする。御影公会堂の南の公園にあった切り株の年輪からすると、石屋川河畔の戦前と思われる古松の樹齢は100年を超えている。「石屋川二本松」は、おそらく張満谷家の一時集合場所だったのだから、地域のランドマークとなる大樹だっただろう。現在残っていれば、大樹だと思う。

■二本松（撮影：2023.2.4）
中郷町３丁目と徳井町３丁目の間の市道が石屋川に突き当たった堤防にあがる階段横にある。写真左手の２本。徳間アニメ絵本はもっと太い樹幹で表現されている。

■不滅の御影公会堂（撮影：2012.6.25）
『火垂るの墓』文学碑から御影公会堂を望む。花は文学碑横の花壇のスターチス。橋は国道２号の「石屋川橋」だ。

（４）御影公会堂の奇跡と「火垂るの墓」文学碑の謎

御影公会堂は幸運の建物といわれている。昭和13（１９３８）年7月3～5日の阪神大水害、昭和20（１９４５）年6月5日の神戸大空襲、平成7（１９９５）年1月17日の阪神・淡路大震災を三度生き延びたのだ。だが、もし大震災がなかったら、御影公会堂は消えゆく運命にあった。ここに柔道の神様「嘉納治五郎記念館」を中心に戦前、諏訪山公園にあった「武徳殿」を建てる計画が進行していたのだ。だが、震災後の事業の再構築であえなく消えた。ゆえに、御影公会堂は四度蘇ったフェニックスのような幸運の建物なのだ。

『火垂るの墓』で野坂は、〈上ってみると御影第一第二国民学校御影公会堂がこっちへ歩いてきたみたいに近くみえ、酒蔵も兵隊のいたバラックも、さらに消防署松林すべて失せて阪神電車の土手がすぐそこ、国道に電車三台つながって往生しとるし、上り坂のまま焼跡は六甲山の麓まで続くようにみえ、その果ては煙にかすむ、〉と描写しているが、徳間アニメ絵本に描かれた情景は、公会堂と国道の焼けた電車以外は六甲山の裾まで焼け野原という凄惨さだ。

■『火垂るの墓』文学碑
（撮影：2012.6.25）

筆者は上の写真の碑を勝手に文学碑としているが、アニメ映画完成記念碑のようだ。誰が設置したのか記されていない謎の碑だ。

■サクマ式ドロップ
『火垂るの墓』の節子の絵で親しんだドロップ缶。製造会社佐久間製菓は残念ながら2023.1.20廃業した。

■ JR 三ノ宮駅（撮影：2004.4.5）
清太がもたれた柱は袴の部分、写真の黒い線までがタイル張りだった。現在はこの神戸モダニズム様式の柱は隠され、四角い宣伝柱となっている。

（5）冒頭と終焉――読後思うこと

〈省線三宮駅構内浜側の、化粧タイル剥げ落ちコンクリートむき出しの柱に、背中まるめてもたれかかり、床に尻をつき、両脚まっすぐ投げ出して、さんざ陽に灼かれ、一月近く体を洗わぬのに、清太の痩せこけた頰の色は、ただ青白く沈んでいて、―中略―　清太には眼と鼻の便所へ這いずる力も、すでになかった。〉

（『火垂るの墓』より）

これはこの小説の書き出しだ。現在のJR三ノ宮駅は通勤の人々など朝夕行き交う人で溢れるが78年前、この小説に書かれたことは作者野坂昭如の体験を超えて、多くの人々の死と悲しみの黙示録なのだ。その尊い犠牲の上に現代があることを忘れてはならない。そして終焉は、

〈暁に眼ざめ、白い骨、それはローセキのかけらの如く細かくくだけていたが、集めて山を降り、―中略―　そのまま壕にはもどらなかった。〉と西宮・ニテコ池畔の防空壕の中で亡くなった節子を清太が独り茶毘に付す。その後、三ノ宮駅構内で野垂れ死にした清太は、〈布引の上の寺で茶毘に付され、無縁仏として納骨堂へおさめられた。〉で終わる。冒頭と終焉に「清太の死」を描いた額縁式構成の作品だ。

読後は、ロシアのウクライナ侵略が続く今、「いかなる理由があろうとも戦争は決してしてはならない」という強い気持ちに改めて駆られる。

■西宮・ニテコ池（撮影：2011.9.22）

（6）節子終焉の地―節子はどこで火葬されたか

節子はこの満池谷のニテコ池の防空壕で死を迎え、清太は、〈満池谷を見下ろす丘〉で節子を茶毘に付した。

野坂は福井県春江町で1歳半の義妹恵子を亡くしているので、現実の世界でも、独りで義妹を茶毘に付し、仕方も分からず火葬し過ぎて小さな骨片しか残らなかったとエッセイ『私の小説から』などに書いている。『火垂るの墓』もそのときの体験をもとに描写しているのだろう。

小説では節子の遺体を抱いて山を登り、〈満池谷を見下ろす丘〉で行李に納めて茶毘に付したとしている。虚構だが、この「丘」はどこなのかという論争がある。通説は上の写真の左手の森の先に見える白い校舎「大社中学」の丘ではないかといわれている。確かに中学は満池谷の北の丘の上にある。しかし、遺体を抱き、行李を持って登るには、あまりに遠い。また高低差や緑の繁り具合などからニテコ池の南下《みなみした》の満池谷を見下ろせるだろうか。

ところでニテコ池は室町時代の「越水城《こしみずじょう》」の内堀跡といわれており、写真右手の丘は「城山」という小字名が残っている。

この丘ではないのだろうか。ニテコ池も満池谷も眼下、間近に見える。〈市役所へ頼むと、火葬場は満員で、―中略―「子供さんやったら、お寺のすみなど借りて焼かせてもらい、裸にしてな、大豆の殻で火イつけるとうまいこと燃えるわ」〉に符合する満池谷墓地も寺もこの丘の裾にあるし、おばさんの家はニテコ池の南下で近い。

■「舞子ノ浜」（絵はがき）
（長崎大学附属図書館蔵）
当時の庶民生活が感じられるとともに、明石海峡大橋架橋前もすでに松の大樹はまれだったが、かつての舞子の浜の黒松の見事さが偲ばれる。

■舞子ビラ（旧有栖川宮別邸）（撮影：2008.1.6）
有栖川宮が鳥崎（柏山）の丘に登ったとき、明石海峡と松林の風景に感動して、この地に別邸を構えたという。手前の背の低い松は、別邸当時の禿松（かぶろまつ）だ。

14 松（二）

『私のびっくり箱』竹中郁「松もむかし」「ビリケン」「万亀楼」から

（1）竹中郁の神戸にびっくり

『私のびっくり箱』巻末に詩人足立巻一が書いた「解題」によると、竹中郁は神戸を代表するというか、19歳で北原白秋、山田耕筰主宰『詩と音楽』の新進詩人に選ばれているから、日本のモダニズム詩人だが、亡くなられたとき、大量の散文が遺されていたという。しかし竹中は生前1冊の散文集も出さなかった。内容から2冊のエッセイ集にまとめることになった。1冊は、詩と美術に関する『消えゆく幻灯』。2冊目は郷土神戸と身辺雑記を集めた『私のびっくり箱』だ。筆者にとっても古き神戸を知る上でとても貴重な愛読書だ。しかし、何度も読むうちにぼろぼろになってしまった。新しいのを買おうと思っていたとき、詩人伊勢田史郎が亡くなられた。蔵書整理を頼まれて詩人鈴木漠と兵庫区荒田町の家に伺う。1、2階はもちろん、2階に上がる階段まで書籍の海だった。彼は本の波の上でどんな夢を見ていたのだろう。

そのとき、目に入ったのが、夥しい本の中に埋もれた『私のびっくり箱』だった。整理の礼にほしい本はいただけることになっていたから、さらぴんの『私のびっくり箱』をいただいた。何しろこの本はおもしろい。軽妙で批判精神に富み、ものの見方は新鮮で、いわせてもらえば変わっているのだ。

■舞子ビラへのアプローチ（撮影：2008.1.6）
白いガードレールの向こうが、海側。JR山陽本線軌道と同じ高さだ。突き当たりはヘアピンカーブで現在の出入り口に出る。今も法面は松林が残る。

■舞子ノ浜『播州名所巡覧図絵』（筆者彩色）
画賛は「舞子の浜より淡路嶋を望む」とある。庶民も明石海峡を挟んだ淡路島の風景を楽しんでいる。海浜にいる二人は、俳諧師であろうか、弟子が差し出す煙草の火にキセルを差し出している。

（2）松が好きだった竹中郁

①松もむかし

昔は、松林が須磨から明石まで海岸に沿ってほぼ切れ目なく続いていたという。今もかろうじて松林の残るのは、東からいうと、妙法寺川河口右岸の戦前は住友邸など豪邸が並んでいた現・海浜公園、架橋のため新植も多いがようやく往時の松籟《しょうらい》も聞こえ始めた舞子公園、明石藩が毎年士分から町人まで動員して浚渫《しゅんせつ》した明石港の土砂で造った中崎海岸堤防の松林ぐらいだろうか。須磨、舞子、中崎の各海岸は現在も、新植を試みているが、一朝一夕で復元できるものではない。海岸の松は苗木を単木で植える方法では育たない。防砂、防風対策した上で苗木を群植し、その中の何本かが成木となり、他は生き残る松のために死んでいく悲しい運命にある。だから、戦前の海岸沿いの松林は、江戸時代からの先人の努力の賜なのだ。

舞子公園の戦前枯死した「根上がり松」や、舞子ビラ（旧有栖川宮別邸）の黒門を入った所の芝生地に高さが3階建ぐらいで気品のある枝振りの松があり、これも昭和30年代に枯死した、と愛惜の想いを竹中は記している。

ところで、舞子ビラの出入り口が国道2号側にあって、無番の踏切があったということに興味を持った。現在、国道からは線路の下を潜り、再度坂道を上がる立体交差のアプローチになっている。JR山陽本線の列車・電車本数の増大による改変であろうか。旧有栖川宮邸には山陽電車の歌敷山駅（霞ケ丘駅整備に伴い廃駅）側に裏木戸があった。

■孫文歓迎会記念写真（舞子松海別荘前）
（神戸市文書館提供、神戸観光局港湾振興部蔵）
前列左から3番目が戴天仇。1911～12年の「辛亥革命」により、共和制の中華民国発足後、日本を訪れた孫文を迎えて呉錦堂が開催した歓迎会の記念写真だ。しかし、中華民国の前途は暗雲に包まれていた。

■舞子浜の松並木（絵はがき）
（出典：『ふるさとの想い出写真集』）
２台の人力車とそれに乗ったご婦人２人が写っている。彩色版もある。松は根上がり気味であまり良好な環境とは言えない。

②ビリケン

竹中郁が「松もむかし」を書いたら、神戸市立南蛮美術館長だった荒尾親成から上の2枚の写真のコピーが送られてきたという。〈一枚は太い松並木を二台の人力車。車夫と婦人客……〉。もう一枚は「移情閣」でよく知られている華僑、呉錦堂《ごきんどう》の松海別荘前で撮影された孫文来日歓迎会の記念写真だ。大正2（1913）年だから、翌々年完成の「移情閣」はまだ出来ていない。

竹中郁はこの写真を見て驚いている。前列左から3番目が孫文とともに活躍した中国国民党の論客・戴天仇《たいてんきゅう》だと人から聞いたからだ。戴天仇の甥は詩人黄瀛《おうえい》。黄は、日本の陸軍士官学校を終え、高村光太郎も認める詩人で日本語の現代詩集を2冊も出していたので竹中は知っていた。しかも、叔父・甥とは言え実によく似ていたらしい。戴天仇の本名は戴季陶《たいきとう》。戦前の日本の朝鮮政策、中国政策を生涯批判し続けた孫文の側近だ。

表題の「ビリケン」は、時の寺内正毅《まさたけ》朝鮮総督がビリケンに似ていて、「寺内ビリケン」と綽名で呼ばれていたのに由来する。その彼が、舞子駅から約200mしか離れていないのに、人力車に偉そうに乗って通るのをたまたま竹中が目撃したからにほかならない。松と人力車からの連想だろう。

神戸で印象的なビリケンさんは東川崎町3丁目「松尾稲荷神社」がお薦めだ。アメリカ生まれの幸運の神様らしいが、線香の靄の中に神秘的に祀られているのだ。竹中はどうも戴天仇を書きたかったみたいで、テーマの松は、文末に省線舞子駅で売っていた「松露」という菓子でお茶を濁している。

■「舞子名所・海岸と移情閣」（絵はがき）
砂浜がある舞子の浜だ。今はない。戦前は舞子から明石まで浜辺を馬で行き来できた。

■万亀楼の客室から淡路島を望む
（竹中郁のスケッチ）（出典:『私のびっくり箱』）
欄間に横山大観の絵、明石海峡を行き交う帆船。遠く淡路島。海風が吹く景色。

③万亀楼

竹中郁は少年のころ、毎年夏休みになると、舞子の万亀楼に避暑に来ていた。ここで竹中は鴨居に掲げられた肉筆の横山大観の絵を観た。松並木の舞子の浜、海に浮かぶ舟、遠くに淡路島が横たわる横長の絵だった。

〈この絵の中の松林の一本一本には写実と様式との巧みな混合があって、その消化から美しいハーモニーが生じていた。それが松風の音のようでもあり、汀にくだける波の音のようでもあった。そんなことを子供心に直観して、いつも見惚れた。〉と書いているが、その鑑識眼は、この舞子の浜の万亀楼から芽生えたことが知れる。のちに旧制神戸二中で小磯良平と親友になり画家になることを夢見たという竹中、毎夏、舞子に避暑に来られる裕福さは我々にはないが、人生とは思わぬところから車輪が回り始めるものだと思った。

上のスケッチは竹中の自筆だが、雅趣があっておもしろい。万亀楼は昭和10（1935）年ごろまであったようだが、今はその面影さえない。わずかに舞子公園あたりにそのよすがを感じさせる松林が残るのみだ。「風土千年、風景百年、景観十年」と造園家はいうが、その端くれの筆者も明石大橋架橋前、初めて松籟の音を聞いた舞子の浜が懐かしい。もう万亀楼があったころの風景を取り戻すことはできないのだろうか。

竹中が松林にこだわったのは、千年前の日本固有の古き風土としての松林ではなかったのか。現代において日本の風土は日々失われ、その形骸さえ消えつつあるように思えてならない。

COLUMN 14

須磨離宮道と禿松《かぶろまつ》

明治40（1907）年に明石城址の離宮決定を覆し、須磨の大谷光瑞の別荘とその隣接地を買収した宮内庁は、翌年から武庫（須磨）離宮の造営に着手し、大正3（1914）年竣工した。

庭園設計は宮内省造園技師・子爵の福羽逸人《ふくばはやと》だった。彼は葡萄研究でフランス・ドイツなどの留学経験から全体計画を大きく分けて、①離宮道（当時は行啓道と名付けられた）から②「正門」、③「馬車道」を経て、「中門」までは欧米式設計を取り入れ、中門より内苑は日本古来の宮苑方式を採用している。なお、中門脇の「狛犬」の台座は、洋風デザインが施されている。

これはどこにも書かれていないが、福羽は中門に至るまではできるだけ、フランス「ヴェルサイユ宮殿の宮苑設計」を意識して計画した節が窺われる。というのは、まず離宮道（行啓道）は明らかに、「ヴェルサイユ宮殿」の正門から市街へ延びる3本の放射状の並木道をイメージしているのではないか。フランスの街路樹はマロニエやプラタナスが多いが、須磨離宮道では日本伝統の松並木、しかも行啓道の両側に低い土手を築き、その堤の上に和風の禿仕立ての松を列植したものだ。松は痩せ地で水は乾燥気味を好むので、低い堤は養分と水をコントロールしやすいから理に適っている。

離宮当時の正門は、金属製装飾柵で、中柱は金属製で欧米様式だった。次に馬車道だが、左側はカイヅカイブキの列植（箒状の形状保持－設計者の意図に反し成長しすぎだが）。それと右手斜面の、岩を組み合わせて一つの岩に見せる「装石《ロカイユ》」は、フランス式の庭園手法だ。福羽は御殿や中門内部の和風宮苑と調和を保つため、一見和風のように欧米庭園様式を巧みに取り入れている。その意図を込めた設計が「離宮道」に凝縮されていると思う。

■現・離宮道（撮影：2023.6.17）

■離宮道（竣工当時）
（出典：『離宮公園に残る武庫離宮庭苑』）

■菩提樹（セイヨウシナノキ・リンデンバウム）
（撮影：2013.5.31）
・学名　Tilia japonica SIMONOKAI
分類　シナノキ科シナノキ属
・Tilia（チリア）＝シナノキ属　ボダイジュのラテン語古名。語源はptilon（翼）。翼状の包葉より花柄がでることに由来する。
・japonica（ヤポニカ）＝日本の
・学名で分かるように日本では、「菩提樹」とシナノキを同属のため混同している。欧米でいう「菩提樹」と違う。冬芽を比べると、分かりやすい。菩提樹はほぼ球形。シナノキは卵形。特にミツバチはこの花の蜜を好む。

15 菩提樹
トアロードの街路樹の変遷と文学作品

（1）トアロードの街路樹の変遷

トアロードの日本名はあまり知れていない。現在のJR元町駅がかつての「三ノ宮駅」だが、三宮神社の西に接することから、「三ノ宮筋」という立派な日本名があったのだ。JRが駅名を「神戸三宮」にしないのにはこの古来の名前を遺す意図があるなら、それは素晴らしいことだと思う。地名はむやみに変えないほうがいい。差別に繋がるときは別として、地名には先人の深い想いが込められているからだ。

街路樹の樹種は、その土地の風土に合ったものが選定されることが多い。古代飛鳥では中国の唐に倣って桃の並木道もあった。また、街道筋に松や杉などを植えて並木道をつくる伝統はあるが、地域の人を潤す並木道は神社などの参道の桜や銀杏の並木を除いてあまりなかったように思う。しかし、神戸居留地の外国人は違った。居留地の京町筋などに都市緑化を目的とする街路樹という思想を持ち込んだ。

トアロードは仕事場の居留地と住居地の北野町の職住分離の通勤道だ。彼らの要望もあったと思うが、日本人も次第に感化されて街路樹に関心を持つようになったようだ。しかし、トアロードは戦前歩車道分離もない道で、植

■戦前のトアロード（神戸市文書館提供）
省線高架附近よりトアロード北方を眺む。遠くにオール・セント・チャーチのトンガリ帽子の屋根が見える。

■トアロードのリンデンバウム
（撮影：2013.10.11）
ネムノキが１本を遺して枯死し、地元と協議して本来はセイヨウシナノキを植えたいが日本産シナノキが植栽された。写真は植栽してから約15年。この樹は成長は遅いがその後急激に成長する。

物の生育にとってあまり良くなかった。街路樹の樹種は、プラタナス、サルスベリ、ネムノキと変遷したがいずれもうまく成長しなかった。

トアロードの古い写真では、あまり街路樹を見かけないが、かつては並木があったのかもしれない。しかし、はっきり分かっていない。陳舜臣『神戸ものがたり』によると、街路樹はサルスベリであったという。

ネムノキは陽樹で、どちらかというと湿った土地を好む。トアロードは坂道で地下水の滞留がむずかしく乾燥気味なのが、育たなかった遠因かもしれない。それと、道路の両側にはビルが続き、日照は半日と厳しい。現にトアロードに何本かネムノキが残っているが、ビルが途切れ日照が十分な場所だ。

ネムノキは『万葉集』でも詠われていて「ネブ」という。中国では「合歓《ゴウカン》」と言い夫婦和合の樹とされ、街路樹にも使用される。トアロードは外国人居留地に入れなかった華僑の町でもあった。現在、若人の町に変貌しつつあるトアイースト、トアウエストには美味な中華料理店が多い。そういう意味でもネムノキは親しまれていたのだが、風土に合わなかったのが残念だ。

菩提樹（本来はセイヨウシナノキだが、トアロードは日本産シナノキ）は今のところ適地のようだ。成長しすぎて剪定を余儀なくされている。ドイツ語では「リンデンバウム」と言い、この木の下で誓約して契約などをしたことから、「誓約の樹」といわれるし、花言葉は、「夫婦愛」や、「愛の樹」ともいわれている。

■東天閣（旧ビショップ邸）
（撮影：2013.10.13）
トアロードで唯一戦災を免れた幸運の異人館といえる。

■トアホテル（神戸市文書館提供・レファート写真コレクション）
トアロード突き当たりにあったホテル。稲垣足穂は〈お伽の国のお城〉と称した。焼失しないで現存すれば、一大観光資源だったろう。

（2）トアロードと文芸作品

①『神戸ものがたり』陳舜臣

神戸には「ハンターズ・ギャップ」や、昭和25（1950）年に進駐軍接収中に失火焼失したトアロードの突き当たりにあったトアホテルのそばの「ハングマンズ・ボンド」など、横文字の地名が多い。陳舜臣は、外国人は自分たちに通じる地名をつけることが好きだったという。

戦後、トアロードにある異人館は、中華飯店の「東天閣」（ビショップ邸）しか残っていないが、道路を隔てた東側は原っぱ（神戸阿利襪《オリーブ》園のあったあたり）で、往年の外国人腕白小僧は、ビショップ・フィールドと呼んであばれまわった、とも書いている。彼は同書「南北の道」に、トアロードはサルスベリの並木道で商店街というより散歩道だった。そして南京町と同じように居留地に仕事場をもてない華僑の密集地帯で、それは今も息づいている（トアイースト&トアウエスト）。トアロード近辺は華僑が、ふるさとの風習を自由に行える特殊な場所だった、と。

②『神戸』西東三鬼

筆者は戦後文学の中で3指に入る名作だと思っている。昭和17年冬、トアロードの朱色に塗られた奇妙な「トア・アパート・ホテル」を舞台にした自伝的小説だ。歯科医師で俳人の主人公と止宿人（日本人12人、白系ロシア女1人、トルコタタール夫婦1組、エジプト人1人、台湾男1人、朝鮮女1人）、それに米国潜水艦に監視され神戸港から帰国できないドイツUボートの水兵

■ネムノキ（撮影：2013.5.13）
和名は触ると葉を閉じる催眠運動をすることに由来するが、華僑にとっては「夫婦和合」の樹として親しまれた。

■サルスベリ（撮影：2005.7.18）
トアロードの初代街路樹。夏の酷暑に耐え、長く咲くので、「百日紅」ともいう。遠く故郷を離れて生きる華僑には特別な花だっただろう。

が絡んだ10編の短編からなる。戦時中、このような世界があったとはさすが国際港都神戸だと思った。

③『細雪』谷崎潤一郎

〈お春は図らずも、去年の十二月に妙子が神戸のトアロードのロン・シン婦人洋服店で拵えた駱駝のオーバーコートと、今年の三月頃に同じ店で拵えたヴィエラのアフタヌンドレスの勘定書があるのを見付けた。〉（『細雪』より）

雪子の結婚が遅れている原因の一つに、いとさんの妙子が20歳のとき、船場の旧家の貴金属商奥畑の倅と恋に落ち、新聞沙汰になったことが挙げられるが、その妙子が奥畑の啓坊から買ってもらったらしい勘定書？という疑惑が生む流れの中で出てくる。また、『細雪』（中）でも、トアロードなど神戸へよく買い物へ来るシーンが描かれている。これは谷崎一家が大阪より神戸を実生活でも好んだからといえよう。

④『旅の絵』堀辰雄

堀は竹中郁とふたりで南京町から、トアロードの突き当たりにあるトアホテルの方へ坂道を上った。その静かな通りには骨董店や婦人洋服店などが並んでいる。聖公教会（オール・セント・チャーチ）の前に屯するホームレスや、車が何台も店先に停まっている花屋の情景を見たとき、〝私〟に〈今夜がクリスマス・イヴであるのを思い出させた。〉

⑤『神戸―我が幼き日の……』田宮虎彦、小松益喜、共著

〈戦火にかかって焼失した教会は、このオール・セント・チャーチだけだっ

■トアロード（撮影：2013.10.1）
菩提樹が生育良好。

■オール・セント・チャーチ
中山岩太《神戸風景（トアロード）》
（中山岩太の会所蔵）

た。……焼失したオール・セント・チャーチも、信仰の対象とするにふさわしい美しい教会であった。三角のトンガリ帽に四枚の鎧戸を持ち、その下の壁は、凡て素焼の橙色瓦で覆われていた。最前部は地味な色の赤煉瓦だった。庭には西洋の極楽花である夾竹桃が一面に咲き乱れていた。この教会の裏側一帯は華僑の住家だったし、教会の下には同文書院があった。〉（文・小松）

「夾竹桃《キョウチクトウ》」を当時は〝極楽花〟と言ったのだろうか。筆者は、全木猛毒だから〝地獄花〟だと思う。極楽が付く花は別に極楽鳥花《ストレリチア》がある。

⑥『人間椅子』江戸川乱歩

江戸川乱歩と神戸出身の横溝正史の出会いは、大正14（1925）年4月11日と『探偵小説四十年』に乱歩は記している。当時乱歩が勤務していた大阪毎日新聞社が「探偵小説趣味の会」を立ち上げる構想があり、神戸・西柳原の西田政治《まさじ》邸で横溝正史と会った。横溝は当時、薬剤師として神戸市東川崎町で薬局を経営していた。

そのころ、乱歩は「人間椅子」という作品を構想していた。腕は立つが醜男の椅子職人が次第に自分の作品に愛着を抱き、椅子の中に入って好きな人に座ってもらうという胎内回帰のような悦楽を楽しむ物語だ。だが、いかに奇想天外とはいえ肘掛け椅子に人が入れるものか、乱歩は舶来品に劣らないと評判の神戸家具で確かめたかった。横溝正史がその要望に応えて案内したのがトアロードの家具屋だったという。話ができすぎだが、おもしろい。

■『花の降る午後』の概要

この小説は新聞小説だ。この作品は宮本輝がエッセイ集『二十歳の火影』で宣言しているように、人間にとってしあわせとは何かをテーマにした小説であろう。そして、たぶんしあわせは小説のなかだけしか存在しない。主人公典子は、売れていないが才能のある画家高見雅道との恋を失いたくなくて、その現在のしあわせを存続させることがしあわせになることだと思っているようだ。幸福はこの物語の中でしかなく、私たちは物語を読む間、せめてもの幸福に浸る。

■「アヴィニョン」への道―不動坂×北野通交差点より望む（撮影：2013.3.14）

16

楠

『花の降る午後』宮本輝とジャーディン・マセソン商会の門柱

（1）物語の舞台――北野町（神戸）

この物語は、昭和52（1977）年10月～翌年4月までNHK朝の連続ドラマ『風見鶏』で一躍脚光を浴びた神戸市の北野町界隈を舞台として展開される。夫をがんで失ったあと4年間、北野町の高台にあるフランス料理店「アヴィニョン」を守って生きる37歳の美しい甲斐典子は、ようやく仕事もこなせるようになるが、ふと、〈あしたもあさっても、同じような午後が訪れ、そうやって歳を取っていくのだろうか〉と心をけだるくさせる午後の日もあった。そんなある日、亡き夫に買ってもらい、店に飾る油絵「白い家」を貸してくれと、その絵の作者と名乗る10歳下の青年、高見雅道が現れ、恋に落ちる。一方、典子は周囲の温かい助けを得ながら、エキゾチックな香りのする街、神戸を舞台に、レストランを奪おうとする荒木夫妻の策謀と闘う。

そして、典子と高見の恋は究極を迎える。高見はパリへの留学をめざす。典子はレストランをとるか、恋愛をとるか悩むが、高見の絵を買うことで留学の費用を援助し、別れる決心をする。

しかし、パリに行こうとした高見は、典子の元に帰ってくる。高見は坂道（楠の大樹の陰）に立っていた。典子はその光景を楽しむ。

■ジャーディン・マセソン商会（絵はがき）
（神戸外国人居留地 83 番館〈現 KDC 神戸ビル〉）
門柱が示すように赤煉瓦と白い御影石を巧みに組み合わせた貴重な建物だった。戦災から外観は残ったが、再開発であえなく取り毀された。

■ジャーディン・マセソン商会の門柱
（撮影：2013.4.13）
旧居留地から移設。一部修復したが、努めて現状保存を心がけた。

（2）ジャーディン・マセソン商会の門柱

〈「公園の横です。小さな公園……。公園の入り口に、ジャーデン・マセソン商会っていう門柱が立っているのです」そこは、かつての英国商会の跡地で、いまは門柱だけ残して公園になっているのだった。〉（『花の降る午後』より）

　高見から典子に電話がかかってきて「萌黄の館」の隣の「北野中公園」にいることを告げる。営業中の典子は早めに店を閉め、高見を迎えに公園に行く。そして、アヴィニョンに戻ったふたりは、その夜を初めてともに過ごす。故に、この門柱の前はふたりが初めて結ばれた記念すべき場所だ。

　この物語は虚構なのだから、事実と違っても何ら差し障りはないが、門柱をここに移設した当事者として、事実との違いが少し気になる。昭和62（1987）年のことだった。北野町異人館街の保全に奔走する「異人館博士」の坂本勝比古から、「居留地の83番館の英国商館ジャーディン・マセソン商会（現・KDC神戸ビル）の門柱を確保してるんやけど、北野で保存できへんか」と依頼があった。ちょうど「北野中公園」の設計担当の筆者は、門柱を設計に組み込み、その経緯は現地の銘板に書いた。

　なお、「北野中公園」用地は、風見鶏ブーム前はラブホテルだった。さらにその前は、「小松益喜受贈特別展図録」〈北野小径「壊れた塀」〉によると、ドイツ人のベーア邸だった。小松はここで「午後のお茶に呼ばれた」という。だが、図録にあるトーマス邸との間の小径の雰囲気は失われて久しい。

■クスノキ　楠、樟

（撮影：2023.2.15）

・学名　Cinnamomum canphoru SIEB.
　分類　クスノキ科クスノキ属の常緑高木
・Cinamomum（シナモムウム）＝クスノキ属
　桂皮のギリシャ名　cinein（巻く）＋ amomos（申し分ない）＝表皮がよく巻く
・canphoru（カンフォル）は、樟脳のアラビア語＝強心作用からカンフルに通じる。
・芳香がある全木から「樟脳」が取れたため、かつては重要な資源樹種だった。
　兵庫県の県木。気候風土に合い、成長に適している。写真は明石公園剛ノ池のクスノキ。

（3）フランス料理店「アヴィニョン」はどこにあったか

①〈……店から出た。くすのきの巨木が、風のない、よく晴れた午後の陽の中で、その葉をいやに黒ずませてそびえていた〉

②〈窓は西向きだったが、少し離れたところに建っている「うろこの家」の三角屋根や、何本かのくすのきの巨木が、昼間から夕暮れまでベールをかぶせてくれるからだった。〉

③〈クスの木の下に蝉の死骸が落ちていた。―中略―　典子は膝を折り、蝉のなきがらに見入った。蟻の隊列は、アヴィニョンの庭のほうへ延びている。〉

これはクスノキの出てくる条を列挙してみた結果だ。虚構ではあるが、「アヴィニョン」がどこにあったか、を示唆している。「アヴィニョン」の近くにはクスノキの巨木が何本かあるらしい、と。不動坂の交差点から車の行き違いが難しくタクシーも嫌がる幅員の狭い道を上り詰めると、このクスノキの大樹あたりで突き当たり、（次ページ写真参照）左手に（西に）「うろこの家」が見える。右手は「うろこの家」と同じような塔がある異人館があった。〈涼風が、海に面してあけはなった窓から吹き込んできた。ポート・タワーが見え、港に並ぶクレーンがかすんでいた。〉など、「アヴィニョン」の2階の窓からの描写もあるが、この小説では、「クスノキ」が道標《みちしるべ》の役割を果たしており、「アヴィニョン」の位置がおぼろげながら比定できる。筆者は今も幻の「アヴィニョン」を探してこのあたりを彷徨《さまよ》っている。

■旧グラシアニ邸
（La Masion de GRCIANI）
（撮影：2005.5.31）
写真は焼失前・重文・焼失復元〈フランス料理店「アヴィニョン」のイメージ〉

■「アヴィニョン」近くのクスノキ
（撮影：2006.5.31）
不動坂交差点から上り詰めたあたり。

■左：塔のある「うろこの家」、右：塔のある異人館（現存せず）
（撮影：2015.8.15）

（4）「花の降る午後」では花は降らない

この小説では、花が降る場面はない。なら、「花」とは何を表徴しているのだろうか。本文にもあるが、「花」とは咲き匂う典子のことだ。しかし、この「花」はさらに、「アヴィニョン」が開店するまでの物憂い午後、典子がこのまま年老いていいのか、また「アヴィニョン」経営者としての仕事をとるか、高見への愛を優先させるのか、典子の心のなかに降りしきるさまざまな想いをも表徴していると思う。

次の（5）で詳述するように、ヒエロニームス・ボッシュは絵画《愉楽の園》に、人間とは清純な心から邪悪な心、ストイックな想いと愉楽に身を委ねる想いなどが混在する美しく醜い生き物だとの思いを込めた。若く咲き誇る美しい典子のなかにも、そんな一面があると言いたかったのではないか。それは〝生きる目的を持って生きるのが人間だ〟と言いたいのかもしれない。でも、花が咲き匂う刻《とき》は短い。人生で咲き匂う刻は瞬く間に過ぎゆくが、咲き匂う午後をいかに心豊かに過ごしたかによって、老後をいかに美しく生きられるかに通じるような気がする。それは、この作品が単なる幸福物語―エンターテインメント小説ではない証明となろう。

■《愉楽の園》ヒエロニームス・ボッシュ
この絵画はスペインの首都マドリードのプラド美術館にある。作者宮本輝のこの絵に対する評価は高見の言葉として語られる。

（5）作品に秘められた二つの絵画

①「白い家」

この「白い家」は、『花の降る午後』の冒頭の章名としても使われており、この小説では重要な意味を持っている。それは《愉楽の園》に対する絵である。〈モジリアニが風景画を描いたら、おそらくこのようなものになるだろう〉〈ひとけのなくて寂しいのに、妙に烈しさ〉を持つ「白い家」は、夫との短いしあわせな生活の思い出を抱きながら、懸命に生きる典子とレストラン「アヴィニョン」を隠喩していると同時に、この小説のテーマである「女のしあわせ物語」に対する作者の思いを表徴しているように思える。

②《愉楽の園》

この絵画をモチーフに、作者は「アヴィニョン」乗っ取りを企《たくら》み、邪淫《じゃいん》に興じる蛇のような荒木たちとの闘争を書いて、悪に生きるものたちのおぞましい欲望と典子の心象風景を重ね合わせて描いている。

『世界の美術館の旅』（小学館刊）の解説を参考に説明すると、この絵はボッシュの代表作。中央の《愉楽の園》の左が「地上の楽園」、右は「地獄」、「地獄」を描いている。性的快楽を象徴する奇妙で不思議なモチーフが描かれ、ボッシュの悪魔的ヴィジョンが、快楽に溺れる人間に警告を発している。ボッシュの幻想世界は、当時のことわざや暗喩を題材（例―イチゴは逸楽の世界を、フクロウは英知の象徴の反面、淫乱、怠惰、大食の悪徳の鳥）に、人間の愚かさを容赦なく描き出したことは、後世の画家に多大の影響を与えた。

COLUMN 15

芳樟とセルロイドとナフタリン

①芳樟

「芳樟《ほうしょう》」とは、中国、台湾、九州などに分布するクスノキの亜変種といわれている。樟脳分の含有が少ないので、樟脳を取るためではなく、特に匂いの強い香り成分抽出用の樹木といえよう。

布引ハーブ園にも鹿児島から取り寄せた芳樟を植栽した。山頂駅から階段を降りて、かつて投げ込み式ゲートがあった園路の曲がり角を少し戻った左側にある。

クスノキの葉とくらべて葉の縁が波うち、花や実は小さいというが、見た目はクスノキとほとんど変わらないので見分けにくい。成分は、スズランやラベンダーやベルガモットのような香りの天然「リナロール」を大量に含む。

②セルロイド

ちょっと懐かしいが、歌謡曲「街のサンドイッチマン」の〈ロイド眼鏡に燕尾服〉で始まる「ロイド眼鏡」はフレーム（縁）がセルロイドでできた眼鏡のことだ。かつて鼈甲《べっこう》に似せた眼鏡フレームや万年筆や筆箱などが洒落た風合いで人気があった。また、その流れで人造絹糸の生産も行われた。

セルロイドはニトロセルロースとクスノキから抽出された樟脳を主原料に造られた世界初のプラスチックだが、発火しやすい欠点があり、また法規制も強化されて、いつの間にか石油由来のプラスチックに変わってしまった。

それまでは、樟脳は日本の大切な輸出品であり、樟脳が取れるクスノキは貴重な資源樹種だった。神戸でも、かの幻の大商社「鈴木商店」傘下の工場で樟脳の精製が盛んに行われた。その伝統は「もの作りの原点」として今も関連会社に引き継がれている。

③防虫剤としての樟脳とナフタレンの違い

違いは、樟脳はクスノキから精製された天然防虫剤だが、ナフタレンは石油由来のコールタールが原料の化学合成物質だ。現在、衣料用防虫剤としては、主に無臭の「ピレストロイド」や有臭の「パラジクロロベンゼン」、「樟脳」、「ナフタレン」の４種類があるが、用途によって選択するのが好ましいといわれている。なお、「樟脳」と「ナフタレン」の併用はシミの原因となる。

■クスノキ（撮影：2023.2.15）

■カトレア　洋蘭

・学名　Cattleya（種小名は多種あるので1グループとし省略）写真：Cattleya Drubea t' Triunph' AM/AOS は園芸種。分類　ラン科カトレア属
・cattleya（カトレア）＝カトレア属
cattleya は英国の蘭収集家の名前。
・蘭は洋蘭と和蘭があるが、洋蘭に限ると、園芸種で市販されているのは次の種類だろうか。カトレア、胡蝶蘭のファレノプシス、バンダ、デンドロビウム、シンビジウム、オンジュウム、シプリジウム、パフィオペディラムなど。

17
蘭
『華麗なる一族』山崎豊子と旧岡崎邸（須磨離宮公園分園）

(1) 作者とそのテーマは

作者の山崎豊子は、生まれも育ちも大阪船場、昆布商の娘だ。昭和19（1944）年京都女子大卒業後、毎日新聞大阪本社に入社。学芸部副部長の井上靖に新聞記者の訓練を受ける。小説を書き続ける井上靖の真摯な姿に影響を受けて小説を書き始める。その後約10年、昭和32（1957）年処女作『暖簾』を刊行。翌年中央公論に連載した『花のれん』で直木賞を受賞し作家生活に入る。『華麗なる一族』をはじめ、『仮装集団』『白い巨塔』『不毛地帯』『二つの祖国』『大地の子』『沈まぬ太陽』など、種々の批難、妨害に耐えて名作を残し、平成25（2013）年9月29日に88歳で逝去。

『華麗なる一族』は昭和45（1970）年から2年7ヶ月間、週刊新潮に連載された小説だ。テーマは、銀行の恥部と国際的遅れを暴き、産業界をいや、実質的には、現代社会を支配する冷酷な巨大権力機構《銀行》の中で、小（下位銀行）が大（上位銀行）を食うために、熾烈な企業競争社会に参戦する人間の醜悪さと至純な心を描き出すことだ。だが、人間のしあわせとは何か？も重要なテーマだ。特に女のしあわせとは何かを問うている。閨閥つくりや妻妾同居・妻妾同衾や出生疑惑などから生じた悲劇が鮮明に描かれている。

■シンビジウム（撮影：2023.2.18）
我が家のシンビジウムは、１月半ばから開花し始めた。

■シプリペジウム（撮影：2012.5.10）
この種類で、神戸に関連する名前の「敦盛草」がある。背の赤い母衣に似る。

（2）蘭に込められた女の悲哀としあわせ

〈万俵家の芝生の庭の横に、ボイラー暖房の洋蘭の温室がある。三十坪ほどの広さのなかに、カトレア、シプリペジウム、ミルトニアなど、百数十種類にわたる洋蘭が、紫、紅、淡桃色、黄、ブルーと、色とりどりの花を咲かせ、室内は春のような温かさだった。／寧子は、昼食後、庭番夫婦に鉢の植替えや株分けをさせ、自分はピンセットで根ぎわに生えている雑草を一本一本、丹念に抜き取っていた。〉

（『華麗なる一族』上より）

この小説において、「蘭」は重要な暗喩なのだ。華やかに見える洋蘭の女王「カトレア」に代表される「蘭」。それは万俵家の生活の表向きの表象だ。万俵大介に嫁いだ零落の華族嵯峨家出身の寧子《やすこ》にとって、温室で「蘭」を世話することは、唯一癒しのひとときだった。大介に長男鉄平の出生について責められることもない。愛人相子との妻妾同居や最高の屈辱、妻妾同衾の日々も忘れられる。寧子は相子が熱中する万俵家の「閨閥つくり」や家事など家中を差配することは何もできなかったが、洋蘭の栽培には秀でていた。華族の趣味として嵯峨家では盛んであったから見よう見まねで覚えていたのだ。寧子は、妻妾同居や妻妾同衾を厭うのであれば、「離婚《さ》れ。それだけの覚えがあろう」と大介に言われているが、万俵家をたよりにどうにか元華族の体面を保っている父母のことを考えると、それもできない悲哀に堪えねばならなかった。

■本邸へ向かう園路（撮影：2009.5.17）
この園路はかつて隣接していた「武庫（須磨）離宮」の正門から続く馬車道をデザイン的にイメージして造られている。

■正門（撮影：2011.12.2）
手前の園路は公園整備後だが、突き当たりの白く見えるあたりから旧岡崎邸のままで低木の陰に小さな池がある。

（3）『華麗なる一族』と旧岡崎邸

『華麗なる一族』では生き残るために下位小銀行が苦闘する。その主な小説舞台はどこか。作者はこの小説にはモデルはないと言い続けていたが、昭和49（1974）年だったと思う。筆者は須磨離宮公園の隣接地・元神戸銀行頭取、岡崎忠所有だった旧岡崎邸の用地買収に携わり、当地が小説舞台の阪神銀行（神戸銀行）の頭取万俵大介（岡崎忠）の屋敷だ、と確信した。

小説では、万俵家は阪急岡本から坂道を6丁ほど登った、海を見下ろす高台にある設定になっているが、細部の描写は須磨の旧岡崎邸に酷似している。

①正門

正門を入って、すぐ左側に大正時代の洋館「若木荘」があり、小説でいう相子が住んでいたと思われるが、阪神・淡路大震災で全壊した。

小説では、寧子と相子の大介との同衾は日替わりで、朝は妻妾揃って見送りしたあと、相子は正門まで送ったことになっている。また、突き当たりの左手前（若木荘前）に「誓願巡査ボックス」*があったが、倒壊部材を保存することなく破棄したようだ。惜しいことをしたと思う。

筆者が用地買収の調査で行ったときは、突き当たりを右へ行くとガレージがあり、ロールスロイスなどのクラシックカーがずらっと5台も並んでいた。そこから奥へ行くと、現在の「梅林」へ通じていた。

＊戦前は誓願巡査派遣制度があった。

■林間を流れる小川
（撮影：2009.5.17）
この小川の源流は小説に出てくる園路半ばの「石橋」の左手の池だ。橋を潜った流れは林間を経て正門の小さな池に至る。

■石橋（撮影：２０１１・12・２）
この写真は本邸から下りてくる側から撮った。モノクロ写真なので分かりにくいが、樹々は残紅葉で赤く映えている。

②園路と小川

左の園路へ行くと、本邸がある高台に至るが、この園路は、左側のカイヅカイブキの列植など、本園（武庫離宮）の馬車道に似ている。小説の描写を借りると、〈裏山の谷川から引いた水が流れ、流れにかけた石橋〉に至る。

③石橋

〈大介は、そこから少し下って行った石橋のところで、いつものように足を止め眼下に見える阪神特殊鋼の煙突を眺めた。今日も黒い煙を吐き、相子にとっては、何の変哲もない風景であったが、大介は、そこに万俵コンツェルンを代表する企業が、たゆみなく発展している実感を満喫しているらしい。〉

（『華麗なる一族』上より）

■灘浜臨海工業地帯（撮影：２００６・７・26）

小説では石橋から見える情景は、上の写真の灘浜臨海工業地帯だが、旧岡崎邸の石橋からは当時JR鷹取工場と市街地と長田の海だ。しかし、小説で長男鉄平が父大介に支援を求めた「阪神特殊鋼」には、モデルがないはずだが、明らかにあの倒産した「山陽特殊製鋼」だ。大介が鉄平の再建支援の頼みも冷徹に退けて守ろうとした銀行も結局はつかの間の栄華でしかなかったのだ。

■観賞温室（撮影：2012.12.2）
観賞温室の壁面タイルは、できる限りかつての洋館外壁タイルと同じ色と質感に合わせるよう設計されている。

■日本家屋（撮影：2023.3.11）
戦災焼失の仮普請のようだ。しかし、本格的庭園様式を踏襲する庭は見どころ。戦火にあった沓脱石と灯籠が痛々しい。

④本邸（洋館と日本家屋）――虚構と真実

〈玄関に近付くと、スペイン風の洋館だけではなく、野石積みの石積みを隔てて、数寄屋造りの日本家屋が、見事な対比を見せている。和洋合わせて三百坪余りの建物であったが、洋風好みの大介は、殆ど洋館の方を使っている。〉

（『華麗なる一族』上より）

小説では、大介一家はほとんど洋館のほうを使っている設定になっているが、現実は違う。筆者が用地買収の調査に入ったとき、洋館は空襲を受けたままの瓦礫の山。左の写真右側の石垣は崩れて地下室がむき出しになっていた。筆者が見聞したのは昭和48（1973）年度末だったと思うので、実に30年弱放置されていたようだ。上の写真の分園園路の左には、テニスコートや園遊会を開催する広場がある。ほぼ往時のまま遺されていたし、今も使われている。かつての数寄屋造りの日本家屋は空襲で全焼。現存の家屋は質素なにわか作りだ。現実の岡崎忠は安普請の家で質素に暮らしていたようだし、彼は岡崎家の婿養子であり、奥方は華族出身ではない。虚構と真実の違いだ。

■分園園路（撮影：2003.1.15）

■落日の高炉（撮影：2007.1.14）
神戸製鋼所・神戸製鉄所の夕景。現在、高炉は全面廃止し、線材、棒鋼の生産に特化している。

■観賞温室内部（撮影：2011.12.2）
観賞温室では特に洋蘭の育成展示に力を入れている。左上部のブルーの花は洋蘭〝パンダ〟か。洋蘭展も開催される。

（4）栄華、必衰の理

山崎豊子は『華麗なる一族』新潮文庫〝あとがき〟で〈この小説に登場する銀行、官僚、政治家たちには、決して特定のモデルはない〉と述べているが、〝帯〟には、〈しかし、描かれているものは、まぎれもない〝現代の真実〟である！〉とある。この小説は、半世紀前に書かれたが、財政と金融の分離、権力機構の権力の分散、金融再編成、外国競争力、日銀問題、銀行合併、構造改革など、令和５（２０２３）年現在でも遅々として進まず、どれ1つとっても色褪せていない。この小説のテーマは今日でもやはり生きている。そして、その課題はこの小説を読むことで思いつくことが出来る。このことは視点を変えると、ある意味で、日本がうち続く不況から未だ完全に脱出できないどころか、中国に大きく水をあけられ、韓国やインドに追い越されそうな情勢は、50年前の課題を今日まで先送りしてきた結果だろう。筆者の見解はそれだけではない。この50年間、日本は人材育成にどれだけの改革をしてきただろうか。すべては人があってこそなのに、人材の資質や才能を無視し、理屈に合わない平等主義が横行していなかったか、と思う。

働き方改革とかいうが、働く環境構造は正規、非正規雇用の溝が深まるばかり、人の使い捨てが横行し、年収など所得格差だけでなく、すべてのことで格差は激流となって広がっているように思える。『華麗なる一族』が色褪せないのは、作者の見識、予測のすばらしさもあるが、我が国の停滞に鈍感な我々のせいなのかもしれない。もう一度ハングリーな精神に立ち帰ろう。

COLUMN 16

旧岡崎邸の蘇鉄は今いずこ

旧岡崎邸は元神戸銀行頭取岡崎忠の邸宅だが、神戸市が離宮公園植物園用地として買収した。旧岡崎邸内の広大な園地は専属の園丁（庭番）が５人いて、管理していた。園内の仕事は、園内が荒れるのを恐れて、経験豊かなこの園丁の方々が引き継いで行われた。

業務は毎日の園内清掃、樹木の管理、主として洋蘭栽培専用の温室の管理、などが主な仕事であった。

山崎豊子の『華麗なる一族』は虚構だから現実とは違うとは思うが、小説の中で華族嵯峨家出身の万俵寧子《やすこ》夫人が温室で「洋蘭」の世話に打ち込む姿があった。

「奥さま、大丈夫でおますか、新《さら》のピンセットの先は尖《とが》ってまっさかい、お手を痛《いた》めはらんといておくれやす」

と寧子に言葉をかける心やさしい園丁たちがいた。

小が大を飲み込もうと奮戦する冷徹な阪神銀行頭取万俵大介と、万俵家の執事然と振る舞う愛人相子《あいこ》と、洋蘭の世話以外は何もできない人形のような寧子の三つ巴の葛藤のなか、寧子にとって温室での洋蘭の世話は、生きていることを実感できる刻《とき》であった。

その温室の前に巨大な蘇鉄があった。管理ヤードである温室にそぐわないほど立派な蘇鉄だった。佳景の蘇鉄があることで有名なのは、日本一の名園「桂離宮」に島津家が贈った蘇鉄があるが、神戸では「相楽園」の蘇鉄園がよく知られている。戦前の岡崎家では、「桂離宮」の例に倣って、いずれどこか邸内の目立つ場所に移植しようと温室前で養生していたのであろうが、旧岡崎邸を造営した岡崎藤吉や婿養子岡崎忠雄やまたその婿養子の岡崎忠と代替わりを経るうちに、忘れ去られたのであろうか。

旧岡崎邸が須磨離宮公園になった後も、園内での定植先は混沌としていて決まらなかった。

昭和 60（1985）年、「グリーンフェア'85」が終幕した翌年、野球場などの本格整備が始まった神戸総合運動公園の駅前広場から、テニスコートや体育館への園路入り口に、言わば門飾りのような場所に定植された。（右の写真）

■旧岡崎邸の蘇鉄（撮影：2002.6.22）

■相楽園の概要

「明治維新後いち早く神戸・花隈に出た三田藩主隆義と白洲退蔵と小寺泰次郎は、海への土地はほぼ買収。泰次郎は特に「志摩三商会」の事業に力を注いだ。泰次郎が藩主他1名の土地を譲り受け、小寺邸の造営を始めたのは明治19（1886）年のことだった。

泰次郎の跡を継いだ小寺謙吉の大正時代には長者番付で東の九鬼、西の小寺といわれるようになる。だが、昭和16（1941）年、続く不況と貿易商社「小寺洋行」の経営不振などで小寺邸は神戸市へ売却（半分は市へ寄付）された。神戸市は中国の『易経』の一節「各得其願和悦相楽」（オノオノソノ願イヲ得テ和シテ悦ビ相楽シム）から、「相楽園」と名付けて昭和16（1941）年11月、市民に公開することとした。

■相楽園蘇鉄園（撮影：2004.7.1）

18 蘇鉄

九鬼水軍と相楽園

（1）海への限りなき情熱

熊野海賊の流れを汲む九鬼家は、天正10（1582）年、織田信長が「鉄甲船」を造り、蓮如《れんにょ》率いる一向宗門徒石山本願寺（後の大坂城地とほぼ同じ）を支援する毛利水軍を撃破した九鬼水軍の末裔だ。しかし水軍を恐れた江戸幕府は、お家騒動に乗じて摂津三田藩と丹波綾部藩の、内陸の小藩に分割、〝陸《おか》に上がった河童〟とした。

三田藩は城持ち大名格ながら城構えが許されず、維新まで陣屋暮らしだったが、「海への限りない情熱」から、熊野灘を模した「陣屋御池」で日々、水軍の訓練を怠らなかった。一方、いつか世界の海へ乗り出す力を養うため、藩士やその子女の学問を奨励した。特に最後の藩主隆義は、語学修業と称してキリスト教を通じての教育の奨励や洋式兵制改革などを行った。さらに白洲次郎の祖父に当たる儒官の白洲退蔵と足軽の小寺泰次郎を家老格に抜擢、旧式兵器や藩士所有の鎧甲や藩有林を売却し藩財政の健全化をめざし藩政改革を断行。改革はかなり辛辣だったようで、明治2（1869）年、三田で百姓一揆が起こった。最後の藩主隆義は、維新後早々に神戸・花隈に居を移し、「志摩三《しまさん》商会」を立ち上げ、海への土地を、買収していった。

■三田藩陣屋御池（撮影：2012.1.29）
陸に上がった河童の三田藩士は、臥薪嘗胆の気持ちを心に刻んで、日々鍛錬に精進したと思うが、果てしない海原を想像して止まなかったと思う。その心から川本幸民はじめ多くの人材を輩出した。

■戦前の相楽園（本邸「樟風館」を望む）
（神戸市蔵）
相楽園は「樟風館」はじめ２棟の茶室、四阿などは空襲で焼失。小寺厩舎、正門、東門、西門の土蔵が戦災を免れた。土蔵は庭園管理事務所として使われていたが、「相楽園会館」建設に伴い解体された。

（2）相楽園と蘇鉄

「相楽園」は、かの改革の鬼、小寺泰次郎が明治維新後、神戸に進出した藩主の所有地ほかを買収し、造営した小寺泰次郎の屋敷だ。ここは風水的には吉兆の土地。玄武（北）に丘（諏訪山）、青龍（東）に川（道路下に清流）、白虎（西）に道、朱雀（南）に水（ため池）と作法どおりだ。だが、「水の流れは青龍から入れて白虎へ流す」に反する。即ち、宇治川から取水し現在の諏訪山公園の少年野球場（戦前は神戸武徳殿）にあった池、花隈城の内堀用水池から引いた水は、白虎から相楽園に入っている。山県有朋の「無鱗庵」や「平安神宮神苑」など、明治の名園を数多く手がけた作庭家、小川治兵衛は、白虎から水を引き入れ、そのまま青龍に流すのは禁忌なので、日本最古の庭造り指南書『作庭記』の作法どおり池から朱雀へ流している。

さて相楽園と蘇鉄だが、飛田範夫の『日本庭園植栽史』など、諸文献によると、蘇鉄が日本へ入ってきたのは、室町時代といわれている。この渡海植物はエキゾチックな樹姿が珍重され、桃山時代の庭園に蘇鉄園が造られた。江戸時代にも「桂離宮」や「東本願寺」などの例もあり、大名庭園にも取り入れられた。

相楽園は海への熱い思いを抱く三田藩士小寺泰次郎の屋敷だ。彼は念願の海への情熱と大名格を象徴するようなエキゾチックな蘇鉄園の造園を依頼したのではないだろうか。相楽園の庭園は当初とは樹木を含めて少しずつ改変されているが、「蘇鉄園」は作庭時のままのようだ。

■蘇鉄（雄）（撮影：2004.7.15）

■ソテツ　蘇鉄

・学名　Cycas revoluta
　分類　ソテツ科ソテツ属の裸子植物
・Cycas（サイカス）＝ソテツ属＝ギリシャ語ソテツの cykas に由来する。
・revoluta（レボルタ）＝葉が反対に巻く意味。
・雌雄異株で雄は右の写真のようにストロビラス（コーン）を立ちあげ、精子を放出後、人間と同じように萎れる。雌は受精後、赤い実の塊を作る。有毒だが、飢饉のときには水にさらして食べる救荒植物。さらしが不完全で死亡事故あり。

（3）カラスは蘇鉄の実が好きなのか

蘇鉄は、室町時代から格式の高い庭園に植栽されてきた。漢字の蘇鉄の意味は、「鉄で蘇る」という、枯れかけたソテツに鉄釘を打つと樹勢が回復するという言い伝えに由来する。しかし、材が固いからで効果があるとは思えない。

このページ下の写真はいずれも相楽園の蘇鉄の実だが、5月のおわりごろ、カラスの群れがやってくる。そして雌の蘇鉄の頭冠の赤い実をほじくり出して外の赤い皮だけ食べる（?）。左下の写真の白いのは、カラスが種の仁《じん》を有毒だと知っていて皮だけ食べて空中から園内にばらまいた蘇鉄の種だ。赤い実に白い傷があるように見えるのは、カラスが突《つつ》いた痕《あと》。ちょうど、ムクドリが梅檀《せんだん》の実の外側だけ食べてかなり広い地域に散布するのに似ている。

これは蘇鉄にとって子孫繁栄のために良いことではないだろうか。しかし、筆者が相楽園にいたころ、芽生えの確認はとれなかった。ゴルフ場でカラスにゴルフボールを巣に持って行かれて困った経験がある人がいると思う。もしかしたら、それと同じで戯れに皮も剥がすだけで白い種に興味があるだけなのかもしれない。皮も有毒だからだが、定かではない。

■蘇鉄（雌）

■蘇鉄の実と種

■陳舜臣と神戸

『神戸　わがふるさと』の序「慟哭《どうこく》の世紀」で、〈神戸はまちがいなく私の故郷である。〉そして14歳のとき、昭和13（1938）年「阪神大水害」、21歳のとき、昭和20（1945）年3月17日と6月5日の米軍による大空襲に遭遇。3月の空襲で10歳から10年あまり住んだ海岸通5丁目の家〈表通りに面した華僑商館〉からトアロードに移る。平成6（1994）年宝塚で講演中、脳内出血で倒れ、退院した4日後の平成7（1995）年1月17日午前5時46分「阪神・淡路大震災」と三たびの大きな災厄に遭うが、多くの人に援けられ、陳舜臣は「慟哭の世紀」を生き抜いて逝った。

■陳舜臣の実家のあった海岸通5丁目付近（撮影：2015.2.13）

19

桃

『枯草の根』陳舜臣と桃源郷

(1) 陳舜臣は神戸生まれの神戸育ち

『神戸　わがふるさと』によれば、陳舜臣《ちんしゅんしん》〈大正13（１９２４）年2月18日～平成27（２０１５）年1月21日〉は、神戸元町で生まれた。〈父母は台湾出身の華僑。七男三女の大家族だった。家から西の楠公さんへ行くのと東のメリケン波止場へ行くのとほぼ同じ距離。陳少年の遊び場は、明治天皇御用邸や、明治10（１８７７）年「西南戦争」のとき兵站基地となった弁天浜。刺青のオジサンのたまり場だったので、今は「メリケン・パーク」となったが、当時は海で艀《はしけ》だまりの中突堤からメリケン波止場にかけてだった。第一神港商業から大阪外国語学校（現・大阪大学外国語学部）に昭和16（１９４１）年に入学する。印度語〈ヒンディー語（広辞苑表記）〉とペルシャ語を専攻。

1学年下に司馬遼太郎と俳誌『渦』主宰の俳人、赤尾兜子《とうし》がいた。

昭和18（１９４３）年、繰り上げ卒業後、西南亜細亜《アジア》語研究所助手となり、「印度語辞典」編纂作業に従事するも、終戦にともない日本国籍を失い退職した。

その後昭和23（１９４８）年、台湾に一時帰国し教師となるも、翌年神戸に戻り、家業の貿易業に専念した。昭和36（１９６１）年、神戸を舞台とした長編推理小説『枯草の根』で「江戸川乱歩賞」を受賞し、作家生活に入る。

■艀だまり（空撮）（神戸市文書館提供）
ポートタワーの見える中突堤からメリケン波止場まで艀がぎっしり。

■通称・内海岸通（撮影：2015.2.13）
「海産物問屋」が軒を連ねた「内海岸」

（2）桃花が出てくる故郷「神戸」を詠う詩『偶成』

偶成＊　（＊偶成＝詩歌がふとできあがること）

平生独吐胸中豪　平生　独り吐く　胸中の豪
算尽丹青世上労　算え尽す　丹青　世上の労
緑酒行雲多少感　緑酒　行雲　多少の感
紅楼幻影去来高　紅楼　幻影　去来すること高し
年余病愈三杯酒　年余の病愈えたり　三杯の酒
歳旦軀伸五柳陶　歳旦軀に伸びたり　五柳の陶
所嘆故郷仍未復　嘆ずる所は故郷仍《な》お未だ復せず
桃花流水只風騒　桃花流水も只だ風騒のみ

■陳舜臣意訳
ふだん胸のなかの豪気をひそかに吐くだけだ。酒を飲んでは仰ぐ行く雲にどれほどの感慨があったのだろうか。かつての朱塗りの高殿が思い出されるが、どれほど高かったか。年余の病が癒えて三杯の酒が許された。新年に軀を伸ばして五柳先生陶淵明のまねでもしてみるか。嘆かわしいのは故郷「神戸」が未だなお立ち直れないでいることだ。ユートピアを詠うのも今は詩文だけだなあ。

平成8（1996）年元旦、陳舜臣が、よく李白が「桃源郷」の語源となる詩を詠んだ陶淵明《とうえんめい》を意識して詩作した例に倣って作ったのが『偶成』だ。前年の脳内出血の病癒えて退院4日後の1月17日午前5時46分、陳は「阪神・淡路大震災」に遭遇する。愛して止まない故郷「神戸」は無惨に破壊された。その復興も未だならないことを憂い、詩作するだけで何もできない自分を悔やむ。陶淵明の暗喩は、「神戸」が桃の花びらが散り清き水が流れる「桃源郷」のような街に早く復旧してほしいという願いが込められているからだろう。陳舜臣は震災後、被災市民を勇気づける様々な活動をしているが、図らずも平成27（2015）年1月21日午前5時46分、逝去された。

■モモ　桃

（撮影：2023.3.24）

・学名　prunus persica
　分類　バラ科スモモ属の落葉小高木
・Prunus（プルナス）＝サクラ属
・persica（ペルシカ）は〝ペルシャの〟の意味だが、原産は中国。シルクロード経由でペルシャに移入されたという意味。
・観賞用は「ハナモモ」という。神戸・三宮周辺に「ハナモモ」と「ホウキハナモモ」の街路樹があり、突然、春爛漫になるので市民を驚かせる。桃は核が簡単に割れることから木偏に旁は兆で吉兆の果樹だ。

　桃と梅の簡易な見分け方 ― 桃の蕾には緑色した短い花柄があるが、梅は花柄がなく枝にへばりついているように見える。

（3）『枯草の根』の主人公は桃づくし

　この小説は、昭和36（1961）年、第27回江戸川乱歩賞を受賞した本格的探偵小説であり、陳舜臣の処女作だ。小説舞台は神戸の中心市街地の旧神戸外国人居留地、元町、トアロード（作品表記「トーアロード」）などだ。江戸川乱歩の受賞選評は、神戸に住む中国人の悠々たる大陸的性格や道義感、特に素人探偵の中国人の性格がよく書けている。〈文章も適度のユーモアをまじえ、噛みしめるような味〉がある、と。

　あらすじはネタバレになるので簡単に書こう。神戸海岸通にある料理店「桃源亭」の店主でもぐりの漢方医で拳法家「陶展文」が老高利貸し徐銘義殺人事件の謎を解明する物語だ。元町の穴門筋に近い路地にある「かもめ荘」の住人老金融業者・徐銘義が殺された。その謎解明に陶展文が活躍する。徐銘義の整頓好きや3冊の黒革の手帳など伏線の張り方がうまい。

　この小説を読むうちに、あることに気づいた。

　まず料理店というよりラーメン屋に近い店名が「桃源亭」でその亭主が「陶展文」。桃源郷という桃が咲く仙境は、古代中国の詩人・陶淵明の『桃花源《とうかげん》記《き》』に書かれたユートピアだ。原文を要約する。

　晋の太元（376〜396）のころ、ある漁師が舟で渓谷に沿って行くうちに、桃の花だけが咲いている林に迷い込む。そこは芳香草が鮮やかに繁り、桃の花が乱れ散っていた。漁師は不思議に思って両岸の桃林を辿る。そして微かに光の漏れる穴のある山に行き着き舟を降りて、その穴を抜けると、美

■海岸通から見た神戸外国人居留地
（撮影：2015.2.13）
左から「海岸ビル」「商船三井ビルディング」一つおいて「神港ビルヂング」「チャータードビル」。小説の「東南ビル」は「商船三井ビルディング」がモデルだ。

■垂水健康公園桃源郷（撮影：2023.3.24）
陳舜臣『桃源郷』は12世紀初め「桃源郷」の探界使の末裔、陶羽らが下界に派遣され、理想国家の創造をめざしてペルシャへ向かう物語。ここは実桃と花桃の両方がある。

しい村が眼の前に開け、人々は農耕に従事し、老人から子どもまで楽しく暮らしていた。漁師は村人の歓待を受けた後、辞したが途中、道筋に印を付けたにもかかわらず二度と村を見つけることはできなかった、と。

この伝説は、日本では南画等によく描かれ、名前だけは誰でも知っている理想郷だ——俳人・南画家の与謝蕪村や、浮世絵師・渓斎英泉《けいさいえいせん》や文人画家・富岡鉄斎などが描いた『武陵桃源図《ぶりょうとうげんず》』がよく知られている。

また、『西遊記』に孫悟空が天界の「蟠桃園《ばんとうえん》」＊の管理人をしていたとき、高位の女仙人の生誕祭に招かれなかったことに腹を立て園の霊験あらたかな桃を全て食べてしまった話など、桃は中国では古くから「仙木」、「仙果」と呼び呪力霊力を秘めた樹木であり、中国人にとっては不老長寿の象徴なのだ。

それは陶展文の漢方医としての看板にも適う。それに、「桃源亭」のある「東南ビル」は、50社ばかりの営利企業が利益追求に血眼になっている現世の上階と違って、地階の店に座っていると、隔世の感があり「仙人」になったような気になる所だという。（＊「蟠桃園」とは、現在の桃と違い扁平な桃の薬用園）

陳舜臣は、「仙人」のような主人公の素人探偵の名前と経営する店名に、中国の古典に因んだ名を付けたことが分かる。

また、(2)の『偶成』でも分かるように、彼は常に『桃花源記』を書いた陶淵明を創作の原点に据えていたのではないか。

それは中国人でありながら、故郷は紛れもなく日本の神戸である作者のせめてもの矜持であるような気がする。

■水上警察署（初代）
（神戸市文書館提供）
現３代目庁舎はポートアイランドにある。

■穴門筋（JR 元町駅北側）
（撮影：2014.12.12）
鯉川筋整備前は元町駅から北への主な道路だった。

（4）小説に出てくる主な場所はどこか

①かもめ荘

殺された老金融業者・徐銘義が住む「かもめ荘」は穴門筋に近い路地にあるという。穴門筋はJR「元町駅」東口を挟んで北側と南側に現在でも存在する幅員の狭い道路だ。「穴門筋商店街」になっているが、その面影はある。小説ではJRより山側か海側か判断しにくいが、トアロードにある朱漢生の「安記公司」とも近いという記述から山側と想定した。徐銘義の部屋は潔癖な彼によって完璧に整頓されている。

②警察署

〈警察署から東南ビルまでは、歩いて五分とかからない。連絡所としては、このうえもない地点である。〉
（『枯草の根』より）

殺人事件の捜査本部が置かれたのは、海岸通の水上署を想定していると思う。『神戸市史』に運上所船改役に海上取締を命じた記録があるが、正式には明治14（１８８１）年に「神戸港水上警察所仮規則」により制定され、海岸通4丁目に臨検所を設けたのが始まりとされている。神戸警察署水上分署から明治32（１８９９）年4月、神戸水上警察署となった。左上の写真は大正14（１９２５）年、海岸通1丁目に竣工した神戸税関港務部、大阪逓信局海事部との合同新庁舎だ。現在はポートアイランドに移転している。ほかに東京銀行（現・神戸市立博物館）、オーチャード銀行、関帝廟などが作品に登場する。

COLUMN 17

桃と飛鳥宮と『万葉集』

飛鳥宮では、唐の宮苑の「桃園」や韓国慶州の雁鴨池《アナッチ》庭園などに倣って都の郊外に大きな池がある宮苑を造り、池畔に桃を多く植栽したようで、夥しい桃の種が出土している。それは単に風致林や果樹園だけの「桃」ではないことが分かる。それは「蟠桃」という扁平な桃で薬用だろう。薬草の木簡も出土し、池に沿って梅、桃などの果樹園と薬園があったことが分かっている。そして園地管理する役所は「嶋官《しまのつかさ》」といったらしい。

現在では「桃」は果樹として捉えているが、古代では薬用だった。

卑弥呼の邪馬台国ではないかといわれる「纏向遺跡」からも、多量に桃の種が見つかっている。これはもしかしたら、桃が何らかの形で祭祀に使われたのではないか、という仮説もある。「桃」は吉兆だから、核の割れ方から未来の吉兆を占ったかもしれない。

ところで『やまと　花萬葉』によると、嶋大臣《しまのおとど》、蘇我馬子《そがのうまこ》の石舞台古墳は、『日本書紀』に記された「桃原《ももはら》の墓」だろう、という。これに因んで、現代の石舞台古墳が整備されたとき、桃を植栽している。季節には、桜と桃が競って咲き乱れ、さながら「桃源郷」の再現を意図したようだが、今は桜ばかり目立つ。

『万葉集』から、大伴家持が春の苑の桃李の花を眺めて作った歌２首。

春の苑《その》 紅《くれない》にほふ桃の花下照《したて》る道に出で立つ娘子《をとめ》（巻 19-4139）
わが園の李《すもも》の花か庭に落《ち》るはだれのいまだ残りたるかも（巻 19-4140）

最近の研究では、飛鳥宮は豊かな湧水を活かした〝水の都〟だったという。宮廷近くに池のある宮苑を設け、普段は天皇の祭祀の場であり、桃を植えて邪気を払い、外国から賓客があれば、厄払いした宮苑に招いて歓待したのであろう。客の視点で見れば、それは桃源郷に迷い込んだ漁師を歓待した村人のもてなしに似ていることに気づき、大いに感激したのではないか。

庭園的にいうと、縦横無尽に張り巡らされた流水と桃林すなわち、「桃花流水」は「桃源郷」の表徴なのだ。そこに招き入れられて歓待されれば、自然に心和み、開放された気分となりそして、いつしか望郷の気分になったのではないだろうか。

■桃原の桃・遠くは石舞台と桜
（撮影：2023.3.27）

■バナナ　甘蕉

(撮影：2004.5.24)
・学名　Musa spp.
分類　バショウ科バショウ属の草本
・Musa（ムサ）＝バショウ属
ローマ皇帝アウグストの侍医の名に因む。
・spp.=species plural=○○属の1種の意。
・木本のように見えるが、草本。右の写真のように果実がなると、この偽茎の生涯は終わる。根茎から別の偽茎を立ち上げ花を咲かせる。日本にはバナナに似た「芭蕉」があるが、同属異種だ。観賞用。沖縄の糸芭蕉は芭蕉布で知られる。果実はまずく食べられない。写真は神戸布引ハーブ園。

20 バナナ

『バナナ』獅子文六の世界と移情閣

(1) 神戸とバナナ輸入の背景

今朝、朝食にトーストとともにバナナを食べた人も多いのではないだろうか。今では食べたかったら、スーパーに行けば容易に手に入る。獅子文六が『バナナ』を書いたころは輸入量の枠があり、おいそれと手に入る果物ではない、まさに貴重品だった。そして神戸はその渦中にあった。

明治36（1903）年4月10日、台湾・基隆《キールン》港から神戸港に台湾バナナが初輸入された。

戦後、昭和38年にバナナが自由化されるまでは、数十億の金が動く輸入ライセンス獲得をめざし、政治家まで利権を求めて蠢《うごめ》いた。

昭和30年代前半、神戸港は日本のバナナ全輸入量の3／4を占める一大輸入港だった。神戸港兵庫第3埠頭は「バナナ埠頭」と呼ばれた。バナナ産地も台湾バナナが減り、フィリピン・南米産が90％を超えた。だが、筆者は小ぶりで甘い台湾バナナが好きだ。その後、シンガポール、香港、台湾などハブ港の台頭や国内でも横浜、名古屋、東京などの輸入増で港湾を巡る神戸港の環境は厳しい。令和2（2020）年の東京税関調べでは、バナナ輸入量第1位は東京港、2位が神戸港だ。ここでも東京一極集中が進んでいる。

■移情閣
（撮影：2006.5.25）
天気晴朗、花いっぱいの移情閣。

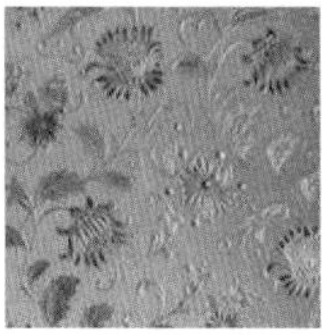

■金唐紙草文様

■バナナの花
花は実を結びながら垂れ下がりやがて散る。

■『バナナ』文学碑
（撮影 2006.5.25）

（2）『バナナ』と移情閣

〈海が展がってきた。淡路島が、正面に浮かんでいた。そして、舞子の松が、すっかり公園化されたサクの中に、衰残の姿を見せていた。／「あれや、移情閣……」／淑芳《シューファン》の指さす行手に、海沿いの国道の左端を、ただ一軒の建物が、西洋の城の円塔のように、空を刺していた。／建物の正面は、錠まえがかかっているので、横の通用門から入ると、廃墟のような石造洋館から、番人の婆さんが出てきた。天源から、電話があったといって、愛想よく、もてなしてくれた。〉

（『バナナ』文学碑の文より）

小説を要約―主人公龍馬の父、呉天童は、神戸で成功した華僑、「移情閣」の主、呉錦堂《ごきんどう》を崇拝している。「移情閣」の壁紙・金唐紙《きんからかみ》草文様をまねて自宅の壁に貼るほどだ。龍馬が神戸在住の叔父、呉天源から「バナナ輸入権」の一部を融通してもらい、その取引で得た資金で新たに投資をしているうちに罠に嵌《は》まり警察沙汰になる。それに父の天童と日本人の母、恋人などが絡む物語だ。文学碑は、龍馬が叔父天源の娘、淑芳の案内で恋人サキ子とうらぶれた「移情閣」を訪れる場面だ。

（3）初めは神戸の味覚を認めなかった美食家獅子文六

獅子文六は小説家のペンネームで、劇作家・演出家では本名の岩田豊雄を巧みに使い分けていた。明治26（1893）年横浜生まれ。父は福沢諭吉と同郷の元大分中津藩士。神戸の親戚は父の従兄弟、神戸高商初代校長、

■ハナワグリル（創業 1931 年）
兵庫県私学会館にあったが、建て替えのため、閉店した。シチューが名物だった。会議で月1回は利用していた。

■キングス・アームス
小説では、海岸通となっているが、フラワーロードか？

水島銕也《みずしまてつや》だ。文六は慶應義塾大学を中退。昭和12（１９３７）年、岸田國士、久保田万太郎と劇団「文学座」を創立した。岸田、久保田が逝去したあとも精神的支柱として果たした役割は大きい。福本信子『獅子文六先生の応接室』から三島由紀夫との折衝など「文学座」騒動のころの緊迫した空気と彼が座員からいかに大きな信頼を受けていたか読み取れる。昭和44（１９６９）年76歳で逝去、東京谷中霊園に眠る。

文六は「食」に関する造詣も深い。『バナナ』でも主人公龍馬の父呉天童の食い道楽を余すところなく描いていて面白い。エッセイ集『食味歳時記』の「神戸とわたし」によると、中学一年生のとき独り神戸の水島銕也宅に遊びに行ったが、繁華街がない寂しい街、とつれない。その後、『バナナ』の取材で神戸の店を食べ歩き、京都や大阪に比肩し、横浜にはない神戸の味覚を知る。ビールとロースト・ビーフが美味い、ロンドン裏町の小レストランのような「キングス・アームス」（震災で倒壊）、元町の「青辰」のアナゴ鮨、洋食の「ハナワグリル」、パンの「フロインドリーブ」、生づくりの鮭の燻製の「デリカテッセン」、元町のコーヒーとアイスクリームの「凮月堂」、横浜にもあるが神戸の方が美味しい菓子の「ユーハイム」などを挙げている。

（4）神戸の親戚、熱血漢「水島銕也」

獅子文六の父岩田茂穂の従兄弟水島銕也（雅号：愛庵）は明治・大正期の教育者で、神戸商業講習所・東京外国語学校附属高等商業学校で学び、卒業後教師となった。神戸高商（現神戸大学）の創立委員となり、初代校長を務

■中津城
江戸幕府の一国一城令に基づき、中津藩の天守は小笠原忠政が幕府の命により築城中の「明石城」へ譲渡することになっていた。この天守は取り毀され、明石に送る話はあったが実現せず、その後については記録がない。現在の天守は1969年建立の模擬天守。地元の人々の心意気が伝わってくる。

■神戸高等商業学校（通称：神戸高商）1910年
（神戸大学文書史料室蔵）
東京高商（現・一橋大学）についで国立２番目の高等商業学校。神戸文学館の西の道路を北へ上がった左側のところ、現在の神戸市立葺合高校がある場所だ。「鈴木商店」の高畑誠一など数多の優秀な人材を世に送り出した。

め初期の商業教育に尽力した。神戸大学では初代学長として顕彰している。

銕也は師と仰ぐ増田宗太郎とともに、渡辺重石丸《いかりまろ》が主宰する国学専門の塾、中津の尊王派の拠点である「道生館」に通い、明治３（１８７０）年にアメリカ商業主義を信奉した。西洋化論を唱える福沢諭吉が一時帰省したときに、『福翁自伝』によると〈中津の有志者すなわち暗殺者は、金谷という所に集会を催して、…福沢を殺すことに議決〉した。しかし諭吉の再従兄弟《またいとこ》でもある増田宗太郎や銕也は、諭吉が朝まで来客と酒を飲んでいたため襲撃の機会を逸し、隣家の中西与太夫に諫められて断念したらしい。

そして明治10（１８７７）年、熱血漢、水島銕也も増田宗太郎に率いられ、「中津隊」として西南戦争に参加した。中津隊隊長増田宗太郎は敗北直前、隊を解散し隊員たちを逃がした。増田自身は西郷さんと死をともにすると言って西郷軍に合流し、鹿児島城山で壮烈な戦死をとげた。鹿児島市の城山公園の下、南洲墓地には「中津隊士之墓」と「増田宗太郎の墓」があり、故郷の中津市下正路町《しもしょうじ》の安全寺《あんぜんじ》にも増田宗太郎の墓がある。中津公園にも、水島銕也によって「西南役中津隊之碑」の大顕彰碑が建てられた。また、水島の生誕地、水島公園に昭和７（１９３２）年、水島の敬慕者が組織した「愛庵会」によって記念碑が建てられている。

■移情閣からの夕景
（撮影：2007.12.26.16:40）
移情閣とは、８角のそれぞれの窓から移ろいゆく景色とともに移ろう心を楽しむ高殿ということに由来する。

■神戸・雄岡山山麓の呉錦堂池と記念碑
（撮影：2006.1.4）

（5）移情閣の創建者「呉錦堂」とは、どんな人物

　生年月日は未だはっきりしないが、彼は安政2（1855）年、中国浙江《せっこう》省寧波《にんぽー》府慈渓《じけい》県東山頭《とうざんとう》に生まれ、大正15（1926）年、神戸で逝去した。彼が日本国籍を得て、帰化したときの戸籍謄本では安政2年9月とし、日にちは不詳としているが、彼は明治44（1911）年の辛亥革命から3年目の大正3（1914）年に還暦の祝いを開いており、それからすると、生まれは安政元年となる。『慈恵県志』によると、東山頭の呉氏は明王朝時代に江西から遷ってきたという。また一説では金華府からの移民だという。呉錦堂がどちらの呉氏か定かでない。慈恵県鳴鶴《めいかく》一帯の人たちは出稼ぎで華僑となるものが多い。彼の出身地「東山頭」は唐代から「越窯《えつよう》」として知られる青磁の生産地だ。「陸羽」は、茶の知識をまとめた『茶経』3巻などを著述した唐代の文筆家だが、この「越州青磁」を絶賛している。

　村松梢風の小説『近世名勝負物語　黄金街の覇者』で有名な華僑呉錦堂は一代の相場師鈴久《すずきゅう》こと鈴木久五郎と鐘紡株をめぐって死闘を演じた。この小説で彼は投機家の面ばかり強調されているが、実際は神戸華僑の重要なメンバーだった。中国上海・寧波を中心として郷土建設・製造・交通などに力を入れる一方、日本では貿易・海運業やマッチ、セメント、コンクリートブロックなどの事業を推進した。さらに、中国の郷土や日本各地の災害に際しては義援金拠出や、郷土の「錦堂学校」の建設や治水水利の充実、現在の神戸市西区の小東野開拓などにも努力した。

COLUMN 18

バショウ　芭蕉

日本には見た目がバナナとよく似た同属異種（Musa basjoo）がある。

バショウとバナナの違いを簡単に言うと、バショウは日本の野外で育つが、バナナは温室でなければ育たない。バショウは冬枯れをするが、春になると、土中の根茎から芽を出して成長する。地上の茎はバナナと同じで葉が巻いて茎状になった「偽茎」だ。なお、沖縄ではイトバショウで、「芭蕉布」を織る。

バナナの場合は、偽茎が生長して花を咲かせ果実がなると、その偽茎は枯れる。地中の根茎から再び偽茎が立ち上がり、花をつけ果実がなるという偽茎１本１代限りなのだが、これはバショウも同じといえる。

滋賀県大津市に木曽義仲ゆかりの「義仲寺《ぎちゅうじ》」という小さな寺がある。入り口の小さな門の四角い枠の中にバショウの葉が見える。門を入ってすぐ、松尾芭蕉の句碑があるからだ。松尾芭蕉は弟子からバショウをもらった。それが良く育ったので、自ら「芭蕉」と名乗ったという逸話がある。芭蕉は伊賀で生まれ、大坂南御堂で亡くなり、遺言によって舟で近江の義仲寺の義仲の墓の隣に葬られた。なぜ、近江なのか、彼の句の約１割は近江の句なのだ。

義仲寺の松尾芭蕉の句碑の碑文は、彼の筆蹟で刻まれ、句碑に寄り添うようにバショウが植えられている。

　　行春を近江の人とおしみける　はせを

バショウが植えられている寺院をもうひとつ紹介しよう。京都・花見小路の突き当たりにある京都五山の寺「建仁寺」のあまり目立たない坪庭だ。

庭は丸窓から眺めるように設計されている。

建仁寺には、「○□△の庭」（水地火の庭）とか問答のような庭もあっておもしろい。

■バショウの花
（撮影：2010.7.9）

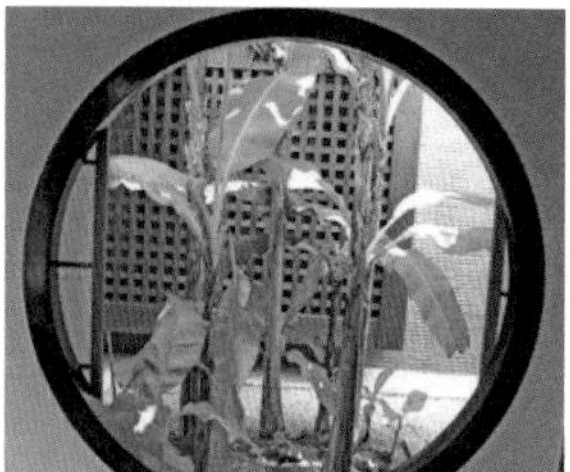

■建仁寺のバショウの坪庭

■『星を売る店』の概要

『星を売る店』には、コンペイ糖を煙突に入れると汽笛を鳴らし走るおもちゃの機関車と、風を受けて回るのでなくコンペイ糖の力で回る風車もあった。実は、コンペイ糖は天から取ってきた「星」だ、と店員はいう。

「北野」を本物の星が取れる町と夢見る、大正12（1923）年の作品とは思えない新鮮な感覚の作品だ。ガス灯が似合う神戸の山手の夜がビジュアルに描かれている。この物語ではガス灯とコンペイ糖が読者を夢うつつのうちに幻想の世界に紛れ込ませる。

■人丸山月照寺（撮影：2013.8.9）
この山門は、明石城の薬医門だ。門中央に見える屋根は柿本神社。幻想的な処女作『星を売る店』は柿本人丸神社の隣、人丸山月照寺の茶室に机を持ち込み、星降る夜空を見上げながら書き上げたという。

21 ハーブ
『星を売る店』稲垣足穂と数種のハーブ

(1) 稲垣足穂は明石で育った

稲垣足穂というと、本稿の『星を売る店』など神戸北野町界隈の作品が多い。彼は明治33（１９００）年、大阪船場の歯科医師の次男として生まれたが、明石駅前で歯科医師をしていた祖父が住む本籍地の明石で育った。幼いときから、映画や飛行機などが好きで、明治45（１９１２）年、西宮香櫨園《こうろえん》浜《はま》を中心に米国人飛行家アットウォーターにより最新鋭のカーチス複葉水上機「鴎号」で日本での最初のフライトが行われると、須磨天神浜（今の須磨海水浴場）にも飛来したので観に行き取り憑かれる。

大正３（１９１４）年、原田の森（現・王子動物園あたり）の関西学院中学部に入学、卒業後、上京。日本自動車学校で当時、希有な警視庁甲種自動車免許証を習得。帰郷後、鳴尾競馬場で実物複葉機を製作するが失敗した。再び上京し佐藤春夫の知己を得て、代表作『一千一秒物語』を刊行、評価を得る。このころ同じ志向の同性愛研究家の江戸川乱歩とも知り合う。

その後春夫を「文藝春秋のラッパ吹き」と罵倒して飛び出し、極貧の生活を送り、出版社からも冷遇される。零落の気持ちで明石に戻り、駅前で古着屋を始めるが、売り上げイコール利益と勘違いし、売り上げは酒代に消えた。

■関西学院原田キャンパス
（関西学院学院史編纂室蔵）
今東光『悪童』によると、大根畑の白っぽい道を歩き、朽ちたような木の門柱が二本立っていて、垣根も塀もない草原に赤い煉瓦造りの礼拝堂が異国的な風景となっていたという。今はチャペル（神戸文学館）が残るのみだ。

■ガス灯（旧神戸外国人居留地）
（撮影：2014.5.17）
足穂は人通りのないガス灯が立ち並ぶ坂道を登っていく。その感覚は、ガス灯がいっせいに前方に傾いていると描写しているが、これは凡人には到底、思いつかない表現だ。

（2）足穂ってどんな人かって

少年のような繊細な感性を持ち、ずうっと夢見ているが、見た目は海坊主のようなおもろい発想をするおっちゃんか。足穂には、「模型少年」「天体嗜好」「飛行機野郎」などの作品があるが、エッセイ『A感覚とV感覚』によると、芥川龍之介に「〈君も一つ、永遠に美少年なるものを〉テーマに書け」といわれた、「少年愛の抽象化」という独自の世界がある。それは「A感覚とV感覚」であろうか。A感覚のAはアヌス（肛門）、V感覚はヴァギナ（女陰）、P感覚はペニス（男根）のことだ、と。A感覚こそがすべての性感の根源。V感覚やP感覚はその補助的な存在だという。エロチックで嫌らしいと思う人もいるかもしれないが、人間を口から肛門に至る一つの筒に見立てたもっと無機質な感覚だ、と思う。

評論家の川本三郎は言う。足穂が描く少年は単に美少年というだけでなく、現実の匂いがしない透明な存在で、足穂が好きな時計や望遠鏡や飛行機と同じ一つのオブジェにすぎない。少年は現実から遊離し、足が地上から離れ、月や星が落ちてきたような非現実性を持っている、と。そして足穂は関西学院中学時代に稚児さん的相手がいたが、現実はいつまでも美しい、永遠の少年は存在せず、単なる「大人」になる、その変貌を嘆く心を持っていた。

それゆえ、足穂の少年愛は幻影——イソギンチャク、ヒカリボヤ、ウミウシなど、口と肛門が直結したシュールレアリスム的なイメージだ。だが、『少年愛の美学』を書いた足穂はフェミニストでもあったことを書いておこう。

■キイチゴ　木苺

(撮影：2009.7.8)

・学名　Rubus L.
　分類　バラ科キイチゴ属
・Rubus（ルブス）＝キイチゴ属
　赤い実、古いラテン語 ruber 赤いの意味。
・L.（リンネ）＝分類学者リンネの略。
　キイチゴはラズベリーなどの総称のため、リンネで括って表記。
・野生に近いものから栽培種までいろいろな種類がある。写真は民家の垣根で見つけた。黒い実は完熟。ハーブではワイルドストロベリーが有名だが、キイチゴは野生種も多い。

■キイチゴ　京都・法金剛院界隈にて

（3）『星を売る店』ってどんな店

〈店に入ると、花ガスの下の陳列箱の上に、おもちゃのレールに載った機関車と風車が置いてある。―中略―……私は、ぶっきら棒にガラス箱の中のコンペイ糖を指した。〉

（『星を売る店』より）

この小説の舞台は、神戸・北野町、山本通界隈だ。「私」がこの店に辿り着くまで、「バネ仕掛けのように縄跳びをしている子どもたち」「理髪館、花屋、教会、小ホテル、仕立屋、浮世絵と刺繍の店、女帽子店、旧居留地から仕事帰りのアルパカ服の外国人、婦人用の日傘が陳列されたショーウインドウ」「蛇つかい」など広い坂路（おそらくトアロード）」「開店間近な蓄音機店で聞いた〈「星屑青く燃ゆるアビシニア高原の夜は更けて……」〉、まるでドキュメンタリー映画を観ているように描写される。そして明るい繁華な坂路から少し暗い道に遠くなるにつれて傾いて連なる「ガス燈」や「宮沢賢治の『銀河鉄道の夜』に出てきそうなボギー電車」などの演出で読者は、次第に幻想の世界に引き込まれていく。

小説の構成からいうと、足穂は、夢かうつつかわからない世界『星を売る店』への誘《いざな》いの舞台のイメージづくりに、この短編の大部分を費やしている。

この引用のあと、コンペイ糖、実は空から採集した星を機関車の煙突に入れると、汽笛が鳴り、走り出すし、風車が回り出すなど、明石の月照寺の茶室から降りそそぐ星を見上げながら、幻想世界を作り上げていったのだ。

■レモン 檸檬　（撮影：2018.5.16）
1本の樹から50個ぐらい収穫できる。なお、レモンバーベナ、レモンバーム、レモングラスなどレモンの香りを持つハーブも多い。

■ペパーミント（撮影：2009.9.10）
ミント類（ハッカ類）は清々しくなる香りを含んでいる。

▲レモンバーベナ

▲レモンバーム

▲レモングラス

（4）北野町の幻想世界とハーブ

〈このままフラスコの中に入れてアルコオルランプか何かで温めながら、少しずつ蒸気をお吸いなされるなら、オピアムに似た陶酔をおぼえ、その夢心地というのがまことにさわやかで、中毒のうれいなどは絶対になく、非常にむつかしい哲学書の内容なんかも、立所に判るそうでございます。奇妙なことに、紅いのはやはりストローベリ、青いのはペパーミント、みどり色のは何とかで、黄色はレモンの匂いと味とに似かよっているとのことでございます。—中略—　「いったい何物なんです？」／「星でございます」／「星だって？」／「あの天にある星か？」とおっしゃるのでございましょう」と相手は指で天井を指した。〉

（『星を売る店』より）

ちょっと怪しげな、まず連想したのは御法度のアヘンの吸引。また、この情景はまるで現代のアロマセラピーに通じるものがある。幻想がさらに幻想を呼んでいる。ハーブとは簡単に定義すると、人間生活に役立つ香り豊かな植物とされている。ハーブではストロベリーにも多々ある。日本文学におけるレモンは梶井基次郎の『檸檬』がよく知られているが、レモンの香り成分、シトラールを含むハーブは多い。ハーブティーではレモングラスがお薦めだ。

■相楽園ハッサム邸のガス灯
（相楽園絵はがき）
灯柱の基部に英語でイングランド製の刻印がある。明治7（1874）年ごろ、旧神戸外国人居留地にあったもの。

■さよなら神戸市電
（神戸アーカイブ写真館提供）
ボギー電車。昭和46（1971）年、財政赤字とモータリゼーションの進展より廃止された。ヨーロッパの例から今も惜しむ声がある。

（5）『星を売る店』幻想へ誘う舞台装置――「ボギー電車」と「ガス燈」

〈ゴーッと唸りながら、電車はどこへも停らずに全速力で走っている。私は運転手のそばに腰かけて、前面の広いガラスごしに展開してくる街景をおどろきながら見守っていた。やはり左右にガス燈がつづいているこの山ノ手通りに似た所で、電柱の燈火が二列の光の線を前方に伸ばしていたが、街上にはまるで人影がない。〉

（『星を売る店』より）

足穂が書いた「ボギー電車」が走る情景は、もう現実の世界ではない。現実の世界では、このあたりは坂を下る市電はなかったと思う。しかもこのあと、〈電車は崖のような急坂の上からビューッとすべり落ちて行く……〉とか、〈電車はまた以前のように人通りのない、ガス燈に飾られた淋しい所を、しかもこんどは見上げるような斜面を一気に登っている。それは、ガス燈がいっせいに前方へ傾いて立ちならんでいることによって、判じられる。〉とか、〈電車はそこから軌道を直角にまげて、空間に飛び出しそうないきおいで落ちてゆく……〉とか描写している。これはもう現実ではあり得ない。そんな電車が走ってきたら恐い。夢とうつつの境が取り払われ、足穂は意図して読者を知らず知らずのうちに幻想世界に誘っている。

誰から聞いたか忘れたが、長田の丸山で「銀河列車」が走るのを観たという噂がある。おそらく神戸電鉄が丸山を囲む山を背景に走っている情景ではないかと思うが、足穂はそんな幻想を北野町界隈で見たのだろうか。

COLUMN 19

布引ハーブ園

稲垣足穂が北野町でイメージした「ブリキの星や月」など、憧れ、自然へ回帰、本物志向、純粋、素朴など現代人が忘れかけていた、いや忘れていたものへの郷愁を具現化したものが、布引ハーブ園だ。

昭和 42（1967）年 7 月の神戸大水害により、今の新幹線「新神戸駅」の背後にあった布引カントリークラブゴルフ場が崩壊、隣接した「市が原」の市民 21 人の尊い生命が奪われた。18 ホールの無理なゴルフ場開発が原因だと裁判になり、その補償が大きな社会問題となった。

最終的には神戸市が 5 億 6 千万円で買収し、ゴルフ倶楽部はその資金で補償した。したがって、初めからこの土地利用計画は災害に強く、豊かな自然環境を保全することが条件だった。布引断層などいくつかの活断層が通る現在の地形を保全したままの土地利用計画立案では、大学や県立高校誘致などは難しく困難を極め、結局、現状地形をできる限り活かした公園化が決定された。しかし、公園担当としては二度と繰り返さない防災を中心に、ゴルフコースの原形を残したまま自然地形を活かした公園設計は難しかった。

そのとき、若手の造園技術職員の、故・伊藤可人が熱心に提案したハーブ園構想が採用され、公園整備の方向が決定された。コンセプトは、「ハーブのある生活」。人と自然、人と人のふれあいなど、ともすると現代人が忘れがちなことを思い出させるテーマだ。それは自然、素朴、やさしさ、ぬくもり、あたたかさ、やすらぎ、手づくり、やわらかさ、いなか、ほんものなどの言葉で表現され、すべて人とのかかわりの中で初めて意義を持つ概念だった。人間生活との深いかかわり、人と自然の共生、それにちょっとおしゃれなセンスを加味すれば、今までどこにもなかった新しい感覚の公園ができると思った。しかし、恥ずかしいことに当時、私たち造園技術者は「ハーブ」の「ハ」の字も知らなかった。ハーブ研究家の広田靚子氏をはじめ専門家の指導を得て何とか設計することができた。ハーブこそ紀元前から人間の生活とともに生きてきたし、一つひとつは野草のように目立たないけれど、野辺の風に吹かれる風情は美しい。ハーブ園整備をきっかけに、市民に「ハーブのある生活」が浸透していった。

■ハーブのある生活（撮影 2021.12.7）

■ユーカリ　有加利　桉樹

・学名　Eucalyptus　L'Hér.
　分類　フトモモ科ユーカリ属ほぼ常緑高木
・Eucalyptus（ユーカリタス）＝ユーカリ属
　Eu（良い）＋ kalyptós（蔽う＝蓋）＝良い蓋→蕾の萼と花弁が密着、蓋状になる。
・L'Hér.（フランス人の植物学者の名前の省略形）
・ユーカリは種も多く、原種の判別がむずかしいので、ユーカリ属全体の総称と考えるのが無難。王子動物園のコアラのためのユーカリは神戸市西区と鹿児島、愛媛、岡山、三重の各県計７ヶ所で栽培している。

22

ユーカリ

旧制神戸二中ゆかりの芸術家の系譜とユーカリ

(1) ユーカリの樹の下で

神戸市長田区には旧制中学の伝統を継承する県立高校が２つある。雅称「武陽」の県立兵庫高校（旧制神戸二中＋旧制県神戸四高女）と雅称「神撫」の県立長田高校（旧制神戸三中）だ。長田区寺池町１丁目の新湊川沿いにある兵庫県立兵庫高校はユーカリを校樹とし、校章はＯＢで画家・神戸芸術文化会議副議長だった林五和夫がその葉と実をデザインしたものだ。ユーカリの樹の下に「質素・剛健・自重・自治」を四綱領（校訓）に自由な気風は文学、美術など各界で多くの才能を開花させた。令和５（２０２３）年に創立１１５周年を迎える。神戸一中とともにカーキ色の制服、ゲートルは妹尾河童『少年Ｈ』に詳細に描写されている。その描写や大正12（１９２３）年の地図や東山魁夷『東山魁夷―わが遍歴の山河』などから、今はすっかり市街地になってしまったが、学校には裏山があり、窪地やため池が幾つかある、なだらかな丘の向こうに神奈備（神撫）の「高取山」が見えた。小磯も東山もその裏山で絵を描いており、画家をめざす原風景になった。旧制神戸二中は文学者や画家などを育てる学風だったといえ、特に文学より絵を描く学生を醸成する雰囲気が多分にあった、と竹中郁は『消えゆく幻燈』で書いている。

■現・兵庫県立兵庫高校（旧制神戸二中）
（撮影：2023.6.16）
写真左手が現在の「ユーカリ」。右の卒業アルバムのユーカリは現存しない。
『少年H』に実名で出てくる故林五和夫が、ユーカリの校章をデザインした。

■県立兵庫高校のユーカリ（松下綽宏氏提供）
1960年代の写真、今は正門付近にある。
（卒業アルバムから転載）

（2）芸術家の系譜—旧制神戸二中の群像

詩人福原清は神戸市塩屋滝の茶屋に住み、萩原朔太郎序文の詩集『月の出』や『不思議な映像』を出した。詩集『催眠歌』は滝の茶屋から耳を澄ます詩だ。

詩人・エッセイスト竹中郁は神戸が誇るべきモダニズム詩人だ。大正13（1924）年、福原・竹中は、萩原朔太郎が寄稿もした同人詩誌『羅針』を創刊した。銀座で竹中に出遇った三島由紀夫は彼の詩を諳《そら》んじていた。

浅見淵《あさみふかし》は早稲田大学在学中に『朝』の同人となり、『早稲田文学』や多くの同人誌と深く関わった。また創作、評論、文壇史などで活躍し、梅崎春生、五木寛之、石原慎太郎等の才能を見出した業績や砂子屋書房の創立参加など評価の高い仕事をしている。

横溝正史《せいし》は神戸市中央区東川崎で生まれ育った。大正9（1920）年卒業し、第一銀行神戸支店勤務。その後大阪薬学専門学校を卒業し、薬剤師として家業を継いでいたが、江戸川乱歩の誘いで上京、諸誌の編集長を歴任したあと、専任作家となる。神戸が出てくる『悪魔が来たりて笛を吹く』や、『八つ墓村』『犬神家の一族』『悪霊島』など金田一耕助シリーズに根強いファンが多い。

小磯良平は二中で竹中郁と生涯を通じた親友となる。『斉唱』『T嬢の像』『踊り子』『彼の休息』など日本を代表する洋画家となった。

東山魁夷《かいい》は横浜生まれの神戸市兵庫区西出町界隈育ち。神戸二中に進み、画家を志す。深く澄んだ作風は日本画界に新しい境地を開いた。『残照』『道』

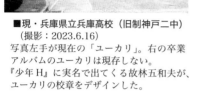

■兵庫県立長田高校（旧制神戸三中）
（撮影：2007.1.5）
背後に「高取山」山頂が見える。「神撫精神」の象徴。高取山の名前は諸説ある。神功皇后が三韓の遠征の帰途、浜辺の石を撫でると、むくむく大きな山になったという。興味深い説の、「タコ取り山」は大津波が襲い山の樹にタコが引っかかったから、とは津波の伝承ではないか。

■高取山（鷹取山）
（撮影：2007.1.5）
山麓を古代から知られる桧川、苅藻川が流れる神奈備の山。長田神社に遙拝所があるご神体の山。ここからの風景が奈良大神神社のご神体「三輪山」の優美な山容に似る。旧制二中、三中とも不動心の支えであった。
（兵庫高校近くの市営住宅から望む）

『白馬の森』『唐招提寺障壁画』『緑響く』など多数の名作がある。東山魁夷の随想『わが遍歴の山河』では、今では遠くなった神戸だけれど、東山の性格形成の源であり、二中の裏山は画家志望を決心した場所だとしている。

川西英《かわにしひで》は、神戸市立博物館『描かれた神戸物語』によれば、神戸市兵庫区東出町生まれ、神戸二中を経て県立神戸商業学校に学ぶ。ゴッホ、セザンヌ、竹久夢二に傾倒し、油彩画と木版画を独学した。〈山本鼎の作品に感動して創作版画の道に進んだ〉。作品に『神戸百景』『新日本百景—神戸港』などがある。今も古い写真とは違った過去の神戸を偲べる。

舞台美術家妹尾河童《せのうかっぱ》は神戸市長田区生まれ。友人として林五和夫も出てくる、戦時下の二中の日々が鮮明に描かれているベストセラー『少年Ｈ』がある。

建築家清家清《せいけきよし》は「違いのわかる男」のＣＭで著名。昭和16（１９４１）年東京美術学校を、昭和18（１９４３）年東京工業大学を卒業、海軍技術大尉。出身両校の教授を併任。伝統的モダン美を追求した日本の代表的な建築家。

旧制神戸三中にも触れておきたい。観音山公園の北側、長田区池田谷町2丁目にある兵庫県立長田高校（旧制神戸三中）は、智徳体の調和統一をめざした「神撫精神」により神戸一中や二中と違った校風が光る。『わが心の自叙伝—映画・演劇編』（神戸新聞社編）に旧制三中の校風を映画評論家淀川長治は、〈三中は楽しかった。〉と、映画もそれほど規制なく観ることができた自由な校風に誇りをもっている。神戸が誇る同人誌『ＶＩＫＩＮＧ』創刊者・小説家富士正晴、『暮しの手帖』創刊者花森安治《はなもりやすじ》も神戸三中出身だ。

■聚楽館（初代）
（出典：『ふるさとの想い出写真集』）
竹中はこの建物が撤去された空地の向こうに六甲山の緑を久しぶりに見たという。彼が設楽を知っていたのは、須磨の家の隣家が設楽邸だったからだ。２階の便所から設楽邸は丸見えだったとか。

■祥福寺（撮影：2013.5.2）
竹中の家に祥福寺の托鉢僧が回向に来た。寺の防火力アップのため寄付を集めていた。小磯と少額の寄付をしたという。

（３）学校の裏の丘で出会った竹中郁と小磯良平

竹中郁のエッセイ集『消えゆく幻燈』によると、大正６（１９１７）年神戸二中に入学し、生涯の親友小磯良平と出会う。その神戸二中時代、小磯良平は兵庫の禅寺「祥福寺」のすぐ東の神戸市奥平野梅元町（現・兵庫区梅元町）に住んでいた。この界隈が小磯良平の原風景だ。竹中は彼と近くにあった祇園神社の裏の天王谷に牧場を描きに行ったらしい。小磯の父岸上文吉の家は旧三田藩九鬼家の家臣だった。小磯は東京美術学校に入学すると、同じ旧三田藩士で神戸相楽園の創始者小寺泰次郎の息子、初代公選神戸市長小寺謙吉の東京青山南町の邸に寄宿した。この縁で謙吉の姉婿の小磯家へ養子に行く。また『私のびっくり箱』「聚楽《しゅうらく》の辻」には、小磯良平の梅元町宅前は墓地で、竹中は「設楽《しだら》貞雄《さだお》の墓」を見つけたとある。彼は新開地の初代聚楽館を設計した建築家。須磨の竹中邸の隣家がこの建築家の屋敷だった。竹中は隣の三人娘を見かけるのが楽しみだったらしい。竹中は小磯に旧制神戸二中で出会い生涯の親友になっただけでなく、小磯の影響でヨーロッパの近代絵画に接して画家を志しただけあって絵もうまい。小磯良平は美女ならぬ竹中郁をモデルに卒業制作『彼の休息』などを描き、東京美術学校（現・東京芸大）を首席卒業。

ユーカリの樹の下で出会ったふたりは、学校の裏の丘で神奈備・高取山を眺めながらどんな絵を描き、どんな未来を語り合ったのだろうか。いずれにしても旧制神戸二中の自由な校風がふたりの心に深く刻まれたことは確かだ。

■紅葉　（撮影：2006.11.27）
紅葉は別に紅だけが、紅葉ではない。黄葉も趣深いものがある。写真は京都嵐山天龍寺塔頭「宝厳院」で以下の故事に従い撮影した。『平家物語』巻6「紅葉」によると、安徳天皇の父君、高倉上皇は、慈悲深く風流を愛する人だった。10歳のころ、大切に思っていた紅葉山《もみじやま》の落葉を殿守《とのもり》（掃除係）が酒を温めるため、燃やしてしまった。高倉院は『和漢朗詠集』秋興（原詩：白楽天）〈林間煖酒焼紅葉石上題詩掃緑苔〉（林間《りんかん》、酒を煖《あたた》め、紅葉を焼《た》き、石上《せきじょう》に詩を題《しる》して緑苔《りょくたい》を掃《はら》ふ）を引いて咎めなかった。

23 紅葉

『須磨寺附近』山本周五郎と紅葉

(1)『須磨寺附近』は雨の物語だが……

〈「あなた、生きている目的が分かりますか」／「目的ですか」／「生活の目的でなく、生きている目的よ」／清三には康子の云う意味がわからなかった。〉

（『須磨寺附近』より）

山本周五郎が、初めて一流文芸誌『文藝春秋』に発表した、言わば処女作だ。山本自身は、「幼きも幼きころだ」と『小説現代』（昭和40年3月号）河盛好蔵との対談で語っているが、純文学を志して30年近くなる筆者には、到底書けない。人妻に寄せる煩悩にもだえる青年の思いがきらっと光る純文学志向の作品だ。また誰も言っていないが、この小説は雨の物語といえる。作者とおぼしき主人公清三の、懊悩《おうのう》を表徴する心象風景として雨のイメージが浮かび上がってくる。この作品の重要部分はいつも雨が降っている。

作品の要といえる康子が清三を須磨寺へ案内し、冒頭の引用にある禅問答のような問いかけをしたときや、激しい頭痛のなか康子の夫から届いた帰国の電報を見たときや、康子から松竹座に呼び出されたときや、最後の恋の終焉を悟った朝も清三の言いしれぬ哀しみを含んだ心象風景と重なる雨だった。

■神戸市立森林植物園の紅葉
（撮影：2012.11.25）
『須磨寺附近』で、清三たちは、神戸市灘区高尾から上野道を摩耶山頂をめざしたようだが、実際のところ、康子のモデル木村じゅんと山本周五郎たちは摩耶ケーブルで摩耶山頂へ登ったと思う。和服姿のじゅんが連れの女性と休憩する写真がある。

■銀杏
紅葉には、桜紅葉、もみじ葉楓《ふう》、モミジ、銀杏などがあるが、「黄葉」の風情も格別だ。上代では『万葉集』を含めてもみじを黄葉と書いたが、平安時代から「紅葉」が多くなった。

（2）紅葉狩は人生の道行きを表現している

この小説は雨の物語と書いたが、雨が降っていない重要場面が、六甲山への紅葉狩だと思う。場面は〈十王山という懸額のある寺〉あたりの場面が出てくるが、紅葉には遅すぎたようだ。清三、康子、彼女の義弟で清三の親友、青木の三人は、季節を過ぎた十王山（幻の光明寺・絵馬堂か？）あたりの摩耶山への登山道（参詣道）「上野道」を登って行ったようだ。三人は六甲山頂へ行くつもりらしいが、道に迷う。そこでまた、康子の禅問答が始まる。

康子は道が分からないのは興味がある、という。〈「だって興味というものは不安があるから起こってくるものじゃないの」〉と。それから三人はトエンティクロスのような「川渡り」を繰り返し、道を間違えたことに気づいて戻る。人生で何度、このような静かな行楽や、温かい散歩ができるだろう、青木が清三と康子に問いかけたが、二人は応えなかった。

帰り道は、青木が先に行き、二人は康子の草履の緒が切れた繕いなどでおそくなる。清三は、情的に働きかけてくる康子の瞳に、幸福な思いを打ち消すことができなかった。

青木は、嫂《あによめ》、康子ばかりは分からんという。〈「幸福なものとして幸福に没頭すれば破綻を見るし、平凡なものとして平凡にやれば人間が老いるし——」〉と呟《つぶや》くが、食事の後に、康子は突然、彼女の結婚が幸福か、でないか、と言い出して、応えに窮したふたりを驚かせる。これは、おそらく下司の勘ぐりだが、不幸なのよ、何とかしてという、誘いにも取れる。

■『摂津名所図会』「摩耶山」部分
上野村の上、「ゑんま堂」と読める。今は存在しない幻の寺「十王山光明寺」の前身であろう。

■光明寺（六甲—摩耶—再度山路圖より）
摩耶ケーブル高尾駅の西だ。天上寺の末寺だったようだが、幻の寺になってしまった。

（3）幻の寺十王山光明寺・閻魔堂（絵馬堂）

『須磨寺附近』の紅葉狩に出てくる「十王山」を初めは「一王山十善寺」のことかと思ったが、山本周五郎がいい加減なことは書かないと確信していたので調べてみた。『HILLS BEHIND KOBE「神戸市背後の山野を巡るブログ」』の信頼できる記事に行き着いた。そのブログを参考に考証する。昭和9（1934）年『六甲―摩耶―再度山路圖』によると、灘区高尾の摩耶ケーブル「高尾駅」の西に「光明寺」が載っている。ブログを参考に『西灘村史』を確認すると、上野字絵馬堂にあり、山号は「十王山」、寺号は「光明寺」。また『摂津名所図会』「摩耶山」の山麓「上野村」の上に「ゑんま堂」の表記がある。閻魔王は十王のひとり、十王山の山号と整合性がある。さらに、『兵庫県小字名集―Ⅵ　神戸・阪神間編』を調べると、旧西灘村【上野】絵馬堂の小字も確認できた。光明寺の跡地は、昭和13（1938）年の阪神大水害後、墓場、外国人所有のテニスコートつき屋敷、民家を経て、今は介護施設になったという。戦前、このあたりは紅葉の名所だったようだ。

清三たちは摩耶山の上野道から、六甲山の山頂をめざしていたのだ。このコースは清三と青木は大丈夫として、康子はどうであったろうか。しんどいコースだし、六甲山頂とは、神戸では六甲最高峰を意味するので、距離的にかなりある。山本は摩耶山頂を六甲山頂と思っていたのかもしれない。

摩耶山への道としてはいくつかあるが、筆者は青谷道（天上寺跡・摩耶山城？を経て）を上がり、上野道を五鬼城、神戸高校と降りるのが好きだ。

■『須磨寺附近』文学碑（撮影：2011.12.2）
山本周五郎は文学碑を嫌っていたと、詩人足立巻一は碑の建立に反対した。この碑文は「生きている意味」のところ。

■朱い小さな山門（震災で倒壊し現存しない）
この下で康子は、清三にこの小説のテーマ「生きている意味」を投げかける。

（4）「我慢しなさい」康子は魔性の女か

〈……康子が顔を引くのとほとんど同時に、清三の手が本能的に康子の膝へ伸びていった、康子はその手をしっかりと握った。……、そして程なく「我慢しなさい」と云って階下に去った。〉

（『須磨寺附近』より）

　興味深いのは、寝ている男に年上の女が迫るシチュエーションは山本周五郎の他の作品の中によく出てくる。これは『山本周五郎の須磨』で木村久邇《くに》典《のり》も触れている。『正雪記』の少年久米（のちの正雪）は同じような状況で女に犯され女性を知る。また『樅の木は残った』の青年宮本新八も年上の女おみやに女性を初体験させられる。さらに晩年の作品『へちまの木』では青年房二郎が下宿先の年上の主婦によって初めて女を知るなどだ。

　これらの情景は〝須磨寺夫人〟こと、康子のシーンと重なる。山本は康子のモデル、木村じゅんやその夫に読まれることを意識しなければならなかった。よって、抑制されたプラトニック・ラブとして書いたのではないか、といわれている。しかしそのことがかえって『須磨寺附近』の体験が女性の魔性を探求しながら、事実から普遍的な真実へと、山本文学をさらに文学的に高めたように思う。康子は、迫っておきながら究極は「我慢しなさい」とかわす。これは「魔性の女」が男を弄ぶ手練手管なのか？　男の気持ちを翻弄し、狂わせる毒を含んだ甘味な言葉なのだ。男はこの言葉によってますます募る憧れと思慕と叶えられない征服心の炎に苛まれる。

■栄町通「みなと元町駅」界隈
（撮影：2007.8.6）
銀行、証券会社、保険会社などが立ち並ぶ戦前からオフィス街。

■内海岸通（乙仲通）
（撮影：2014.7.20）
左の矢内商店の２階に「夜の神戸社」があった。

（5）山本周五郎と神戸──『須磨寺附近』の背景

大正12（１９２３）年、周五郎20歳のとき、関東大震災、山本質店も罹災し、東京復興は当分の間、困難とみた店主は店を解散。山本は両親、弟の安否を確認後、中央線経由で関西に向かった。なぜいち早く東京を脱出し関西に向かったのか？　東京の出版社や雑誌社その他出版界が立ち直るまでには数年かかると考え、これからの出版界も大阪を中心に関西になると思ったという。同年、兵庫県豊岡の地方新聞社に勤めるが、契約した給与、月給１５０円でないと知り、辞職。小学校時代の級友桃井達雄の姉で９歳年上の人妻木村じゅん（康子のモデル）の婚家先、神戸市須磨区離宮前町１丁目７に下宿し、観光ガイド誌を発行する「夜の神戸社」に勤務した。その会社は神戸市栄町通と元町通の間、栄町通を一筋山側の東西の小路の現在の「矢内商店」のビルの２階にあったという。１階は撞球場で会社は２階にあった（↑足立巻一説）。色街やカフェなどの評判記、広告などを写真入りで掲載していた。山本周五郎研究家で作家の木村久邇典が、「夜の神戸」の発行者だった寺田新にヒアリングした結果、山本周五郎は大正13（１９２４）年から１年近く？「夜の神戸社」に勤務し、色街を山本周五郎のペンネームで取材していたという。ということは、山本周五郎は奉公先の質屋主人の名前だが、出版社の勘違いからそのままペンネームとなったという伝説は誤りだということが分かる。この年徴兵検査を受け、丙種合格だった。

COLUMN 20

100年の景（本多静六のドイツ林学）

〈神戸の山は常緑樹が多いといっても、やはり冬と春とでぜんぜん色が違うな、どうだい、加藤君、春の山の色はおどるように見えないかね。」〉

（『孤高の人』新田次郎）

『孤高の人』の中で、新田次郎は主人公加藤文太郎のよき理解者外山三郎技師に六甲山の景観をどう思うか語らせている。

新田次郎にこう書かせた裏には明治維新後、約70%がはげ山だった六甲山の緑化を進めたドイツ林学の権威本多静六博士をはじめ先人の努力があった。本多は植林開始以来、一貫して六甲山の森づくりは、用材生産を目的とする林業的な経営方針は採らず、都市の景観や防災、市民の保健休養林（レクリエーションの森）としての整備をめざした。針葉樹と広葉樹、落葉樹と常緑樹が入り混じった多様な自然が息づく森、街にいて四季が感じられる森、林の中を変化に富んだ自然を感じながら歩ける森、そして防災的にも強い森。そんな森をめざした植林はドイツ林学のH・フォン・ザーリッシュの「森林美学」の思想に近いと筆者は思っている。本多静六は100年後の森がどうなるかを考えて植林したのだ。美しい森林は、自然界の多様性を育み、究極は災害に強い森になるという考え方だ。本多はこの理念を活かすため、100年後を見据えた森林計画を立案、実施したのだ。人の手で作り出された森林は、あと100年人の手を必要とするが、下の写真ははげ山に小段を造り、植林開始の明治36（1903）年から100年目の六甲山の四季だ。本多静六の計画を体得して世話を続けた先人「森人《もりびと》」の努力の結晶だと思う。今年120年、その努力に翳りがあるように思えるが、いかがか。

■100年目の六甲山の四季（神戸市蔵）

■標本と文献類を返還した池長孟

（個人蔵）

『南蛮堂コレクションと池長孟』特別展の図録によると、昭和16（1941）年8月15日から8日間、牧野富太郎は神戸に滞在して、池長孟から全ての植物標本と文献類の返還を受けた。

写真は、池長（左）が牧野（右）を初めて「池長美術館」に案内した折、玄関前で撮った写真。当時の新聞には、〈〝わが子〟還る〉の活字が踊った。

牧野は池長所蔵の、長崎出島出入りの江戸時代の絵師川原《かわはら》慶賀《けいが》の木箱入り画集『慶賀写真草』に箱書したという。

24

スエコザサ

『牧野富太郎自叙伝』と池長孟《いけながはじめ》

(1) 牧野博士の窮乏

『随筆草木志』牧野富太郎によると、〈私は植物を愛人としてこの世に生まれてきたように感じます。〉と言っている。この言葉どおり、小学校を中退し、手習塾や伊藤塾などに通う一方、地元土佐「佐川」の医者西村尚貞宅で知った小野蘭山の『重訂本草綱目啓蒙』を取り寄せ、熟読。独学で植物を学ぶ。植物採集しながら東京見物にも出かける。当時、高知から神戸までは汽船だった。神戸港の海から見た六甲山ははげ山で、最初は雪が積もっているのかと思ったと『牧野富太郎自叙伝』に見える。

明治17（１８８４）年上京。さまざまな辛苦の末、東京帝国大学の助手となるが、薄給15円。植物分類学の世界的権威だが、学歴から万年助手。

その間に結婚もし、多くの子のいる大家族を養育しながら、貴重な文献があると聞けば購入。両親亡きあと、造り酒屋の父祖の財産を潰し、牧野は理財に無頓着、借金を重ねる。高知の岩崎弥太郎の援助もあったが一時しのぎ、家族は貧困に堪えるも、次第に多額の借金を抱えて研究生活にも支障を来す状況であった。大切な標本を外国へ売らねばならないほど切迫した窮状が、はじめ「東京朝日新聞」に、ついで「大阪朝日新聞」に転載された。

■開港当時の神戸港（「イラストレイテッド・ロンドン・ニュース」）〈慶応３年12月7日（1868年1月1日）〉（神戸市立博物館蔵　Photo:Kobe City Museum/DNPartcom）
当時は山麓に緑が残る程度で、全体の70％がはげ山だった。『六甲山の100年そしてこれからの100年』に掲載された神戸大学松下まり子氏の明治20（1887）年ごろの［六甲山荒廃図］などからも、草木のない白い花崗岩の露出した山容だったと知れる。

■会下山小公園エントランス（撮影：2023.3.14）
この奥突き当たりに植物研究所の碑がある。牧野が通った園路だ。地元では公園に至る外の坂道を「牧野坂」と呼んでいる。

（２）名乗り出た大学法科学生・篤志家池長孟

当時京都帝国大学法科学生であった神戸の篤志家・池長孟が借金約３万円を肩代わりし、〈不遇の学者牧野氏植物標本十万点〉を譲り受け、池長の父が会下山に移築した「正元館」を貴重な植物研究の拠点として「池長植物研究所」を開設した。この「正元館」は、旧兵庫尋常小学校木造瓦葺き洋風２階建て講堂を孟の養父、通が譲り受け、会下山公園の南の小山「会下山遊園」（現・会下山小公園）に移築したものだった。池長の初めの申し出は、貴重な標本類が海外へ流出することは忍びないと、３万円で買い取るが、門外漢の自分が所有しても宝の持ち腐れだからすぐ、牧野博士に寄付するということだった。しかし、それでは困るというのが、純粋な硬骨漢、牧野だった。

結局、池長は牧野に月額いくらかの援助をし、その指導で会下山に「池長植物研究所」を開設することとなった。だが、池長の自筆備忘録によると、牧野の自由奔放な世俗にまみれない性格や池長自身の兵役、植物門外漢などからこの事業は失敗だったとしている。実際、研究所の開設も牧野の標本整理が追いつかず仮開設だった。「正元館」２階の膨大な標本類が朽ちるのを恐れた池長は母校京大に寄贈しようとした。これに憤慨した牧野は「池長問題」と称して抵抗した。紆余曲折を経て結局、池長は昭和16（１９４１）年、植物標本や文献すべてを牧野博士に返還した。

■池長植物研究所（正元館）

■スエコザサ

（撮影：2006.9.28）

・学名　Sasaella ramosa var. Suwekoana
　分類　イネ科アズマザサ属の変種スエコと命名。
・Sasallea（ササエラ）＝アズマザサ属
・var.（バー）変種の意味。variable の略。
・葉の片方が裏に向かって巻いているのが特徴。牧野富太郎が仙台で発見した新種。笹と竹の見分け方は、成長しても棹（茎）に鞘が残っているのが「ササ」。鞘が落ちるのが、「竹」。必ずしも小さいからといって、また「オカメザサ」のように名前に○○ササと付いているからといっても「竹」の場合もある。写真の棹を見ると、鞘がついたままなのでササだ。

（3）牧野富太郎が見初め妻とした壽衛子《すえこ》

『牧野富太郎自叙伝』によると、壽衛子は彦根藩士小沢一政の末娘だった。父の死後、東京飯田町にあった豪勢な邸宅も失い、彼女の母は家計のため、飯田町で小さな菓子屋を営んでいた。牧野は酒も煙草もやらないが、その分、菓子が大好物だった。大学へ行く途中でついつい、菓子屋に眼がいった。そこで壽衛子を見初め、人を介して嫁に来てもらったという。牧野は研究一筋かと思ったら、この方面はなかなかやるもんだと思う。仲人は石版印刷屋の親爺とか、この調子で「池長植物研究所」の標本整理ができていれば、現在神戸にそれこそ、「牧野富太郎植物研究所」が残っていたかもしれない。

しかし、もし壽衛子がいなかったら、牧野の業績は世界的にならなかったような気がする。与謝野晶子（13人出産、11人成長）と同じく子ども達の出産と養育（13人出産、６人成長）と多額の借金を抱え、質草も尽き日々の暮らしを支えたのは壽衛子だった。このことは牧野も十分かっていたようだ。

植物の研究に夢中で、家計には無頓着、長年、妻に好い着物も買ってやれず、芝居など娯楽もない、そんな生活に嫌な顔も不平も言わず堪え、自分のことは差し置いて私や子どもたちのために尽くしてくれた、と書いている。現代の女性なら、この貧困と家族サービス皆無、ただ子どもの世話と家計のやりくりに追われる日々に堪えられたであろうか。壽衛子はまだ若い55歳で病原不明で亡くなった。牧野は仙台で発見した笹の新種を「スエコザサ」と命名し、糟糠の妻の労苦にせめてもの手向けとした。

■旧池長美術館（現・神戸市文書館）
（撮影：2023.3.12）
シンプルなアール・デコ調の建物だが、池長は、南蛮コレクションの展示品は世界的にも貴重なもの、と誇った。後に散逸を恐れ、すべてを神戸市に寄贈した。

■池長植物研究所跡記念碑
（撮影：2006.9.28）
「花在ればこそ吾れ在り」の碑文題字は「牧野富太郎植物研究所」になっている。ここは池長の研究所なのだ。地元では牧野公園と呼ぶ。

（4）植物と心中する牧野富太郎

『随筆草木志』で〈私は植物の愛人である。〉〈植物と心中する。〉と言い、植物分類学の研究に没頭し、立身出世とかは考えない。万年助手からどうにか講師に昇格したけれど、給料75円。これでは家族も養えないし、研究にも支障を来し経済的に恵まれていないが、なんとかなるとやってきた。それで天を恨んだことも、大学の処遇などで人を恨んだことはないというが、内心は忸怩たるものがあっただろう。だが、「池長自筆備忘録」に書かれている牧野の言動への養母の無理解や、牧野が主張する「池長問題」など周囲は大変だったと思う。債鬼に追われながらも多くの支援者がいた事実は、彼に卓越した人間的魅力があったと推測できる。約3万円を超えるまで借金ができたのは彼の人柄ではないか。普通なら、すぐ横を向かれたと思う。

彼のエッセイを読むと、自己の小ささが分かる。彼のように天真爛漫に生きたいが虚栄がそれを阻む。

牧野富太郎は東京帝国大学にあって、権威におもねることもなく研究一筋で持論を展開していることはすばらしい。しかし、地道な努力で植物分類学の世界的権威になったが、日本には学歴がないことから、その功績を無視する狭隘な権威主義が存在する。だが、外国で認められると、にわかに豹変し、評価を変えることなど未だに横行しているように思う。これも牧野博士から小さい、小さいと言われそうだが……現代日本の停滞は、人材の育成を怠り、すべてが人であることを忘れた社会だからだ。牧野博士に学べと言いたい。

COLUMN 21

池長孟と南蛮美術品蒐集と淀川富子

〈「もしも私が妻にも死なれず、兵庫の旧家の主人公として、幸福な家庭におさまっていたならばこんな蒐集は出来なかったであろう。〉と池長孟は、『南蛮堂要録』の中で述懐している。

『特別展ー南蛮コレクションと池長孟』を参考に南蛮美術蒐集の動機と淀川富子とのことに触れてみたい。

池長は妻まさゑ（正枝）を心から愛していたという。彼女は荒木村重の子孫と伝えられる旧家の出だった。

それが大正 14（1925）年、その最愛の妻を亡くしたのだ。妻の形見の 3 人の子どもを抱えて途方に暮れ、やるせない、捨て鉢な思いが美術にはけ口を求めたようだ。

またこのころ、言いしれぬ淋しさから、淀川富子と同棲している。ふたりで、オリエンタルホテルのダンスパーティに出かけるなど、世間の目にさらした。富子は「さよなら、さよなら、さよなら」で知られる映画評論家淀川長治《ながはる》の姉で、池長の住む門口町のすぐそば西柳原の芸者置屋の娘だった。『淀川長治自伝』によると、彼のふたりの姉は、身内がいうのもおこがましいが、飛び抜けた美人だったという。反面、富子は男のように気の強い性格。池長はまさゑの四十九日が済むと、上海へ飛び、旧制一中時代の友人と骨董屋を巡り、「玉をはめた富貴長命の木製屏風」などを買ったりした。同年再度、富子と上海へ行く。これが骨董屋漁りの始まりとも言っている。

池長は富子との新居として現在の神戸市中央区野崎通 4 丁目に「紅塵荘《こうじんそう》」を建てた。この建物（＊現存しない）は、富子好みも取り入れられているが、彼女は竣工の翌年、一方的な喧嘩別れを演じた。竹中郁も『私のびっくり箱』で「お富さん」を書いている。

■紅塵荘（個人蔵）
昭和2（1927）年に竣工したスパニッシュ・ゴシック様式の貴重建築物だった。現存しないのが残念でならない。塔から海が見えたのではないか。

富子と別れた池長は、昭和 13（1938）年、「池長美術館（現・神戸市文書館）を竣工。このころ、植野とし子と再婚。とし子は池長をよく支え、戦中戦後の混乱期を乗り切った。池長は彼女のお陰で穏やかな晩年を過ごすことが出来た。

第2章

名作の舞台と川風景

■住吉川（JRより山側）（撮影：2010.5.30）
住吉川は天井川のため、橋や道路の整備のつど、河床を掘り下げ高さ調整をしてきたが、この部分はJRの線路高が既定で、一気に河床を掘り下げるのは困難なため階段状に高さ調整をしている。それが小滝のような川風景を創出している。

■業平橋と川風景（撮影：2010.10.13）
芦屋川は神戸市域ではないが、『細雪』では重要な川風景だ。また谷崎文学では、『細雪』だけでなく、『猫と庄造と二人のおんな』など、谷崎が芦屋川と業平橋をセットで描写している。

1 芦屋川・住吉川

『細雪』谷崎潤一郎と阪神大水害

(1)『細雪』と昭和13年阪神大水害

昭和13（1938）年7月5日の阪神大水害は、『細雪』の中巻で重要な部分である。今、『昭和13年兵庫県水害誌』の記述と、『細雪』中巻4章から9章までの記述を比べるとき、いかに事実に基づいて描写されているかがわかる。だが、谷崎自身は身を安全な所に置いて倚松庵周辺しか当日は歩いていない、という。それを見てきたかのような描写はさすがだ。しかし、作家は想像を膨らまして事象を描写するのが才能だからそう言ったまでだろう。陰で秘かに当日は別として後日、現地をつぶさに歩き、体験見聞しただろう。そうでなければ、『細雪』中巻の迫力ある描写はできない。もしかしたら犠牲者やその遺族のことを配慮して人の悲しみの場を冷徹な目で見続けたことを隠したかったのかもしれない。谷崎が災害後、六甲山方面、西宮の越木岩方面、有馬方面、布引方面など各地の水害地を視察したようで、妙子の恋人板倉の視点で語らせている。

また、谷崎は雑誌『文芸』（第10巻4号）の中の「谷崎文学の神髄」という座談会では甲南小学校生徒の作文を参考にしたというが、その後の研究で、それは『甲南小学校水害記念誌』のようだし、他にも甲南高等学校校友会編

■『細雪』文学碑（撮影：2006.4.3）
昭和60（1985）年、谷崎潤一郎生誕100周年記念として住吉川右岸（甲南小学校北東角）に碑が建立された。

■旧国鉄「摂津本山駅」
（出典：東京紅団）
この駅舎は現存しない。2015年に近代的な橋上駅舎が供用開始された。レトロな建築を懐かしむ人が多い。

の『阪神水害記念帳』（神戸新聞刊復刻版あり）も参考にしている。

谷崎は各地の出水の時間などは正確ではないと、『谷崎潤一郎全集』巻22昭和33年収録の「細雪回顧」でも書いているが、この災害を出来るだけ正確に記したいと思っていたことは確かなようだ。

（2）貞之助たちの「芦屋の家」はどこにあったか

『細雪』の記述から想定すると、芦屋川右岸から西へ約80m、省線（JR線）より南へ約55m行った、当時でいえば田圃の中の架空の場所となる。これを国土交通省六甲砂防事務所の13年水害芦屋川周辺浸水図にプロットしたのが「コラム2」だ。他に住吉川周辺の想定場所プロット図も参照してほしい。

（3）悦子が通う小学校はどこにあったか

〈悦子の学校は阪神国道を南へ越えて三四丁行ったあたりの、阪神電車の線路よりも又南に当る、芦屋川の西岸に近い所にあって、いつもならお春は国道を無事に向う側へ渡してしまうと、そこで引き返して来ることが多いのであるが、今日はそう云う大雨なので、学校まで悦子を送り届けて置いて、帰って来たのは八時半頃であっただろうか〉。そこでお春は、芦屋川の激流が業平橋の桁下まで達していることを貞之助に報告している。前ページ写真の、芦屋川の業平橋の桁下まで濁流が迫っていた光景の恐ろしさを噛みしめよう。

実際、芦屋川の右岸で、阪神電車より南には小学校はなく、左岸で阪神電車より南に「精道《せいどう》小学校」があるが、小説は現実と合わない。

■住吉橋（住吉川）付近
（国立国会図書館蔵）
住吉川沿いの松林を背景に土石流となって流れて来て堆積した巨石や流木。ここでも濁流は左右に溢れた。巨石間に立つ柱は橋の欄干だ。

■野村邸付近の濁流（国立国会図書館蔵）
住吉川の上流右岸の白鶴美術館から野村邸に至るあたりを、濁流が海の波のように逆巻き流れる様子。野村邸とは野村證券２代目野村徳七の邸。

（4）谷崎と思わせる主人公貞之助の行動

『細雪』では貞之助は水害の当日、自宅から娘の悦子を小学校に迎えに行き、一旦帰宅。そのあと、妻幸子の末の妹、妙子を案じて本山村野寄にある洋裁学院へと迎えに行く。家から北へ歩き、省線の線路上を、摂津本山駅に向かう。摂津本山駅へ近づくにつれて水は線路の両側に広がっていたが、まだ線路上は安全だった。時々甲南高等学校の生徒に遭う。事情を聞くと、摂津本山駅より先は海のようだという。すなわち、貞之助は芦屋川よりひどい状況の住吉川周辺に向かっていたことになる。それでも、彼は向かう。摂津本山駅から６００ｍほど行った所で立ち往生した列車に遭遇。しばし休憩後、泥沼や激流と苦闘しながら、妙子が待つ洋裁学院に向かう。学院は本山村野寄にある想定だから、住吉川左岸に近い。例の住吉川浸水図では「被害甚大区域」内にある。まさに命がけの救出行だ。筆者には「阪神・淡路大震災」のとき、墓石が悉く倒壊した住吉川左岸近くの「野寄墓地」の情景と重なる。

（5）貞之助や家族がよく利用した阪急「芦屋川駅」周辺の洪水状況

阪急「芦屋川駅」の北、芦屋川左岸で、松子夫人揮毫の『細雪』文学碑のあるすぐ上の「開森橋《かいもりばし》」について、『細雪』では、〈蘆屋川や高座川の上流の方で山崩れがあったらしく、阪急線路の北側の橋のところに押し流されてきた家や、土砂や、岩石や、樹木が、後から後からと山のように積み重なってしまったので、流れが其処で堰き止められて、川の両岸に氾濫したために……〉と書かれている。橋の名前は載っていないが、それが前述の「開森橋」だ。

COLUMN 22

災害と忘却（災害は忘れたころにやってくる）

六甲山系の大きな土砂災害は、六甲山系が風化しやすい花崗岩でできていることから、ある一定の周期をもっているという。現在、昭和13年阪神大水害以来の六甲山系の砂防堰堤の整備により危機はやや軽減されたようだが、台風と梅雨前線のダブルリスクが免れているのは運がいいだけと思っているほうがいい。

災害を忘れずに備えをすることが肝要だ。神戸は地震のない地域と言われていたが、1995（平成7）年1月17日に直下型大地震「阪神・淡路大地震」が起きて、六甲山最高峰は約13cm高くなった。

六甲造山運動は約100万年前からなので、「阪神・淡路大地震」クラスの地震は500回以上起こった計算になるが、すっかり忘れている。

水害については、近年の神戸における昭和13年大水害から42年豪雨災害に至る「30年周期説」（実際は昭和36年も大水害があった）とか、地域によって水害や地震について災害周期説が唱えられている。また地震では、地鳴り、地下水、温泉、海水などの水位や水温変動、水質の変化、動物の異常行動、天体や気象現象の異常、月の出の色の異常や、ことわざ、民間伝承などで大震災前兆現象として多くの例が報告されている。

例として、阪神・淡路大震災では本震前（前日の夕方）に「赤い月」が目撃されている。また、『ながたの民話』によると、「高取山」の名の由来は一説に〝大津波があって、津波が引いた山の樹に海の蛸がひっかかっていたので、みんなが蛸を取りに行った山だ〟という。これは民間伝承による先人の津波警告か。長田区東尻池にも津波の口碑が残る。

「神戸又新《ゆうしん》日報」の記事や「神戸新聞」の冒険家・紀行家江見水蔭『六甲山鳴動探検記』によると、明治32（1899）年7月5日から有馬を中心とする六甲山で遠雷あるいは砲声の如き鳴動（地鳴り）が約1年に渡って続き、人々は六甲山大噴火の兆しかと恐れた。この鳴動から、大正5（1916）年明石海峡東部を震源とするM6.1の「明石海峡東部地震」は17年目、太平洋戦争中の昭和19（1944）年12月7日午後1時36分、M7.9の「昭和東南海地震」は45年目。M7.3の阪神・淡路大震災〈平成7（1995）年〉は96年（約100年）が経つ。が今、人々の記憶から薄れ、忘れ去られようとしている。それほど、人間の記憶とは曖昧にして、忘れ去られるものなのだ。

平成23（2011）年の東日本大震災の大津波でさえも、明治29（1896）年のM8.2～M8.5の三陸大地震の大津波〈最大遡上高は大船渡市38.2m（東日本大震災40.1m）〉の甚大な被害が115年で忘れられていた。

■処女塚古墳（撮影：2012.8.16）
前方後方墳は大和王権に一定の距離を置く豪族の墳墓である可能性が高いという。かつては海辺だった。柿本人麻呂の羈旅歌〈玉藻刈る処女を過ぎて夏草の野島が崎にいほりす我は〉『万葉集』巻3－250

■石屋川（御影公会堂付近）（撮影：2006.4.13）
『火垂るの墓』での重要な場面、空襲からどうにか逃れて防空壕に避難した母の安否を気遣って探す清太たちがいた。京都、大阪の「ハル」は住吉川で「て（や）」の神戸、播州方言に変わるという「テヤハル川」説。それは元々の国境、石屋川ではないだろうか。

2 石屋川

『万葉集』と処女塚伝説と「大和と出雲の国境」

（1）万葉歌人、古い伝説を競作

古《いにし》への　ますら壮士《をとこ》の　相競《あいきほ》ひ　妻問ひしけむ　葦屋《あしのや》の　菟原處女《うなひをとめ》の
奥津城《おくつき》を　我が立ち見れば　長き世の　語りにしつつ　後人《のちびと》の　思《しの》びに
せむと玉桙《ほこ》の　道の辺《べ》近く　磐構《いはかま》へ　造れる塚を　天雲《あまぐも》の　退部《そくへ》の限《かぎり》こ
の道を　行く人ごとに　行き寄りて　い立ち嘆かひ　ある人は　啼《ね》にも
哭《な》きつつ　語り継ぎ　思び継ぎくる　處女らが　奥津城　吾さへに　見
れば悲しも　古へ思へば
（田辺福麻呂《たなべのさきまろ》）（巻9―1801）

『万葉集』《舒明元（629）年～天平宝字3（759）年）》で、田辺福麻呂、高橋虫麻呂、大伴家持《おおとものやかもち》の三歌人は当時でもかなり古い伝説を詠っている。それぞれ長歌なので最も短い田辺福麻呂の歌をあげておく。西求女塚古《にしもとめづか》墳、処女塚《をとめづか》古墳、東求女塚古墳と西から古い順で並ぶ3世紀後半の三古墳が、伝説とは関係ない、それぞれ往時、この地方を治めた豪族の墳墓であることは、明らかだ。しかも三古墳は現在より海に近く、景勝の地にあったようだ。それは西求女塚古墳の地には「味泥《みどろ》」という湿地を表す小字名が残ることや、三古墳とも古代の汀線にほぼ一致する現在の国道43号に極めて近

■東求女塚古墳（撮影：2012.8.16）
阪神住吉駅近くの東求女塚は、北西に軸をもつ全長約80 mの前方後円墳で、公園内の真ん中にわずかに墳丘を残す。『摂津名所図会』の江戸時代では畑中にぽつんとある。前方後円墳は「大和」の墳墓形式といわれている。

■西求女塚古墳（撮影：2016.8.16）
３古墳のうち最も古い３世紀後半の前方後方墳。卑弥呼の鏡か定かでないが、「三角縁神獣鏡」７面が出土している。うち２面は布に包まれていた。竪穴式石室には慶長元（1596）年慶長伏見地震の傷痕が残る。

い。なお、『摂津名所図会』には、〈『万葉集』『大和物語』に載する所なれば、年歴久遠にして世に名高し。按ずるに、これみな上古の荒塚にて、文人墨客、俚談を採って風藻となす。〉と記されている。なお、平安初期の『大和物語』は少し過激で「能」の修羅物に近く、伝説の舞台は少し西の「生田川」の物語として語られていく。やがてそれは観阿弥によって謡曲『求女塚』となり、明治になって日本初の現代語による森鴎外の戯曲『生田川』となった。

（2）処女塚伝説の謎

この三古墳は『魏志倭人伝』にいう卑弥呼が248年に死に、国が乱れ卑弥呼の女後継者「壱与」が跡を継いで、騒乱が納まりかけた3世紀の末近くに相次いで築造された、その地の豪族の墓だろう。このことは万葉時代にはすでに忘れられてしまっていた。万葉三歌人はその地に残る伝説―美しい娘をめぐってふたりの男が競い、心やさしい娘は板挟みに悩み死を選び、男たちも死ぬ妻争いの物語をもとに詠ったと思われる。筆者はその伝説には秘められた謎があると思う。

この伝説はパターン化されたもので、日本だけでなく各地に似た伝説が残る。神戸の場合、三つの歌を総合すると、処女の思いは地元の菟原壮士《うなひおとこ》でなく泉州信太《しのだ》（和泉市）の血沼壮士《ちぬおとこ》であったというのが、おもしろい。

（3）大いなる妄想―石屋川は国境だった

推論からいうと、石屋川は大和政権と出雲勢力との国境だった。

処女塚古墳を中心とする「御影」の地名は、神功皇后の姿を清水に映した

■3古墳位置図（西から古い順に「西求女塚古墳」「処女塚古墳」「東求女塚古墳」）
「石屋川」は現在、中央を流れるが、必ずしも古代の流路と同じではない。

からとか、『和名抄』によると、古代、この地域に銅細工に関わる技術者集団「伴《とも》部《の》鏡作部《かがみつくりべ》」の一族が居住していたので、「覚美郷《かがみのさと》」と称したことに由来する。筆者は、覚美郷の高羽町4丁目の鍛冶に欠かせない水神「高羽丹生神社」の鎮座や、今の鶴甲団地の「滝の奥」に残る「ユブネ」「カナホリ山」の地名や、同じく今は石屋川左岸だが、流路の変遷でかつて石屋川右岸だっただろう綱敷天満神社の社宝の銅塊―鏡に結びつく痕跡、そして石屋川上流には紀元前2世紀から2世紀にかけて約400年栄えた青銅器時代の「桜ヶ丘銅鐸」出土地があるなどから、何かしらこの地域は鍛冶と関係が深く、出土物から山陰系勢力のにおいを感じる。

また、古墳形態からいうと、東求女塚古墳は前方後円墳、処女塚古墳と西求女塚古墳は前方後方墳と古式だ。一概に言えないとしても大和政権の象徴―前方後円墳と山陰地方や関東地方など他の勢力の証のような墳墓形式―前方後方墳。東求女塚古墳は、あたかも旧勢力である処女塚古墳と西求女塚古墳の隙を窺うように対峙しているように見える。

このことから、伝説の娘をこの古墳の主の子孫の豪族と置き換えると、この地の豪族（菟原壮士？）は大和政権（血沼壮士）に内心、靡きながらも、山陰地方を根拠地とする勢力（菟原壮士？）との決別を未だ決めかねていたことを秘めているような気がしてならない。果たして筆者だけの妄想、空想、夢想であろうか。

COLUMN 23

石屋川と旧石屋村

石屋川の名は、その流域の旧岩屋村に由来する。

『兵庫県小字名集』「VI神戸・阪神間編」に、旧・御影村【石屋】「八色岡」（やくさのおか、別称：やいろおか）という小字がある。現在の石屋川左岸、JR 神戸線の北に、旧岩屋村氏神「綱敷天満神社」のあるところだ。菅原道真が太宰府に左遷される途中、休憩し、地元民が石の上に綱を敷いてもてなしたことから綱敷天満神社となったという。同じ言い伝えが須磨綱敷神社にも残る。さて、石屋川の天神さんはそれまで何の神を祀っていたのか。それは、『武庫郡誌』によると、用明天皇の時代に聖徳太子が「四天王寺」建立に際して良質の石材を探していたところ旧石屋村で見つけた。石屋村の祖、山背御神を石工《いしく》の総責任者とし、石材を提供。その功により「蒼稲魂神《うかのみたまのかみ》」の霊像と太子の笏を賜り、それを祀ったのが始まりだという。そこで落合重信が神社の棚から発見したという、かつてのご神体「銅塊」は何を意味するか。それは『和名抄』にいう「覚美郷」や「鏡作部」に通じる。

ところで、「蒼稲魂神」は別名、宇迦之御魂神《うかのみたまのかみ》いわゆる稲霊《いなたま》と殖産興業の神「お稲荷さん」なのだ。現在の綱敷天満神社の主祭神は、「菅原道真」「別雷神《わけのいかづちのかみ》」「蒼稲魂神」3 神だが、かつてこの神社の主祭神は「別雷神」「蒼稲魂神」ではなかったのか。この 2 神は渡来人秦氏の祭神だ。聖徳太子は蘇我氏系の皇子、そこに「蘇我氏」の影が見える。元来、「蘇我氏」は渡来人の職能集団を総帥する氏族といわれている。

それ故、ここには鉱山や冶金や製鉄や『和名抄』にいう「鏡作部」「石工」などの蘇我氏系渡来人職能集団（かっては出雲系）が定住していたのではないか。そして氏神として古代から崇拝している「別雷神」「蒼稲魂神」を祀ったと考えられる。石屋川の綱敷天満神社は旧石屋村民の源流を遡る神々が祀られているといえる。

ではなぜ、石屋川流域に石屋職能集団が住み着いていたのか。当時の良質な花崗岩を産出する六甲山石材は主として、住吉川上流の荒神山周辺だった。今は完全な住宅地になってしまったが、荒神山には石切場と掘り出し場があった。荒神山麓では、花崗岩脈から石を切り出す場と、度重なる洪水で流出、堆積し、地中に埋没した風化を免れた良質な花崗岩の掘り出し場があった。しかしなぜ、「住吉石」といわず「御影石」というのか。それは住吉浜は水深が浅く、石の搬出港に適さなかったので、水深のある御影浜から搬出したからだ。石は荒神山から牛荷車で旧石屋村に運び、加工して各地に運ばれた。

■新都賀川橋（撮影：2015.9.4）
このころの大石川は今のような３面張りの川ではなかった。度重なる洪水から街を守るために、天井川の宿命として河床が高くなる。2007年７月28日のゲリラ豪雨で急激な水位上昇に５人の犠牲者をだした。

■新都賀川橋より下流を望む
（撮影：2009.4.22）
川遊びする子どもたち。〈小鮒釣りし、かの川……〉川風景はそこに育った人たちにとって生涯、忘れられない原風景となる。西灘で育った島尾にとって「大石川」は原風景だ。

3 大石川（都賀川）
『贋学生』島尾敏雄と神戸

(1)『贋学生』ってどんな小説

この小説舞台は、前半が長崎、中盤から神戸となる。主人公は神戸出身で福岡にある大学の文学部学生、浜地―「私」だ。浜地は友人の毛利から医学部の学生、木之伊《ミイラ》を想起させる名前の木乃伊之吉を紹介される。木乃は「私」たちに男色を強い、実際会っていないが、彼の妹だという宝塚のスター砂丘《すなおか》ルナを電話で紹介されたことや、「私」の妹、正江と彼の従兄弟板倉との春日野墓地での奇っ怪な見合いを企画するなどして、次第に「私」の心の中に入り込む。結局木乃は、「私」たちを惑わせておいて、うそが露見する間際に遁走し、彼が詐欺師だったことを知る。見合い相手の板倉は従兄弟でもなく、タカラジェンヌの妹も、彼が電話で女の声音を真似た自作自演の虚像だった。一体、何が目的の贋学生なのか。すべてが謎で作品は終わる。

島尾敏雄はエッセイ『電話恐怖症』で、友人でも本当にその人か確かめたことがあるかと、「不確かな不安」を提起している。これがこの小説の主題だ。現代社会で個人情報の確認が困難なことから、人は容易に他人になりすますことができる。おかしいと思ってもよほどでない限り調べたりはしない。まさにこの小説のテーマは現代においても色褪せていない。

■灘丸山公園からの展望（撮影：2006.7.26）
神戸製鋼所研究施設のグラウンドを公園にした大阪湾が一望に見渡せるところ。海に向かって左側を杣谷川が流れる。中央に見える白い柱は、神戸製鋼所の火力発電所の煙突。新幹線のトンネルを掘削するとき、ここから斜杭を掘った。映画ロケサイトとしてすばらしいロケーションだ。

■春日野墓地（撮影：2015.9.4）
春日野墓地は、手狭になったので再度の外国人墓地に統合され、外国人墓地部分は病院と住宅地になった。文学の世界では堀辰雄の『旅の絵』、野坂昭如の『火垂るの墓』などによく出てくる場所だ。

（2）大石川の場面

〈妹がばたばた階段を上って来て、大きな声で私を起した。／「お兄ちゃん、大石川の所で砂丘ルナが撮影してるよ」／そして雨戸をがらがら開け放した。／―中略―「あれ、木乃は」／「木乃さん、あわてて寝巻のままで、見に行ったよ」／私は顔を洗いながら、妙にそわそわ落着かない気持を味わった。〉（『贋学生』より）

これは、『贋学生』の大石川の場面で、「私」の妹が、本物の砂丘ルナが大石川でロケをしていることを「私」に知らせる場面だ。木乃が現場に駆けつけるのは辻褄を合わせるために当然、「私」にバレることを危惧したのだろう。

〈橋の上から川下の方を見ると、港の方までが見通され、かなりの高い位置の為に、小高い山の上からの展望程に、海岸沿いの工場地帯の煙突の林立して煙がわだかまっているのや、その背景にビルディングの高い建物や港内の造船所や突堤の建造物を見下すことが出来た。／そこの風景にはちょっとした感じがあった。〉（『贋学生』より）

現在、いくつかある大石川の橋から見た景観では、この描写のような情景は樹木や建物のため、展望することはできないが、大石川上流の支流「杣谷川」沿いの灘丸山公園まで行けば望むことができる。

■戦前の大石川（神戸市蔵）
神戸の川の宿命で年々天井川となるが、鉄道や道路などと取り付けで掘り下げもままならず、現在のような3面張り河川となった。戦前の自然風景は洪水の恐れはあるが、生物の多様性を育み、魅力があった。

■島尾敏雄（1917～1986年）
『島尾敏雄―作家の自伝60』によると、横浜市生まれ。関東大震災のため、大正14（1925）年8歳のとき神戸市灘区の現・神戸市立稗田小学校に転校。同年現・神戸市立こうべ小学校に再転校。同校の若杉慧《けい》（第18回芥川賞候補作家）に綴り方の指導を受ける。同校で若杉の指導を受けた陳舜臣と比べると、1年上の島尾は目立たなかった。九州帝大（一学年下に芥川賞作家庄野潤三がいて生涯親交）繰り上げ卒業後、海軍へ。奄美群島加計呂麻島《かけろまじま》で特攻艇「震洋」隊長。大尉で神戸に復員。島娘大平ミホと結婚。著名な同人誌「VIKING」を富士正晴と創刊するも、富士との確執から脱退。「VIKING」に載った『単独旅行者』が『芸術』6号に転載され、野間宏に認められ、「近代文学」同人となり、文壇デビューを果たした。『贋学生』は2作目。

（3）島尾敏雄の原風景は大石川

「原風景」とは、文芸評論家奥野健男《たけお》が『文学における原風景論―原っぱ・洞窟の幻想』で提唱した理論。例えば幼いとき、原っぱや川で遊んだ懐かしい体験は、実在の風景より心象風景として深層意識に刻まれ、それが人の考え方や感じ方に大きな影響を及ぼすという理論。

筆者の原風景は、「富士山が見える高射砲陣地の廃墟」と「鉄橋の見える多摩川」と「立川基地」へ通じる雑草が繁る「廃線敷」だ。いずれも幼少期を過ごした東京・立川の風景だ。

島尾敏雄が育った西灘の「川風景」は「大石川」と「西郷川」が考えられるが、島尾にとっては〈小鮒釣りし、かの川……〉すなわち川のある原風景は、大石川だったのだろう。それは故郷の川だったのだ。

『贋学生』執筆のとき、小説舞台として大石川がすぐに頭に浮かんだと思う。島尾が少年時代に遊んだ大石川は自然護岸の川だった。そして橋から見える風景も彼の深層意識に刷り込まれた原風景。久しく神戸を離れていても無意識に作品の中に反映されたのだろう。このことは、東山魁夷もエッセイ集『東山魁夷―わが遍歴の山河』の「追憶の港」に同じような一文がある。私は「風景画家」として旅に明け暮れて、その中で次第に自己が形成されていったが、神戸は我が故郷―〈こんなに遠い日のことであり、又遠い土地になっている今でも、それが私の性格に大きな影響を与えている〉と。これはまさに神戸が東山魁夷の原風景であり、作品にも反映されていると思う。島尾も同じだ。

COLUMN 24

大石川と都賀川

大石川とは都賀川の別称。現在の河川の正式名称は「都賀川」で統一されており、地図表記もそれに倣っている。

中河与一の『天の夕顔』や島尾敏雄の『贋学生』など文学ではなぜか「大石川」の表記が多い。中河は別として島尾は少年時代、西灘村在住だったから遊び慣れた川の呼び名は、「大石川」だったのだろう。また中河与一は地元ではないが、この小説にはモデルがいる。発刊後、モデルから訴訟されていることから、関連資料か地元の呼称に基づいたものと思われる。

また、文献で探すことができなかったが、阪神「大石駅」あたりから下流を今でも地元の古老は「大石川」と呼んでいると聞く。

江戸時代の絵図の表記を当たってみた。

・「慶長十年摂津国絵図」慶長 10（1605）年→大石川
（＊大石川より1つ西の現・西郷川（古くは味泥川）に「トガ川」の表記あり。誤謬か?）
・「元禄摂津国絵図」元禄 15（1702）年→大石川
・「森幸安の摂津国地図」宝暦 4（1754）年→大石川
・「摂津名所図会」寛政 8（1796）年→都賀川（一名大石川）
・「国郡全図」（摂津国）文政 11（1828）年→大石川
・「摂津国名所旧跡細見大絵図」天保 7（1836）年→都賀川（一名大石川）

以上から、江戸時代は「大石川」の表記が大勢を占めているが、一部に「都賀川」を主表記とし「一名大石川」の表記も散見する。おそらく地元では「大石川」が一般的であったと思う。また、これは村の変遷とも大きな関わりがあるように思える。江戸時代には、古くは大石村は川の両岸に村域があったが、時代が下ると、川左岸は「東大石村」となり、やがて「新在家村」と村名の変遷があり、それも川名の呼び方に影響があったのかもしれない。

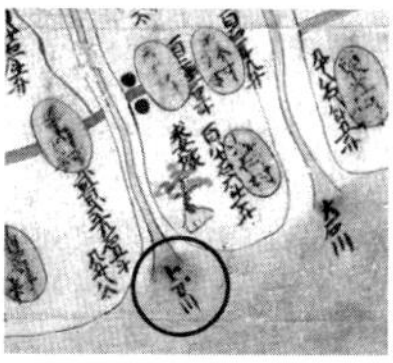
■慶長十年摂津国絵図

今でも阪神「大石駅」など名前が残るように、「大石駅」より下流を「大石川」と呼ぶ地元の人もいることは、かつての「大石村」村域の名残かもしれない。

また、西灘村は発足当時、「都賀野村」と呼んだ経緯から、大石駅より上流はその村名の名残か、現行の「都賀川」と呼ばれていた節もある。

いずれにしても、差別的例外を除いて、土地に残る名前は大切にしなければならないと思う。名はいろいろなルーツを秘めているのだから……。

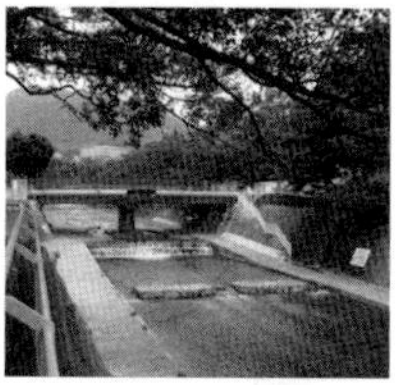
■大石川（都賀川）
（撮影：2015.9.4）

■新生田川（提供：一般財団法人神戸観光局）
新幹線「新神戸駅」から直線で海まで流れる人工掘削の旧生田川の付け替え河川。しかしこれが源流説もある。掘削時には、流れていた小川を拡幅掘削したという。源は摩耶山北側の石楠花谷獺池付近。詳細はコラム25を参照されたい。

■フラワーロード（旧生田川）
（撮影：2011.4.17）
左が「東遊園地」、右手前のビルが、小野浜墓地跡の「関西国際文化センター」。紀州藩の豪商・勤王志士加納宗七が新生田川に付け替え、埋め立てた。過去の水害では、洪水はこの流路を覚えているように濁流が流れた。

4　生田川（旧生田川）

『孤愁―サウダーデ』新田次郎・藤原正彦共著とモラエス

（1）なぜ、藤原正彦はモラエスの物語・父の絶筆小説を書き継いだか

この小説は昭和54（1979）年8月より毎日新聞に連載されたが、昭和55（1980）年2月15日逝去の新田次郎絶筆小説だ。それを完結させたのが、戦後初のベストセラー『流れる星は生きている』の藤原ていと次郎の次男、藤原正彦だ。彼はベストセラー『国家の品格』の著者、数学者でエッセイスト。継承した動機は、「父がモラエスに入れ込んだのはモラエスのサウダーデに圧倒されたからだ」と正彦は言い、最近の説では新田次郎が気象庁勤務の傍ら執筆活動を続けていたときの疎外感を、境遇の近いモラエスに重ね合わせたからだともいう。以来32年間、正彦はポルトガル、徳島をはじめ父の取材先をすべて訪れ、文献もすべて読破。次郎が逝った同年齢に書き始め、平成24（2012）年10月24日に完成させた。

筆者は絶筆小説を読んでいたが、共著を読んだ感想はあまり違和感を覚えなかった。数学者・藤原正彦の血に流れる新田次郎が一緒に書いたのであろうか。比較してみると、情景描写や気象や花などの植物などの観察はやはり気象学者で、文学者の父親。資料における数字などの扱い方は子。それぞれの得意分野が活かされた仕上がりになっていると思う。

■モラエス像（東遊園地）
（撮影：2010.12.27）
ポルトガル海軍が建立した胸像。布引の滝の茶屋の娘お福さんに惚れるが……。おヨネさん以外はマカオの亜珍など女運の悪いモラエスだった。

■神戸市立外国人墓地（再度公園）（神戸市蔵）
堺事件・フランス軍艦ジュープレ号の11人の水兵は当墓地に眠る。今も神戸市民の手で菩提を弔っている。堺事件を扱った主な文学作品は、森鷗外の『堺事件』、大岡昇平の『堺港攘夷始末』など。他にも「堺事件」が登場する小説は多数ある。

（2）「サウダーデ」とは何か—その神髄は旧生田川河畔で語られた

〈「ポルトガル人はサウダーデという言葉を多様に使っています。別れた恋人を思うことも、死んだ人のことを思うことも、過去に訪れた景色を思い出すことも、十年前に大儲けをした日のことを懐かしく思い出すのもすべてサウダーデです。」〉

（『孤愁—サウダーデ』より）

この長編小説の重要なテーマは、旧生田川（現・フラワーロード）の河口左岸の小野浜外国人墓地（兵庫開港の協定で山の手に外国人墓地を造成することになっていたが、開港前に外国人の死者が出たためにわか作りで、風雨のたびに浸水し悪評だった）で語られる。ポルトガル人特有の感情とされ、日本語や英語に翻訳できないとされる。小説では、モラエスが小野浜外国人墓地で、堺事件生き残りの元土佐藩士で、墓守の老人と遭遇し、老人はモラエスに事件の内容やフランス軍艦ジュープレ号の水兵11人を斬殺した土佐藩士11人の切腹の模様を話した。その中でサウダーデは二人の会話を通して語られる。元土佐藩士のサウダーデの解説に、〈過去を思い出すだけでなく、そうすることによって甘く、悲しい、せつない感情に浸りこむことです〉とモラエスは補足している。これは室生犀星の詩〈ふるさとは遠きにありて思ふもの／そして悲しくうたふもの／よしや／うらぶれて異土の乞食となるとても／帰るところにあるまじや〉に似る。マカオ政庁カストロ総督の言葉も印象に残る—帰りたいが帰れない、帰ろうと思えば帰れるのに、と。

■小野浜外国人墓地
（神戸市文書館提供・レファート写真コレクション）
場所は現在のフラワーロードと国道43号との交差点南東角の「関西国際文化センター」のところ。たびたび浸水したため、居留地外国人の強い要望により、明治32（1899）年、春日野墓地に移転した。

■『孤愁 ― サウダーデ』の概要

ポルトガルのマカオ政庁海軍少佐ヴァンセスラオ・デ・モラエスはポルトガル在神戸副領事として来神。モラエスにはマカオに亜珍や子どもたちがいたが、孤愁の海を泳いでいた。ある日、旧生田川河口の小野浜墓地で元土佐藩士の墓守の老人と孤愁－サウダーデについて語り合う。大阪川口で出会った芸者おヨネと結婚、モラエスは彼女を熱愛した。1912年、おヨネが逝くと、公職を辞しておヨネの故郷徳島に移住し、おヨネの墓に入ることを望むが叶えられず、おヨネの姪コハルと同棲、おヨネの墓への墓参を日課として晩年を暮らした。

【注】おヨネは日陰の女だった。本国への通信ではおヨネのことは一切触れていないが、当時としてあまりこだわることではなかったようだ。

（3）モラエスは「おヨネ」を本当に愛していたのか

モラエスはおヨネのために14年に及ぶ領事の職を失うことを恐れた。神戸を離れることはおヨネを失うことと考えていた節がある。おヨネはモラエスにとって永遠の女性だったのだ。それは大正元（1912）年8月20日、おヨネが37歳で亡くなると、すべての職を辞し、おヨネの故郷で墓守として暮らし始めたことでも分かる。モラエスとおヨネがどのように出会い同棲したかは定かでない。モラエス著『おヨネとコハル』の「コハル」（1916年11月執筆）によると、20年前おヨネに大阪貴金属店で指輪を買ったと書いている。それが真実なら、明治29（1896）年には指輪を買い与えるほど親しくなっていたことになる。その他1894、1895年と訪日した折に、神戸で下船して、大阪、京都、名古屋、東京へ行っており、その際におヨネと会った可能性はある。おヨネが外国人の愛を受け入れたのは、古くから知っていたからだろうか。おヨネはいわば日陰の女であり、公の場には連れて行かなかった。ポルトガルやマカオへの私信では一切触れていない。

『日本通信』では、〈私の料理女おヨネさん〉、おヨネの死亡時には、〈ぼくの家にいたあわれな女が心臓の病で死んだ〉と妹宛の絵葉書に書き、親友には、〈八月末に、ある親密な人が僕のそばで死んだ〉と言っているに過ぎない。公職にあったからだろうか？　モラエスは職を辞し、徳島へ移住してからおヨネの存在をあきらかにした。モラエスの本心がどこにあったのか分からないが、徳島に移住して死ぬまで墓参を日課としたというから真実の愛だろう。

COLUMN 25

加納宗七と生田川付け替え

昭和 55（1980）年、筆者はポートピア'81に向けてフラワーロードの改修の設計を担当していた。そのとき、初めてフラワーロードが旧生田川であることを知った。東遊園地東側に沿った緩速車道を完全遊歩道化することになり、設計の目玉として、旧生田川のモチーフを活かした小川（水路）を設計することになった。

そのとき、須磨在住の加納宗七氏の末裔の方から、貴重な遺品が寄贈された。

かつて太平洋戦争で供出された加納宗七の銅像が上流の新神戸駅の近くの橋（現存せず？）の東詰にあったが､遺品は､その銅像のエスキス（小さなレプリカ・下の写真）と石橋の欄干だ。それを利用して東遊園地の小川沿い中ほどに、加納宗七記念碑として整備するため、山口牧生、増田正和、小林陸一郎の彫刻家集団「環境造形 Q」に依頼して加納像と橋の欄干をアレンジした「加納宗七記念碑」をデザイン設計してもらった。それが下の写真だが、阪神・淡路大震災のため背後の壁にできた隙間は最近修復された。

生田川付け替えの顛末は『神戸港 1500 年』鳥居幸雄著を参考にまとめてみた。

フラワーロードを流れていた旧生田川は大雨が降るごとに神戸港に大量の土砂が流入、港の機能を危うくさせていた。また、左岸河口の「小野浜外国人墓地」や右岸の「神戸外国人居留地」もたびたび浸水し、居留地外国人の非難の的であった。

明治 4（1871）年、兵庫県は付け替え工事を施工した。そのとき、旧生田川の水を利用していた水車業者や田畑の水利権の解消や、新生田川の川筋上の 14 軒の民家の立ち退きなどに尽力したのが「加納宗七」だった。その調整のお陰で工事は 3 ヶ月で完成した。その功績から中央区に加納町の町名が残る。加納は紀州藩御用商人だが、勤王志士のパトロン的存在で、慶応 3（1867）年の「天満屋騒動」に紀州藩士陸奥宗光《むつむねみつ》（後に不平等条約を改正したときの外務大臣）とともに参加、幕府の追討を逃れて来神。

また、宗七は開港当時の貧弱な港に私財 2 万円を投じて避難港（加納港）を造った。

▲加納宗七記念碑

宗七像

▲石橋の欄干

（撮影：2023.4.6）

■宇治川河畔の桜（撮影：2009.4.5）
宇治川は再度山奥に源を発し、諏訪山山麓に出て、そこから西へ流れ、大倉山東山麓を流れ、山手幹線で地下化、宇治川筋として「宇治川商店街」を経て現・神戸中央郵便局、旧三菱銀行神戸支店の外観のマンションの交叉点を通過、弁天浜に注ぐ。

■絵はがき「神戸栄町郵便局前」（1910）
（ジャパンアーカイブズ提供）
右奥から「旧三菱銀行神戸支店」、右手前２階建て「旧神戸新聞社」、左手前「現・神戸中央郵便局」、街路樹の向こうにかすかに見えるのが「旧みかどホテル」。鈴木商店本店になるのは大正５（1916）年。焼き打ちの２年前だ。赤字は炎上。

5　宇治川（一）

米騒動と『鼠』城山三郎・『黎明の女たち』島京子編と宇治川

(1)『鼠』と神戸米騒動―巨大商社鈴木商店焼き打ち事件の謎

大正年間、日本一の売上高を誇る巨大商社鈴木商店は、米の買い占めによる米価急騰の黒幕とされ米騒動の焼き打ちにあった。それは真実か。神戸弁天浜の一介の洋糖輸入商から約20年で〝お家さん〟こと鈴木よね、大番頭金子直吉、柳田富士松、支配人西川文蔵、ロンドン支店長高畑誠一の力もあって巨大商社へと発展しながらも、その急激な変化に、ワンマン経営からの脱却、組織体制改変など近代ビジネスへの改革が遅れ、光芒一閃、世界恐慌の荒波に破綻した大企業の姿。『鼠』は綿密な取材で焼き打ち事件の真相を浮かび上がらせた城山文学の最高傑作だと思う。

城山は当時をたどる詳細な聞き取り調査を行って証言を確定していくが、鈴木商店が米の買い占めをして米価をつり上げたという事実には到達できなかったというのが結論。作者の心証的にはそのような事実はなかったように読み取れた。したがって、『鼠』は、長年の鈴木商店の汚名を雪《そそ》いだ労作という評価は不動なものだと思う。なお、お家さんや金子直吉や柳田富士松、西川文蔵や高畑誠一など鈴木商店の人物や概要については、『黎明の女たち』の「幻の商社に実在したもの」がダイジェストとしてお薦めだ。

■神戸米騒動「鈴木商店焼き打ち事件」位置図
便宜上、下図は現在図としている。

■栄町交差点（宇治川筋と栄町通）
（撮影：2014.8.6）
縦の筋が「宇治川筋」。この道の地下を「宇治川が流れる。市電は神戸駅方面から元町通（西国街道）と宇治川筋の交差点で南下、栄町交差点との間に「宇治川停留所」があった。手前左右が「栄町通」。旧三菱銀行神戸支店跡は外観を残して今はマンション。

（2）神戸米騒動とすべてを見ていた宇治川

〈相生署から数名の警官が来ていたが、提灯をかざすだけで手も出ない。三階建の鈴木商店の建物もまた、無防備のまま闇の中におののいていた。／向いあった神戸新聞社から三越にかけての市電通は、ぎっしり白一色の群集に埋めつくされた。走ってきた市電は、大手をひろげた男たちに止められた。〉

（『鼠』より）

大正7（1918）年8月12日午後8時過ぎ、湊川公園に集まった群衆は、鈴木商店と癒着していると疑われている後藤新平男爵や寺内内閣への攻撃や鈴木商店米買い占めの元凶などとお決まりのアジる演説後、群衆はまるで指揮官がいるが如く（＊注　扇動者はいたとされている）、3隊に別れ、一隊は荒田筋へ、道筋の米屋に強談、さらに貸家管理業者・兵神館へ向かう。別の一隊は、西の南精米所へ向かう。本隊は湊川公園から一気に大開通まで下り、栄町通7丁目の鈴木商店に向かう。途中、大衆を巻き込みながら本店に殺到。本店は全焼した。前ページの右写真、右手前の「神戸新聞社」も全焼している。これは『鼠』では触れていないが、市電も止まり、警察官も手も足もでない状況で、見境のなくなった群衆が、中央郵便局は例外としても、なぜ、旧三菱銀行神戸支店は襲わなかったのだろうか、素朴な疑問だ。筆者は暴徒の意図を感じる。それをじっと見ていたのは地下を流れる宇治川だった。

■お家さん「よね女史像」
(撮影：2014.8.6)
再興に尽力した神戸市灘区の「祥龍寺」にある。

■金子直吉と俳句

筆者の所属する「芸術文化団体半どんの会」は兵庫県を中心とするすべての芸術家の集まりで、昭和27(1952)年創立の今年で71年目の団体だが、会員に俳人假屋由子がいる。彼女のママ友だったのが、直吉の妻「金子とく」、俳句の雅号は「せん女」だ。假屋は『半どん』178号に「せん女さん」という表題でエッセイを寄稿している。直吉はなりふりかまわない仕事一途の人だったけれど、とくさんは〈若いファッションの素敵なお母さん〉だった、という。直吉自身も俳句の世界が唯一、心安まる世界だったようだ。雅号は「白鼠」。城山三郎は、直吉が主家と会社のために二十日鼠のように私欲を捨てて働く様から、神戸米騒動ノンフィクション小説の表題を『鼠』にしたという。直吉の俳句1句。

初夢や太閤秀吉那翁《ナポレオン》　白鼠

(3)『黎明の女たち』とお家さん「よね」

鈴木商店を大番頭金子直吉とともに幻の巨大商社にした一翼をになう〝お家さん〟こと「鈴木よね」の実像を『黎明の女たち』「幻の商社に実在したもの」を参考にまとめてみたい。

作者の島京子は、よねの孫娘「千代子」にインタビューしている。千代子が語るには、「…… 祖母はもともと平凡な女性で、主人が亡くなったなりゆきで、ああなっただけで、いまふうの女実業家、女社長的では絶対ありません。まあすべて番頭の金子直吉さんと柳田富士松さんを信頼し、会社のことは知りませんでした。西川文蔵さんのことは尊敬していました」と言い、しかし、「まあ、ハラはすわってましたわね」ということだ。

米騒動の鈴木商店本店焼き打ち事件のときも、栄町4丁目の鈴木本家も暴徒に襲われたが、在宅だったよねは、「焼いてどないなるというんやろな」と動じなかったという。2階の屋根伝いに隣家に逃れた。

初代鈴木岩次郎が54歳で突然亡くなったときも、はじめは、よねも含めて親戚一同鈴木商店「廃業」と決まっていたのに、土壇場で金子直吉の泣きそうな顔に存続を決める。その代わり一切を金子直吉と柳田富士松に任せ、よねをはじめ鈴木一族は口出ししないと決め、実行するなどなかなかできないこと、男気があったと思う。よねは同族会社の悪い点を熟知していたと思われる。千代子の話によると、2代目岩次郎はとても頭の切れる人だったが、よねは「遊びなはれ」と会社のことにはタッチさせなかった、という。

■鈴木商店モニュメント
（鈴木商店本店跡地）
（撮影：2017.7.31）
設置者は鈴木商店ゆかりの「辰巳会」。ゆかりの地の歴史認識のために有意義だ。筆者は『鼠』城山三郎文学碑として捉えている。

■宇治郷《うじのごう》と宇治川

『和名類聚抄』に掲載された「八部郡宇治郷」について、その範囲は定かでないが、現在地名をとどめるのは川名「宇治川」の宇治であるが、神戸市制施行前、慶応4（1868）年4月、『開港神戸之図』には「宇治野村」の表記が見える。また、それ以降昭和13（1938）年の「新神戸市全図」の「堀割筋」の西の台地に「宇治野山」の表記が見える。

（4）鈴木商店は破綻したが生きている

宇治川は、宇治川筋と栄町通交差点で起こった一部始終を見ていたと思う。城山三郎の『鼠』では、鈴木商店が「米の買い占め」に動いた事実はなかった。むしろ、市場に安価な米を放出している。

騒動は警察の手ではどうにもならない様相を呈していた。神戸市は早くから姫路第10師団の出動を兵庫県に要請していた。しかし、清野知事は市民派のポーズが崩れることから最後まで軍隊の出動に反対していたが、ようやく腰を上げた。

ここにも謎がある。中央郵便局は別として、鈴木商店の北、道路を隔てた旧三菱銀行神戸支店は無傷で、斜向かいの神戸新聞社がなぜ、焼き打ちされたか。それは、鈴木商店の金子直吉と気脈を通じる松方幸次郎が社長だったからだ。これは群衆を扇動するものがいた証拠だと思う。何も知らない群衆が焼き打ち先をしっかり把握できるのだろうか。旧三菱銀行神戸支店はなぜ難を免れたのだろうか？　この焼き打ちの背後に大きな政治的暗闇が広がっているように思う。

焼き打ち後、鈴木商店はむしろ全盛を迎えるが、それから8年後の昭和2（1927）年4月2日ついに破綻した。しかし、鈴木商店の流れに連なる企業は、神戸製鋼所、双日、帝人、ナブスコ、ダイセル、IHI、サッポロビール、出光興産、三菱レーヨンなど、その流れは宇治川のように絶えることなく今日まで、脈々と生き続けている。

■宇治川（右手：宇治川公園・宇治野山山麓裾）
（撮影：2014.12.12）
上流の堀割筋に架かる「平野橋」を過ぎたところ。左岸の公園は平地だが、すぐに宇治野山となり、現在は神戸市立山の手小学校がある。かつては連隊司令部があった。

■花熊城復元擬似石垣（花隈公園）
（撮影：2012.12.11）
天守閣は、公園西側の「福徳寺」にその跡が残るが、寺では擬似天守閣を建築している。門前に「花隈城天守閣之跡」の石柱がある。

5 宇治川（二）

花隈城物語

（1）宇治川と花隈城

岡山大学「池田文庫」の「摂津花熊之城図」を観ると、東は生田川、鯉川、西は宇治川（北から西へ）、湊川、北は六甲山（諏訪山）、南は目の前に西国街道と海。城は、宇治川から貯水池を造って分流し、本城郭、侍・足軽屋敷郭、町人町郭周囲の堀用水として使った。吐口は本丸郭西南角からほぼ直線で走水《はしうど》村と二茶屋《ふたつちゃや》村界を経て海に注いでいた。城から西国街道（元町通商店街）や大阪湾が一望でき、西国の毛利や大坂の石山本願寺の動向を監視するのに好適な要害の地にあった。城の南は西国街道に沿って東から紺部村（神戸村）、紺部村之本町、二茶屋村（二ツ茶屋村）、走水村など町屋を含んだ先駆的近世城郭であった。そして東の外堀は鯉川、西の外堀は宇治川だったのだろう。

城の防御の要となる水堀は、宇治川から取水した貯水池（現・諏訪山公園少年野球場＝戦前は武徳殿）を経由しての用水に頼っているように見えるが、花隈城は織田信長が石山本願寺攻めの一環として和田惟政か荒木村重かに命じて築城した2説があるが、定かではない。しかし、『古地図で見る神戸』大国正美著によると、南北朝時代の貞和2（1346）年、佐藤性妙が幕府に早期恩賞下付を願い出た『佐藤性妙軍忠状』に花熊で子息の行清が奮戦し

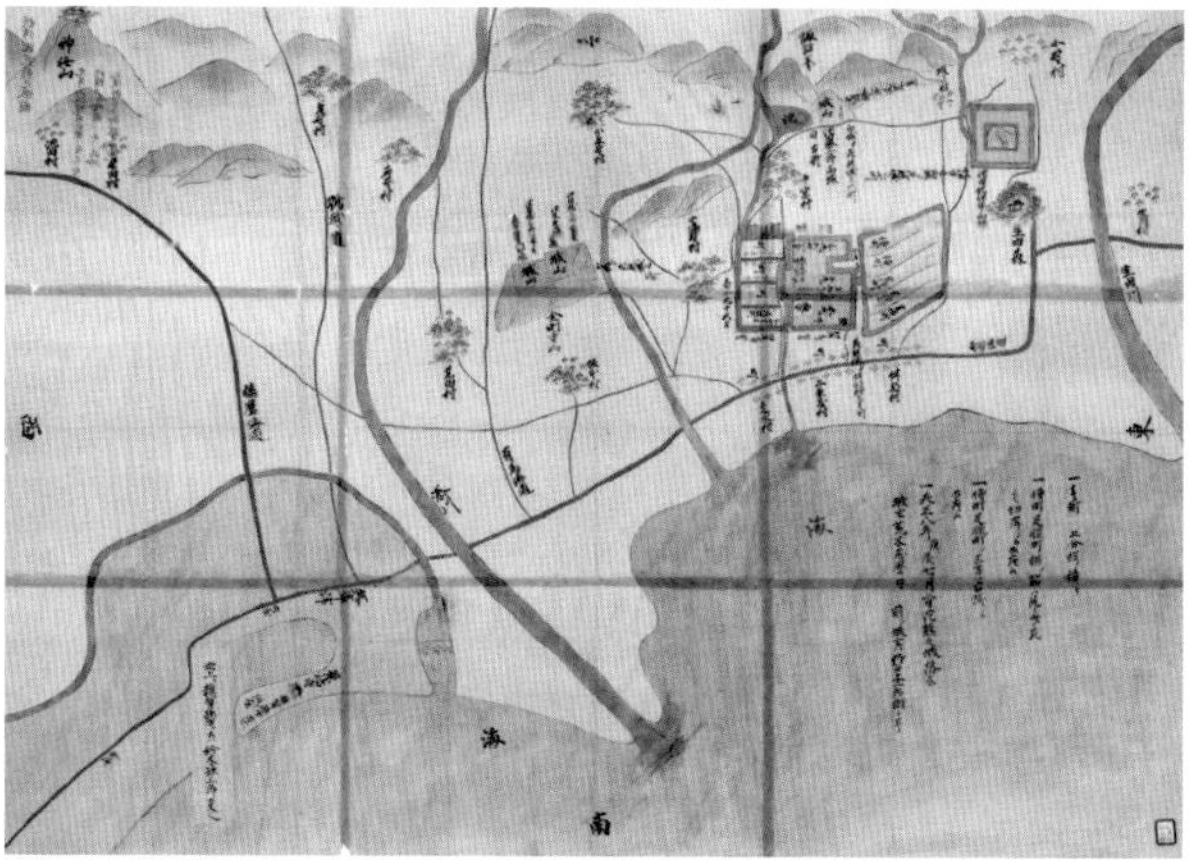

■「摂津花熊之城図」
（岡山大学附属図書館蔵）
現在でも洪水調整池は治山治水の一つとして有効性が評価されている。もし、諏訪山の池にその機能があるとすると、築城技術だけでなく、高い治水技術の存在を感じる。なお、余談だが、池（武徳殿跡）の諏訪山法面には戦時中、大防空壕が掘られ、現在も入り口を閉ざしただけで放置されている。

たとある。ということは、この地が古くから戦場になったようで、砦的なものがあったのだろう。花隈城の東部分、「侍町」2区画、「足軽町」3区画の堀の3方は、上図に古堀の説明があるように補強したようだ。その堀の水源は、「摂津花熊之城図」でははっきりしないから考古学的調査が待たれるが、かつて宇治川の分流というか、本流はまっすぐ海に注いでいたのではないか。二茶屋村と走水村と村界を流れる水路はもともとその本流の河口ではないのかと思われる。というのは、神戸の川は急流で南下直流型が多いが、宇治川の現流は神戸では珍しく東西へ流れ、大倉山の東麓から南下、弁天浜に至る。また、「摂津花熊之城図」には描かれていないが、宇治川は大倉山東北麓から南流する少し手前で獺谷川《かわうそたにがわ》（平野谷川）と合流する。大倉山東麓から南流する川の源流は獺谷川ではなかったのか。「侍町」、「足軽町」の古堀に用水を供給していたのは、「古宇治川」ではなかったか。その後、惣構えの城郭整備に際して諏訪山下に調整池を造り、用水安定確保と下流の洪水調整池的整備を図ったのだろう。そう考えると、度重なる洪水に悩まされた下流の走水村地名説話とも整合性が取れる。地形を読むと、宇治川が東から西に流れることは宇治野山の裾に沿って流れているから、一見自然に見えるが、これは花隈城の外堀として宇治川と獺谷川を東西に連結したのかもしれない。ひとつ、大きな疑問が残る。花隈城攻めの池田恒興《つねおき》の本陣は、現在の金星台（城山）にあった。恒興は当然、直下の調整池の流れを絶ったと思うが、堀の水が涸れた記録はない。地下古流が流れ続けたからだろうか。

■金星台よりの展望
前方中央の高層ビルが「兵庫県警本部」庁舎＝「花熊城三の丸」付近だ。金星台は隠れた桜の名所。古くは城山と呼ばれ、「滝山城跡」の支城の1つ。金星台の西に接する諏訪神社は、明治時代から華僑の信仰を集めており、今も中国式お札が奉納されている。

■諏訪山（金星台）
（出典：『ふるさとの想い出写真集』）
天正8（1580）年、池田恒興・古新（輝政）親子が、「花熊城」攻城の陣を敷いた、標高180mの高台。川崎造船所のガントリークレーンが写っていないことから大正元（1912）年より前だ。

（2）花隈城の攻防

〈二月廿七日、山崎に至つて御成り。爰《ここ》にて、津田七兵衛信澄・塩河伯耆《ほうき》（伯耆）・惟住《これずみ》五郎左衛門両三人、兵庫はなくま表へ相働き、御敵、はなくまへ差し向け、然るべき地を見計らひ、御取出の御要害に仕り侯て、池田勝三郎父子（恒興・古新・元助）三人、入れ置く〉。

〈閏三月二日、御敵城鼻熊より池田勝三取出へ人数を出だし侯。則ち、足軽ども取合せ侯のところ、池田勝九郎（之助）・池田幸新兄弟、年齢十五、六。誠に若年にて、無躰に懸け込み、火花を散らし、一戦に及ばれ、池田勝三郎、これ又、懸け付け、鎗下にて究竟の者五、六人討ち捕り、兄弟高名比類なき働きなり。〉

（『信長公記』より）

伊丹城、三木城が落ち、石山本願寺とも講和し、花隈城のみとなった。天正8（1580）年、信長軍の池田恒興・輝政父子は花隈城の攻撃を開始した。花隈城が、伊丹城、三木城陥落後もなかなか落城しなかったのは、石山本願寺の一向衆が城を牛耳っていたからといわれている。荒木村重が伊丹城（有岡城）から花隈城に寄った説もあるが、彼は直接、毛利へ逃れたというのが定説だ。村重には尼崎七松で一族が処刑されたのに一人生きのびた謎がある。

池田恒興は花隈城陥落後、城の資材を利用して兵庫城を構築した。

なお、池田輝政が後に池田家を継ぐことなるが、それは天正12（1584）年、「小牧長久手の戦い」で父恒興と長兄元助が戦死したためだ。

COLUMN 26

田宮虎彦のふるさと―宇治川堀割筋界隈

代表作『足摺岬』で知られる田宮虎彦は、『神戸―我が幼き日の……』によると、２から３歳の「幼き日の思い出」として「堀割」という地名を挙げ、今もその名前は残っているだろうか、とそこに住んでいたことを懐かしく感じていたようだ。堀割とは、関東では「鎌倉名越《なごえ》切通し」などといって「切り通し」という方が一般的だが、神戸では「堀割」といったらしい。彼のエッセイに出てくる「堀割」という地名は、奥平野から宇治野山（作品では「測候所山」としているが、地元の通称であろう）の堀割を通ると、港への近道の道筋だ。ちょうど宇治野山を左右に分かつように堀り割って出来た道だからその名の由来になった。川崎造船所へ通う職工たちは、風呂敷に包んだ弁当箱をもって、この道を通るか、宇治川の左岸か右岸沿いの道を川に沿って降りて行った。

川崎造船所初代社長（神戸新聞初代社長）の松方幸次郎は相楽園の北東の屋敷（現・神港学園高校）から馬車で山麓線に出て、堀割を通って通勤していたのではないだろうか。

田宮の家は海側から見て左側、現在の山の手小学校の北端で「堀割筋」沿いにあった６軒ぐらい連なった棟割り長屋の一軒で、裏は崖であった。崖下には石炭殻を敷き詰めた広場があり、宇治川を挟んだ向こうに平野（楠谷町）の町が見えたという。この石炭殻を敷き詰めた広場は、宇治川と堀割の交点南西角の現・宇治川公園の広場と思われる。その公園に立つと、田宮が住んでいた長屋は宇治野山の上だからかなり高いところにあったことが分かる。

田宮が「堀割」に来たころ（大正２・1913年)、堀割はまだ赤土がむき出しの素掘りであったり、石積みのあるところも新しかったという。堀割に面した田宮宅の借家もそれほど古びていなかったので、この新道ができたのは、そんなに昔ではないと推測している。おそらく明治の末に出来たのだろう。また、「幼き日の思い出」には、そのころの宇治川は、どぶ川だったが、夏から秋にかけて、川を埋め尽くすように「ヤンマ」が飛んできたという。それだけでも、宇治川が自然豊かな川だったことが分かる。

右の写真中央のビルは神戸駅前のクリスタルビルだ。

■堀割筋（撮影：2014.12.11）

■湊川新橋風景　前田吉彦（神戸市立博物館蔵　Photo:Kobe City Museum/DNPartcom）
付け替え（明治30・1897年～34・1901年）以前の新開地付近の湊川。石橋は明治10(1877)年に完成していることから、タイトルを「湊川新橋風景」としているこの絵画は、明治10年以降の早い時期だろう。また、日本への自転車の移入は明治維新前後といわれている。緑色の樹は松ではないが、他は松並木。

6　湊川

『探偵小説五十年』横溝正史《よこみぞせいし》と旧湊川界隈

(1) 荒野の湊川と横溝正史生誕地の川風景

『探偵小説五十年』によると、横溝正史は明治35（1902）年神戸市東川崎町で生まれ育った。東川崎町で二度引っ越している。初めは定かでないが、2度目は3丁目、現在の川崎重工業の敷地内、ついで7丁目101番地に越している。そこで江戸川乱歩の誘いで上京するまで家業の薬局を経営。

横溝誕生前の湊川は、度重なる洪水の土石流で形成された舌状堆積地（現在、川崎重工業が立地）の中央を通過して海に注いでいた。湊川は、湊川公園中央部の下を、山手幹線がトンネルで通過していることでも分かるように極端な天井川だった。度重なる洪水に市民は悩まされ続けていた。

横溝が物心ついたころ、「湊川」はまだ、家の近くを流れていたというが、これはよくあることだが、幼き日ゆえの記憶ちがいだろう。『歴史が語る湊川』兵庫県神戸県民局監修によると、明治29（1896）年の湊川大氾濫を契機に明治30（1897）年に会下山下に湊川隧道を掘り、長田神社下で苅藻川に接続する付け替え工事が行われ、横溝が生まれる前年の明治34（1901）年に完工している。横溝少年は水が流れていない埋め立てが始まった荒野の川風景を見たのだろう。この風景は横溝文学の奥底に流れていると思う。

■松尾稲荷神社（撮影：2006.9.25）
この神社の鳥居は伏見稲荷大社を真似たのか、朱い鳥居が重なる。稲荷神社は五穀豊穣と殖産興業だ。

■湊川隧道（撮影：2006.9.28）
吐口（長田側）。扁額は「天長地久」。旧制神戸二中（現・兵庫高校）は約500m下流の右岸畔にある。

（2）東川崎7丁目は横溝正史の原風景

横溝少年が7丁目に引っ越してきたとき、旧湊川の広い埋め立て地は草蓬々《ぼうぼう》の空き地だった。当時そこには、横溝一家が住む商業用2階建て7軒長屋しかなく、夜な夜な夜鷹が出没するという噂があったらしい。早熟な少年は夜鷹の意味を知っていたと書いている。7丁目は北は国道2号に接し、東側は「新開地本通り」に沿った川崎造船所の職工さん目当ての商業の町だ。

少し刻を遡る。横溝少年が7丁目に越してきたころは何もなかったというが、旧湊川沿い右岸に「松尾稲荷神社」はある。近くの佐比江や、花隈、柳原など花柳界の信仰を集めて健在だった。川が埋め立てられてすぐ神社境内に「松尾座」が建てられ、主人の奥方と密通する悪家令（執事）が奥方を殺して花道を行く場面や、家の近くの「稲荷座」で「明石の殿様切り捨て御免」の芝居などを観たという。また、荒涼とした7丁目の横溝少年の家から新開地まで5分とかからなかった。活動写真小屋におどろおどろしい極彩色の絵看板がずらりと並ぶ光景は、少年の心を脅かすと同時に恐いもの見たさの好奇心から何度も通った。畳一畳ほどある絵看板は、江戸川乱歩秘蔵の幕末から明治にかけて活躍した浮世絵師大蘇《たいそ》芳年《よしとし》の血みどろ絵よりどぎつく、さぞかし恐かっただろう。これは後の横溝文学に大きな影響を与えた原風景だと思う。

横溝少年は、会下山を隧道で抜け付け替えられた新湊川近くの旧制神戸二中に進学し、探偵小説作家となる動機となった親友西田徳重に出会う。

■新開地「朝日館」付近（神戸市文書館提供・レファート写真コレクション）
旧湊川埋め立て地にできた活動写真館、芝居小屋などの歓楽街。横溝が描写している大看板が見える。横溝少年の家から5分、何回も訪れた風景だろう。

■湊川埋め立て後の「湊川公園」
（出典：『湊川新開地ガイドブック』）
「松は湊川」のとおり、埋め立てたあとの堤の松林が妙にすばらしく見える。現在、この下を東西に山手幹線が走っている。遠方に六甲山の山並みの麓まで見える。

（3）探偵小説発祥の地——神戸

『探偵小説発祥の地　神戸』（神戸文学館刊）の陳舜臣の巻頭言などを参考に少し触れておこう。陳は「日本ミステリー生誕の地」とネーミングしている。当時、大阪の守口にいた江戸川乱歩は、雑誌『新青年』（大正9・1920年創刊）の森下雨村編集長に探偵小説同好の士と知りあいになりたいと照会状を出している。

その結果、森下は神戸在住の西田政治と横溝正史を紹介した。西田政治は、早世した旧制神戸二中時代の横溝の親友、西田徳重の9つ歳上の兄だった。乱歩はすぐ、当時、神戸の兵庫柳原蛭子《ひるこ》神社近くの西田宅を訪れ、「探偵趣味の会」を立ち上げた。西田は翻訳探偵小説に、横溝は創作に力を注いでいた。

横溝と西田徳重の親友関係に少し刻を遡る。二人は甲乙つけがたい探偵小説マニアだった。中学時代、校庭の片隅でトリックの作り方など探偵小説に熱中。休みの日は、徳重は横溝を誘って朝、昼、夕方と3回、三宮の生田神社近くにあった3軒の古本屋を訪れ、外国船員が読み捨てた探偵小説とおぼしき外国雑誌を探しに行ったという。横溝は当時、谷崎潤一郎の『金と銀』からシャーロック・ホームズばりの名探偵オーギュスト・デュパンの存在は知っていたが、作者がエドガー・アラン・ポーとは知らなかった。横溝には、指導者らしい人はいなかったというが、横溝は徳重が持ち出した兄の蔵書から多くを学んだので、横溝は西田政治という指導者がいたと書いている。

COLUMN 27

不思議な町 — 東川崎町・西出町・東出町界隈

〈西出町で降りると、もとの毛織会社の赤煉瓦の建物が昔のままに立っていて、その辺に少しばかり古ぼけた家が残っているが、あとは焼跡のバラック建で、全くなじみのない道が一直線に走っている。そして、もとあった細い道—病院の角をまがって、私の両親の家があった土蔵造りの二階家の家並は跡かたもなくなってしまった。小学校の塀にそってぐるっと廻ってみると、又もとの電車道に出てしまう。この辺だと見当はつくが、まるで様子が変っている。鎮守稲荷がそのまま残っているので赤い鳥居をくぐって入ると、平経俊の小さな五輪の墓が昔のままの姿だった。〉

（『東山魁夷—わが遍歴の山河』「追憶の港」より）

東山魁夷はこのあと、昔のまま残っていたたばこ屋に、「この辺に東山という船具店があったの御存じですか」と聞く。「さあ……」との返事だったという。小学校とは今はない神戸市立入江小学校のことだ。小学校跡地の碑と二宮金次郎の石像が残るのみで、高層の市営住宅になっている。竹中郁もこの小学校の卒業生。東山魁夷旧宅跡には地元「西出東出まちづくり協議会」が説明板を設置している。このあたりは、兵庫津の入江が佐比江まで入り込んでいたところで、鎮守稲荷神社に常夜灯を献灯している高田屋嘉兵衛ゆかりの地でもある。『神戸百景』などの作品群がある版画家で画家の川西英《ひで》は、隣の東出町で生まれ育った。

西出町の北東、国道２号より南の旧湊川の道路の左手が、横溝正史が生まれ育った東川崎町７丁目だ。横溝少年はこの町で３回引っ越しているが、江戸川乱歩の誘いで上京するまでここで薬局をしていた。薬局というとダイエーの中内㓛もこの町の出身。この町の西出町側にある松尾稲荷神社の神秘的な風景は心奥の埋み火を掻き起こす何かを感じる。新開地の役者、芸妓、遊女などの信仰が厚かったと聞くが、遠く故郷を思う香りのする神社かもしれない。ここのビリケンさんもおもしろい。祭神は稲荷さんだから五穀豊穣の農業神・殖産興業神の「宇《う》賀《か》之魂命《のみたまのみこと》（蒼稲魂命）」だ。渡来神のせいか、諏訪山の諏訪神社のように朱い鳥居が望郷の想いを掻き立てるのか、華僑の参拝も多い。いずれにしてもこの界隈は多くの才能ある先人を輩出している不思議な町だと思う。

■左手が東川崎町７丁目
（道路：旧湊川）

■東山魁夷旧宅跡
（西出町公園内）

■苅藻川丸山大橋直下の滝
（撮影：2007.1.18）
ひよどりごえ森林公園から谷へ降りる。

■苅藻川上流「滝見橋」の清流
（撮影：2007.1.5）
平知章はこの付近で戦死した。

7 苅藻川

『新・平家物語』吉川英治と苅藻川

(1) 苅藻川沿いに戦死した平家の武将たち

『新・平家物語』によると、安徳天皇の御座船は、大輪田泊から駒ヶ林にかけての沖合に停泊の設定だ。古典『平家物語』では諸説あるが、「坂落」が一の谷であるから、御座船は須磨沖停泊となる。吉川英治は、文献資料や『新・平家物語紀行』で分かるように入念な現地踏査に基づいて、神戸における源平の戦いを古典『平家物語』と異なる新解釈で山の手の平家（通盛《みちもり》、教経《のりつね》）の本陣を会下山に定めるなど、鵯越《ひよどりごえ》から苅藻川沿いを主戦場として描写。

事実、平家の武将の戦死地点を辿ると、苅藻川に沿って分布することが分かる。平家の武将は再起を期し、安徳天皇御座船をめざして敗走したのだ。

まず、鵯越と苅藻川を挟んで対岸の大日ヶ丘「古明泉寺」に第一陣を敷いた越中前司《えっちゅうさきのつかさ》平盛俊は、名倉の池畔で、平知盛の息子知章《ともあきら》は苅藻川上流で、平忠度も苅藻川河口近くで、山の手軍大将通盛は少し東の湊川下流で戦死している。

これを源氏の源義経の視点で見ると、彼の究極の目的は、安徳天皇の身柄確保とそれが叶わないまでも三種の神器の奪還であったわけだから、安徳天皇と三種の神器をめざして苅藻川を駆け下ったとしか思えない。

■鵯越現地講演会（講師：福原会下山人）
（出典：『源平展覧会記念写真帳』）
戦前も「鵯越坂落」がどこか関心の高かったことが分かる写真だ。会下山人はこのとき、源平の戦いゆかりの地で現地臨場講演会を開催したようだ。

■鵯越から新長田駅周辺のビル群を望む（撮影：2007.1.18）
手前の谷を苅藻川が流れ、長田を経て駒ヶ林に注ぐ。源平の戦いの主戦場と思う。

（2）由緒ある苅藻川

田辺眞人・竹内隆『ながたの歴史』長田区役所編によると、高取山や鵯越の高尾山や対岸のひよどりごえ森林公園あたりを源流域とする苅藻川は、『平家物語』や『増鏡』にも記されている古い川名だ。上流には「桧川」や「氷谷」などの名が残り、古い時代には穀物を実らす霊験あらたかな神聖な川としてあがめられていたらしい。高取山山麓の長田には主としてこの苅藻川を水源とした多数の農業用ため池があった。今は埋め立てられてしまったが、東尻池や真野（池）や蓮池（小学校）や五位ノ池など地名や校名等として残っている。

また、長田神社に高取山遙拝所があるように、高取山は山体がご神体であり、神が鎮座する神奈備山だ。そして桧川、苅藻川はその神奈備山とセットの聖なる川といえる。

なお、現在において「苅藻川」は湊川付け替えによって、長田神社下流の合流地点より上流となっているが、本当の苅藻川は駒ヶ林の浜までだったのだ。由緒ある川が後世の考え方で名前が変更されることは忍びない。

やはり、長田神社から下流も「新湊川」でなく、本来の由緒ある古代名「苅藻川」と呼んでほしい。湊川は付け替えの川。苅藻川は古代からの川の流れだ。

小字名など地名や川名などには、仮託された歴史的意味や隠された謎など未だ人の叡智を超えた神秘が内包されていると思う。

地名は差別、蔑称など反社会的なものを除き、無闇やたらに変えてはならないと思う。

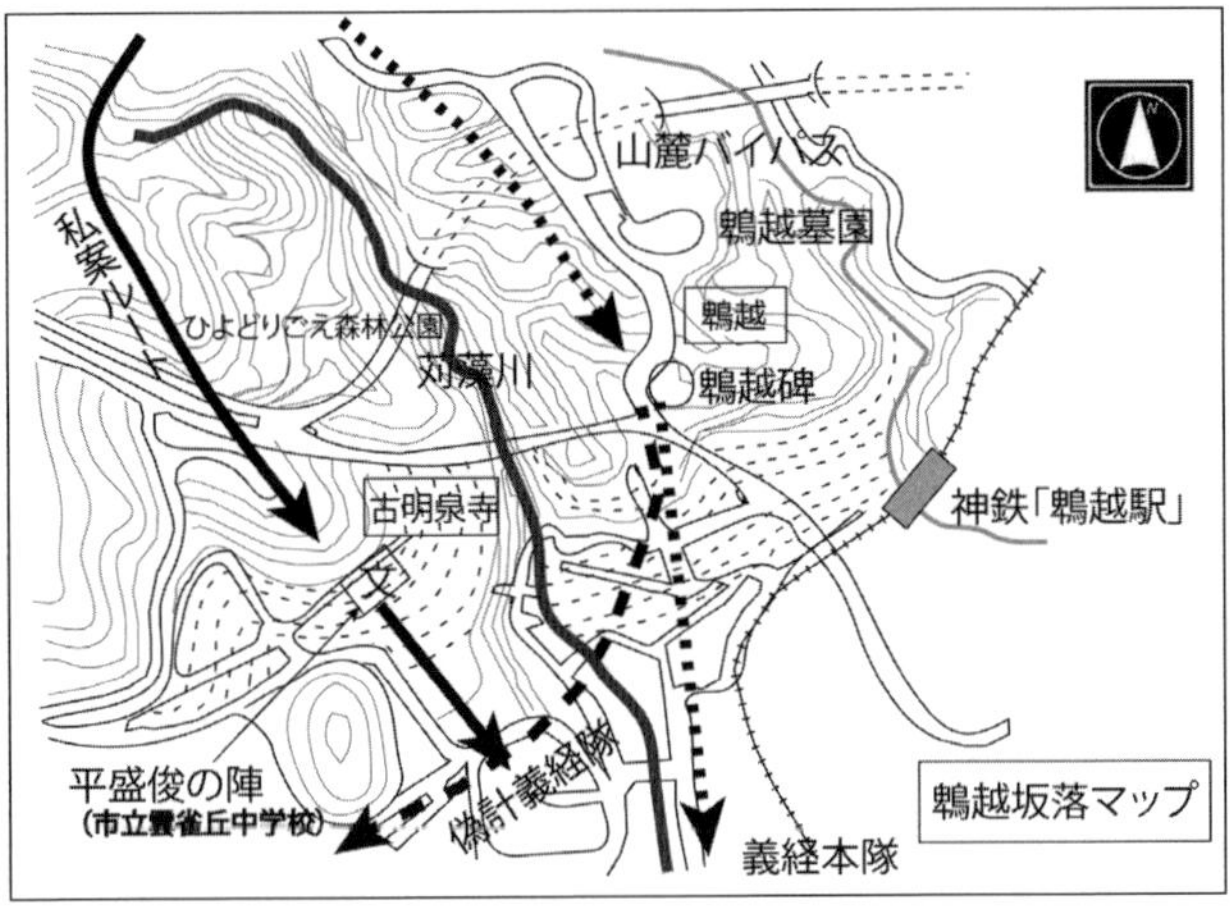

（3）鵯越「坂落」私論

鵯越「坂落」でも一の谷説、鵯越説など諸説がある。

私論は、ひよどり墓園の最高峰、高尾山で休息をとった義経はここで隊をさらに分け、70騎ほどを率いて苅藻川をはさむ鵯越とは反対の尾根を進んだとしたい。

高尾山あたりなら苅藻川の谷は浅く容易に対岸に渡れる。実際に藪漕ぎをして丸山大橋直下の苅藻川まで行ってみた筆者の実感だ。そして、義経は、現・大日ヶ丘にあった古明泉寺に陣を敷く盛俊軍の背後に出たのではないか？

このルートは尾根伝いに行けば、思ったより容易に古明泉寺の背後に出ることが出来る。地図から当時の等高線を推測すると、馬が降りることが可能な勾配だ。

あとは、試しに老馬をおりさせてみたか定かではないが、場所が一の谷と違うとしても、ほとんど『平家物語』巻第九「坂落」の記述に合致するように思える。

まず、義経軍の残り部隊（安田・多田軍）約230騎のうち、多田軍70騎ほどが義経隊を装い鵯越から発進し、鹿松峠方面に向かい須磨一の谷へ行くと見せかけた陽動作戦を仕掛け、古明泉寺の盛俊軍の注意を惹きつける。その間に、安田軍はほぼ同時に鵯越本道より苅藻川沿いに駆け下り、義経70騎も盛俊軍を背後から攻撃して混乱、敗走させ、やがてすべてが合流して安徳天皇の御座船をめざしたと思う。

COLUMN 28

名にし負う苅藻川 ― 古代「ヒノカワ」と高取山

玉藻苅る敏馬を過ぎて夏草の野島が崎に船近づきぬ　柿本人麻呂

（『万葉集』巻 3 − 250）

『角川日本地名大辞典』28「兵庫県」によると、「苅藻川」の名の由来は万葉集の柿本人麻呂の歌によるといわれている。『万葉集』の完成は奈良時代末期の 9 世紀中頃以降が通説だ。川名は鎌倉時代の『平家物語』や『増鏡』にも見えるからかなり古い。

苅藻川は鵯越山中に源を発し、明泉寺町 1 丁目と名倉町 2 丁目界で高取山を源流とする「桧川」と合流し、旧長田の里を経て駒ヶ林の浜に注ぐのが本来の本流だ。明治 34（1901）年に完成した湊川付け替え工事により、長田神社下合流地点から海までは、「新湊川」という川名となったことは、多くの歴史的、民俗的情報を秘めた古名尊重の考え方からすると、惜しいことだと第 2 章 6 湊川で書いた。まさに苅藻川はその典型といえる。地名には言霊が宿っている。森羅万象に神々が宿ると、古代人は自然に畏敬の念を抱いて共に生きてきた。

ここで視点を高取山と苅藻川の支流「桧川」に焦点を移してみよう。もしかしたら、苅藻川の真の源流は「桧川」ではなかったか。鵯越からの流れは支流だとしたら、高取山流域が源流の「桧川」すなわち古代には、苅藻川は海まで「桧川」と呼ばれていたのかもしれない。『兵庫県小字名集』Ⅵ「神戸・阪神間」には、長田区【長田】には、「桧川《ひのかわ》」「氷谷《ひのたに》」「苅藻川」の小字名が見える。『日本書紀』の素戔嗚尊《すさのおのみこと》が八岐大蛇《やまたのおろち》を退治した「簸川《ひのかわ》」にも通じ、「ヒ」とは、「肥《ひ》」や「霊《ひ》」の字が当てられる。ということは、「肥」は穀物の豊穣を、「霊」は霊力や神霊を意味する。それゆえか、「ヒノカワ」は各地に「氷上」や「氷川」などその名を残している。

古代人は、ときどき暴れ川となるが、穀物の豊穣をもたらす「苅藻川」すなわち「桧川」を不思議な霊力をもった川として崇めたのではないか。そしてその源流の「高取山」を奈良桜井の三輪神社のご神体「三輪山」に準《なぞ》う優美な山「神撫山《かんなでやま》」として日々遙拝したのではないか。その名残が、正面参道が苅藻川を渡る長田神社本殿西側の「神撫山遙拝所」なのだろう。

■高取山全景
（神戸アーカイブ写真館提供）

■『摂津名所図会』「長田社」
門前を流れる苅藻川

■證誠神社（撮影：2019.4.5）
江戸時代は聖霊権現といったが、明治維新に「證誠神社」と改めた。「神仏分離令」によると思われる。

■桜の妙法寺川（撮影：2005.4.5）
桜は地上部も水を求める根と同じ方向に伸びる。ここの桜の苗木の植栽年は1970年。樹齢60年ぐらいか。

8 妙法寺川

『少年H』妹尾《せのお》河童《かっぱ》と證誠《しょうせい》神社「権現さん」

(1)『少年H』の小説舞台はどこ

この作品は「少年H」が小学5年生のとき太平洋戦争が始まり暗雲立ち込める世相を背景に、神戸市長田区（当時は林田区）界隈を舞台とした妹尾河童の自伝的ベストセラー小説だ。「少年H」は洋服店経営の父と信仰厚いクリスチャンの母と妹の4人家族。家近くの石油タンク群ライジングサンの原っぱや通学していた長楽《ながら》国民学校や家の近くの長楽市場、本稿テーマの家から約2kmの妙法寺川沿いの通称「権現さん」の證誠神社の覗きカラクリなど、旧制神戸二中に入学するまでの少年Hが生き生きと描かれているのが「新潮文庫」上巻だ。特に〈Hの家の周辺は、濁流が川のように海に向かって流れていた〉と昭和13年阪神大水害の場面が印象に残る。

下巻は旧制神戸二中での軍事教練など世相を反映した章が続くが、やはり実体験した「空襲」の場面は戦争の恐ろしさが伝わってきた。ベストセラーゆえか、史実との違いや、あり得ない話があるなどの諸批判もあるが、戦争はいかなる理由があろうともしてはならないという思いを喚起させる作品だと思う。小説とは、作者の思いを読者に伝えるだけでなく、読者が自分の思いを明確にする一助であっても良いのではないか。

■證誠神社本殿（撮影：2019.4.5）
祭神「五十猛命」は素戔嗚尊の子。全国の山に植樹して廻った神。海との関連もあるとされる。

■證誠神社の矮性の桜
（撮影：2019.4.5）
毎年９月27日の祭には、決まってちょっと雨が降るので〝しょぼしょぼ権現〟という。

（2）證誠神社「権現さん」と覗きカラクリ

〈箱の中には、上からぶら下がった電球が二個点いていて明るく、芝居の絵看板のような絵が浮きだして見えた。それは押し絵の羽子板のように、着物には膨らませたキレイな布が貼ってあった。Hは、色の美しさに「本当の芝居もこんなのかなあ」と、ドキドキしながら見惚《みと》れた。／絵は、街中が真っ赤に燃えている火事の場面だった。その火事を見るためなのか、髪の毛をふり乱した女の人が火の見櫓に登っていた。〉（『少年H』より）

この件《くだり》は、「少年H」が妙法寺川沿いの「證誠神社」で覗きカラクリを観ている場面だ。

家に帰って父に話すと、演目が「八百屋お七」だと教えてくれたという。覗きカラクリの仕様は、手押し車に乗せられた黒塗りのレンズ付きの不思議な箱だ。H少年はお金を持っていなかったので、知恵をしぼって「こんなん見たら、トラホームになる」と呟いて恐くなって退いた人の残り時間でただ見を企てたが、なかなか巧くいかない。翌日も行くと、カラクリの人がただで見せてくれた、というのがあらすじ。「證誠神社」の祭神は五十猛命《いそたけるのみこと》、植樹の神様だが、地元の産土神《うぶすながみ》として紀州熊野権現より勧請。近くの勝福寺の鎮守として祀ったという。

おそらく妙法寺川の度重なる氾濫を鎮めることを願っての勧請であろう。

■国鉄鷹取工場（現存せず）
（神戸アーカイブ写真館提供）
『少年H』では「鷹取機関区」という名称でよく出てくる。H少年は、工場の操車場に潜り込んで危険を感じる遊び場にしていた。

■長楽国民学校（現・駒ヶ林小学校）
（神戸市立駒ヶ林小学校蔵）
少年Hが通学した小学校は、長楽国民学校だった。長田区内で最も古い歴史をもつ小学校は真陽小学校だが、大正時代になって児童数が増加し、大正5（1916）年にようやく長楽尋常小学校（国民学校）が新設された。

（3）妙法寺川の桜は神の導きではないか

昭和45（1970）年、当時の妙法寺川（下中島公園から證誠神社まで）は、桜が一本もなく殺風景な川畔だった。筆者は新長田駅近くの、現在、「鉄人28号」のモニュメントがある若松公園にあった西部公園事務所にいた。仕事は公園設計と管理だったが、他に失業対策事業を担当していた。

失対事業として雨の日以外は、毎日、公園の除草、清掃、ゴミ集めなどのほか、鍛冶屋、土工、石工、造園工などと直営の小さな公園整備工事をしていた。

妙法寺川には證誠神社前の右岸に失対詰め所があった。そこで私たちは失対監督と相談して、川の畔両岸にソメイヨシノを植栽して妙法寺川を桜の名所にしようと衆議一決。人差し指よりちょっとだけ太い苗木を宝塚の苗木業者から購入した。それを、失業対策事業で植樹していった。

もしかしたら、證誠神社の祭神「五十猛命」のお導きかもしれないと思う。筆者は、證誠神社の祭神が「植樹の神であり風水害守護神」であることは全く知らなかった。日々の失業対策事業に潤いを、と始めた桜の植樹が、今や隠れた桜の名所となって、人々の心を癒やしている。なぜ、永正3（1506）年、勝福寺と地元民が紀州熊野権現からこの神を勧請したのか定かでないが、この神が植樹と災害守護の神であると同時に、造船、航海安全、大漁守護神と崇められていたことから、古代人が植樹で〈豊かな森が豊かな海をつくる〉ことを知っていたのではないか。

古代人は、自然との共生—森羅万象《いけとしいけるもの》と共生していたのだ。

COLUMN 29

『太平記』と松岡城址

落合重信の『神戸の歴史』「研究編」を基本に述べて行きたい。『太平記』には観応２（1351）年、尊氏が弟・直義《ただよし》と戦って打出、御影ノ浜で敗れ、兵庫に敗走。高師宣《こうもろのぶ》、師泰とともに「松岡城」に拠ったという。足利尊氏はこの城で自害を覚悟したが、和議が成立し、京都に帰還した、と『太平記』に記されている。

この「松岡城」の場所については２説がある。『摂津名所図会』では、「小松鳴尾の山手」とし、『攝陽群談《せつようぐんだん》』では、「将軍尊氏公陣所、西代村、建武中在陣の処」としている。年号は間違っているが（よく間違う資料）、兵庫に退いたことが正しいなら、西代村の「松岡城」の方が妥当だろう。「松岡城」は播磨へのルートを押さえる交通の要衝にあったといえる。また「松岡城」の名の由来は、飛松中学という名で残る「飛松岡」に由来するといわれている。万葉の時代には須磨から塩屋の方へ海岸線を行くことは出来ず、摂津から播磨へ出るには、下記の３つの内陸ルートだったようだが、妙法寺川ルートが最も利用されたらしい。今もこのルートはうまくいけば、渋滞なしで明石へ抜けることができる。

1）須磨から千守川沿いを多井畑へ、塩屋谷川を下って塩屋へ出るルート
2）妙法寺川に沿って白川・太山寺を経て明石に出るルート
3）夢野から藍那を経て三木に出るルート（鵯越ルート）

落合重信説によると、その小字名から「松岡城」があったことは自明だという。妙法寺川右岸の前池橋詰め「角戸」はゴウドで「川渡《ごうと》」など大往還の駅を意味するという。ここに橋が架かっていたことを表す「橋本」も左岸側にある。「堀之内」は武家屋敷地を示している。また「大手前」など城に関係する小字名もある。また「寺地」は現在も「勝福寺」がある場所であり、「松岡城」はこの「勝福寺」の寺域を含んだ辺りだろうという。

なお、大手門があったのは「中所」附近では、と落合説はいう。

現在の町名「大手町」は松岡城の大手にあたるからと思われる。

勝福寺は長徳２（996）年山津波の被害を受けて大半の堂宇を失ったと記憶が残っている。また、昭和13（1938）年阪神大水害でも本堂が倒壊、平成21（2009）年に再建された。

■勝福寺（右手が本堂）（撮影：2015.1.17）

■岡場城跡（撮影：2012.2.2）
有間神社から参道を有野川に近い御旅所まで降り、さらにつづら折を川まで下り、上流に向かう。写真右手の竹藪が「西の丸」跡、左手が「本丸」跡。「本丸」と「西の丸」の間が古城川、「西の丸」右手の堀越川が「西の丸」手前で合流し、有野川本流となる。

9 有野川

『日本書紀』と孝徳天皇と間人皇女《はしひとのひめみこ》

(1) 有野川と岡場城跡

『有野町誌』によると、有野の「有」は「山」。「山間の野」を意味するという。また、古城川と堀越川が字西尾で合流した有野川が、町中央を北へ貫流している。

有間神社から南へ直線で約３００m、古城川と堀越川が合流して有野川の本流となる有野町西尾に「岡場城」はあった。別の名を「有野城」「西尾城」ともいう。古城の一部に大塚と呼ぶ塚が二つある。現地に行ってみたが、全体の地形は川が堀をなしているが、この古城は低地にあり、攻防のための城郭とは言いがたい。また、「岡場城」は他の場所の説もあることから、これは『有馬郡誌』説の孝徳天皇の御座所であろう。現地はかつて五輪塔など多数あったらしいが、今は何もなく、標識や説明板さえない。しかし、視点を変えてみると、この城跡は現在の「有間神社」の参道のほぼ延長線上にある。有間神社はかつて有馬温泉の北、山口村にあったが、六甲山の洪水で霊亀年間（７１５～７１７）に現在地に移したという。山口にあった有間神社に孝徳天皇が詣でた記録が社伝にあることから、何らかの関連性があったのかもしれないが定かでない。

■有間神社（撮影：2012.2.2）
もともとの伝・有馬温泉発見の祭神は大巳貴命《おおなむちのみこと》、少彦名命《すくなひこなのみこと》だったが、天御中主命《あめのみなかぬしのみこと》と事代主命が加わった。

■合流直後の有野川本流（撮影：2012.2.2）
有野川沿いは岡場城付近を含めて森の荒廃が進んでいるようだ。竹林はその兆しだ。

（2）謎の背景―有間温湯（有馬温泉）と孝徳天皇

有馬温泉は神代、記紀の時代からといわれているが、養老4（720）年に完成したといわれる『日本書紀』「舒明紀」では、乙巳《いっし》の変で実権を握った中大兄皇子《なかのおおえのみこ》（後の天智天皇）の父君である舒明《じょめい》天皇は631年（このころ年号はない）9月19日から86日間、『釈日本紀』には孝徳天皇（有間皇子の父）は大化3（647）年10月11日から82日間、有馬に逗留したという。孝徳天皇行幸においては、〈天皇幸有間温湯、左右大臣群卿大夫従焉〉と、左大臣阿倍倉梯麿《あべのくらはしまろ》や右大臣蘇我石川麻呂《そがのいしかわまろ》など大勢の供を連れた長逗留だったらしい。これは何を意味するか、坂江渉編著『神戸・阪神間の古代史』の神戸大学の古市晃氏「古代の湯治と有間行幸」によれば、温泉の効能について病気治癒はよく知られていたが、『古事記』には木梨軽皇子《きなしのかるのみこ》が同母妹の軽大皇女《かるのおおいらつめ》と関係をもち禁忌を犯したことで「伊余湯」に禊《みそぎ》のため流されたという記事が掲載されている。これは禁忌を犯した人を清めるためにも温泉が使われたことを示している。また天皇が長い期間有間に逗留して政治的に問題ないのかという疑問が残る。もちろん政治動向が不安定な状況における天皇行幸は問題が多い。しかし有間や他の温泉に行幸し、長逗留した天皇は行幸後、わずかにしてみまかっている例が多いので、7世紀における天皇の温泉行幸は天皇の生命維持という重要な政治的意味があったのだろう。『日本書紀』によれば、孝徳天皇は「患脚《みあしのやまい》」とあり、特に療養の必要があったという。

しかし、孝徳天皇の有馬温泉長逗留には他の政治的背景があったのではな

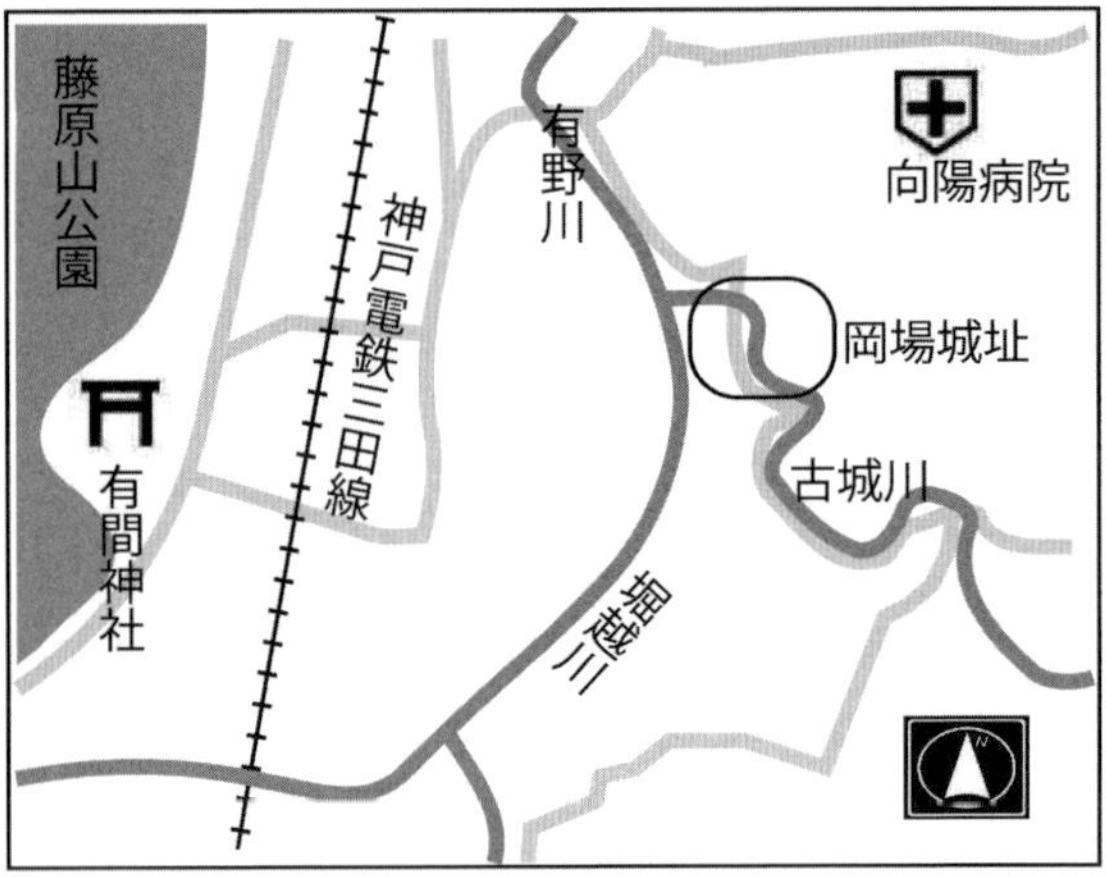

■岡場城址位置図

いか。

大化元（６４５）（年号が始まる）年「乙巳の変」で中大兄皇子は蘇我入《そがのいる》鹿《か》を中臣鎌足と共謀して暗殺。クーデターを成功させたが、一説には中大兄皇子は同母妹間人皇女と禁忌な関係にあり、群臣は同皇子の即位に同意しなかったため、母の皇極天皇（のちの斉明天皇・重祚）が実母弟の軽皇子を中継ぎで即位させ、間人皇女を皇后に、中大兄皇子を皇太子にしたのではないか。しかし近年の研究で、クーデター後、政治の実権は中大兄皇子の手にあったという説が有力だ。これも諸説あるが、即位後、難波宮に拠点を移した孝徳天皇はこの現状を打開しようとしたのかもしれない。

そこで、これも推測の域をでないが、中大兄皇子は孝徳天皇の病弱を理由に有馬温泉湯治を奨め、政務から遠ざけたのではないか。そして、白雉４（６５３）年、孝徳天皇の飛鳥帰京反対を口実に、皇祖母尊《すめみおやのみこと》（皇極上皇后）と群臣と皇后間人皇女まで連れて飛鳥に戻る暴挙に出て、気落ちした孝徳天皇は翌年崩御したという。この中大兄皇子に都合のよい崩御も怪しいと疑えば疑えるが、天智天皇やのちの斉明天皇の崩御のときのように、『万葉集』に暗殺を暗示する意味不明な歌はない。

孝徳天皇は、有野川畔の岡場邸（岡場城跡）に幽閉に近い形で有馬温泉湯治に通う悲劇の天皇だと思う。これは彼の死後、息子の「有間皇子《ありまのみこ》」が中大兄皇子の謀略で和歌山の藤白坂で処刑されたことでも分かる。伝有間皇子の歌や山上憶良らの追悼歌は『万葉集』に残るが、暗号が隠されているかもしれない。

COLUMN 30

女帝・斉明天皇の哀しみと「あさがおつか」

令和4(2022)年3月6日、奈良飛鳥の牽牛子塚《けんごしつか》古墳が、平成29(2017)年からの発掘復元工事が完成し、一般公開された。

牽牛子とは「あさがお」のこと。

筆者は大学生のとき、若き日の万葉学者中西進先生と、当時はまだ学生だった『源氏物語』研究家・東京大学名誉教授鈴木日出男先輩と「万葉旅行」の途中、この塚に立ち寄った。当時は、近鉄吉野線の「飛鳥駅」から明日香村の中心部とは反対側の雑木林を登って行ったと記憶している。兵庫の「石の宝殿」に似た「益田岩船《ますだのいわふね》」を観に行くのが目的だった。

当時の牽牛子塚は雑木林の雑草の中に埋もれていた。暗黒が詰まった石郭の穴がむき出しで見えた。金属製の扉は錆びて開け放されていた。「合葬墓です。入り口の穴は1つですが、中は2つに分かれていて棺を入れられるようになっています」と中西先生は説明してくださった。

その後の発掘調査研究で、この牽牛子塚が7世紀後半から8世紀初頭にかけ、主として大王墓の墳墓型式「三層八角墳」で、墳丘は全面を二上山の白色凝灰岩で葺かれていた。年代の後先はあるが、例としてあげれば斉明天皇の夫舒明陵、息子天智陵、天武持統合葬陵はこの型式だ。牽牛子塚古墳は天地を逆にすればまさに、あさがおの花に似ている。『日本書紀』には娘・間人皇女《はしひとのひめみこ》との合葬が記されており、宮内庁はほかに比定墳墓があるため認めていないが、斉明天皇陵である可能性がにわかに高まった。

というのはさらに、この一連の発掘調査により、牽牛子塚古墳に寄り添うように、「越塚御門《こしつかごもん》古墳」が発見されたことだ。それは斉明天皇陵の前に孫の大田皇女を葬ったという記事が『日本書紀』に記載されているからだ。

斉明天皇は間人皇女と中大兄皇子の禁忌な関係を憂い、間人の心中を知りながら、実弟孝徳天皇の皇后としたことなどから辛い思いをさせたと思ったのではないか。また孫の大田皇女は政争のため息子大津皇子を殺されたことに負い目を感じたのではないか。

その哀しみゆえにせめて死後の世界では母娘《おやこ》、孫と仲むつまじく暮らそうと思ったのではないか。なお、斉明天皇陵の葬送者は中大兄皇子でない説もある。

■**牽牛子塚古墳**（あさがおつか）
（撮影：2022.3.12）

■福田川河口（撮影：2008.2.13）
塩屋外国人倶楽部の海岸から平磯灯標を経て福田川河口まで約３マイル（約 4.8km）。平磯灯標あたりは急流。江戸末期の文久３（1863）年、薩摩藩の汽船が座礁、沈没した記録もある。平磯灯標は画面左手すぐ。垂水在住だった筒井康隆は『垂水・舞子海岸通り』で平磯灯標は近くに見えるが泳いでいくのは止めたほうが無難と記している。

10 福田川

『困ったときの友』サマセット・モームと福田川と平磯灯標

（1）『困ったときの友』と福田川

この作品はアメリカの月刊誌『コスモポリタン』に掲載された掌編小説。原書タイトルは『A friend inneed』。A friend in need is a friend indeed.諺「困ったときの友こそ真の友」から引用された表題だ。

人は矛盾だらけのいろいろな性格を併せ持っている、それが現実の人間だというのがテーマだと思う。神戸在住の主人公エドワード・ハイド・バアトンは外見、物腰といい、矛盾のない人間に見えた。妻と子どもふたりの家族は仲睦まじい感じがしたし、何か人を惹きつけるやさしい心の持ち主だった。

あるとき、ブリッジなどカードの賭け事と本国からの仕送りで遊び暮らす若い男が、送金も途絶えカード運も去り、一文なしになったとき、バアトンに仕事を世話してほしい、と訪ねてきた。バアトンは彼に大分巻き上げられたことがあったので、「トランプ以外に何ができますか？」と聞くと、「水泳ができます」という。「塩屋クラブから平磯灯標をまわり、垂水川（福田川）の河口まで泳ぎ切ったら、仕事をやろう。十二時半に河口に車で迎えに行くからクラブで一緒に昼食を摂ろう」とバアトンは約束した。

これは悪魔の言葉だ。結末は？

■塩屋海岸（撮影：2013.8.9）
塩屋外国人倶楽部はかつて海岸部にあったが、現在はJRより北にある。『困ったときの友』ではこのあたりから泳ぎだした設定。

■平磯灯標（撮影：2007.12.16）
昭和60（1985）年のIALAの世界標準により、上部黄色、下部黒は「南方位標識」で、標識の南は安全という海路標だ。

（2）サマセット・モームは007

サマセット・モームは1874年フランス・パリの英国大使館で生まれ、少年期に孤児となり、牧師の叔父に引き取られた。結核となるが癒えて19歳のとき医学校へ入学。医師資格を取ったが、作家志望。が、後に人生と深く関わる医師の道を捨てたことを悔やんだらしい。第一次世界大戦には、赤十字の野戦病院に参加。やがてスイスのジュネーブが拠点のイギリス課報部員として作家の顔で活動を行う。ロシア革命の回避課報活動など激務のため結核が再発、療養。その間に、ゴーギャンをモデルとした芸術的創造熱にとりつかれた芸術家の苦悩を書いた『月と六ペンス』の構想を練る。これがベストセラーになり、先に出したモームの精神的自伝小説『人間の絆』も見直され、作家の地位を確立した。さてモームは日本や東南アジアの国々やサモア、ハワイ、タヒチなど世界を旅行し、それを題材にして多くの小説を書いた。『困ったときの友』もその一つといえよう。日本に来たとき、平磯灯標あたりの潮流の激しさなどをイギリス初代駐日英国公使ラザフォード・オールコックの著作で知っていたか、塩屋クラブ関係者から聞き、このシリアスな小説ができたのではないか。新潮文庫『月と六ペンス』の訳者中野好夫は解説の中で書いている。〈モーム得意の冷笑的（シニカル）な薄笑い〉を感じる、と。

また課報部員として培われた眼で主人公バアトンや本国からの仕送りとギャンブルで暮らす男の表情や特徴、それにふたりの微妙な人間心理などが余すところなく描写されているように思えてならない。

■旧ジェームス邸（撮影：2016.1.24）

この写真を撮ったころは非公開の個人邸宅だった。ジェームス山の象徴のような建築物だ。

昭和５（1930）年、神戸に住み、カメロン商会を経営していたイギリスの貿易商アーネスト・ウィリアム・ジェームスが、イギリス人のために自宅（旧ジェームス邸）を含めて60棟以上の住宅を建てた。そして彼の名からこの地を「ジェームス山」と称するようになった。

■福田川夕景（撮影：2007.12.26）
恋人岬から福田川河口そして淡路島を。文学散歩の写真を撮るうちに、いつのまにか夕方近くになった。

（３）小説が書かれた時代背景

この小説が書かれた年代は『コスモポリタンズ』のモームの序文より大正13（１９２４）年から昭和４（１９２９）年の間らしい。塩屋クラブはどこにあったか？　話の状況から、神戸で仕事をしていたり、ジェームス山など塩屋界隈に住んでいたりした外国人の海に面した社交場だったのだろう。思いつくのは、もう今はないが、海辺にあった旧塩屋異人館倶楽部あたりではないか、と思う。モームは戦前戦後の2度来日しているが、この小説はどこで取材したか明らかでない。しかし、この海域の情報を知って小説を書いた。

ファシズムの台頭が進んでいた当時の世界情勢から、モームはイギリス軍艦の安全な航路確定のため、調査する任務があったのではないか、と思われる。したがって、情報の仕入れ先を明らかにするわけがない。モームは知り得た情報から平磯灯標周辺の潮流、暗礁等を十分熟知してこの小説を書いたものと思われる。彼の旅行は小説の取材あるいはネタ探しでないのではないか？　諜報活動をカモフラージュするため、この小説が書かれたなんて考えると、わくわくした気持ちになる。

『垂水誌』によると、平磯沖は海の難所として知られており、江戸中期には木製の浮標を設置したが風雨に耐えられなかった。大型軍艦の安全航行対策が急務となった明治26（１８９３）年、平磯灯標は英国人技師の設計・監督で初の国産セメントを使用するなど最新技術を駆使して造られ、今年でちょうど１３０年の風雨に耐えている。

COLUMN 31

垂水４滝

垂水の由来は、水が垂れる、すなわち滝を意味するといわれている。しかし有井基は『ひょうごの地名を歩く』で書いている。〈たぶん「水の垂れ落ちる所」で動くまいが、〉五色塚古墳の被葬者といわれる海人族との関係も考察すべきだろう、と。『新・神戸の町名』神戸史学会編では、普通タル（垂）ミ（水）で滝の意味だが、『和名抄』では、「多留美」の読みで播磨国明石郡「垂見」と讃岐国那賀郡（香川県丸亀市）の「垂水」を挙げているが、讃岐国の地は土器川左岸に広がる平地で滝や湧水とは関係なさそうだ。明石郡の「垂水」については、昭和に入っても海岸線に沿って船を進めると、「駒捨の滝」「琵琶の滝」「恩地の滝」「白滝の滝」が存在したという。他にタルミにはたわんだ地形や断崖や、峠の意味もある。

結論的には「垂水」とは、水が垂れる、滝を意味していると思うが、塩屋・垂水間は海岸線に沿って海崖岸が続いて、道路や鉄道は崖のテラスを走っているから「断崖」説も当てはまる。『神戸阪神歴史探訪』田辺眞人・辻川敦著によると、今はJR塩屋駅と垂水駅間で二筋の流れしか見ることができないが、『播州名所巡覧図絵』には、〈東垂水の端は海崖岸につきて干潟を往来す。この岸に水のたるゝ處、三所あり。一を駒捨の滝、一をおんぢか滝といへり。〉とあり、そのあとに〈水の湧きたるゝ所をいへり〉と記している。江戸後期の文人・狂歌師蜀山人の『革令紀行』の〈人家あり塩屋といふ。高き岸を右にし、浜辺を左にしつゝゆけば、右の岸より水流れ落る所二つあり。小町の滝といふ。……〉という。滝説として近世この滝近くに茶屋があったことに由来した山陽電車の駅名「滝の茶屋」が残っている。海が見える駅はそれだけで何か始まりそうな気がする。この駅から西へ約70mに今でも小さな滝がある。耳を澄ますと水音が聞こえる。海崖に滝があったことは確かだが、滝の数が資料によって異なるのが気になる。すべて小滝だから、おそらく時代や季節によっては枯滝が存在したのではないだろうか。他に橘川真一の『播磨の街道―「中国行程記」を歩く』には滝の存在や塩屋に梅が鼻という岬があり梅ヶ崎天神があったが、岬もなくなり、現在は塩屋駅の北西にある若宮神社に合祀したと記されている。

■海の見える橋上駅―滝の茶屋

■山田川河口（やまたの浦）（撮影：2012.3.6）
古代の浦とは港（泊）のことだが、この写真のような河口にできた潮だまりをいう。『平家物語』では、「やまたの浦」として出てくる。

11 山田川

『高倉院《たかくらいん》厳島《いつくしま》御幸記《ごこうき》』と『平家物語』と『吾妻鏡』そして平清盛墓所考

（1）『高倉院厳島御幸記』に描かれた平清盛の別邸

〈播磨の國山田（播磨国明石郡山田）といふところに昼の御まうけあり。心ことにつくりたり。庭には黒き白きいしにて、霰《あられ》の方にいしだゝみにし、松をふき、さまざまのかざりどもをぞしわたしたる。御まうけ、海のいろくづをつくし、山の木《こ》の實《み》を拾ひていと営《な》める。とばかりありてぞ出でさせ給ふ。風少しあらだちて、波の音も気あしくきこゆる。うかべる舟どもすこし騒ぎあひたり。明石の浦などすぐるにも、なにがしの昔しほたれけむも思ひ出でらる。〉

（『高倉院厳島御幸記』より）

これは、平清盛に意に反して退位させられた20歳の若き上皇「高倉院」（安徳天皇の父）が自ら望んで厳島神社へ行幸したとき、随行の源通親《みなもとのみちちか》の紀行文。厳島から帰途、播磨国山田で下船。平清盛の別邸で昼食を摂る件《くだり》だ。意訳すると、松を植えた黒石と白石で市松模様の意匠を凝らした庭のある別邸で山海の珍味の昼の歓迎接待を受けた。しばらくして輿で福原へ出立する。風がやや出て波の音も忙しく聞こえ、浦の舟も揺れて音を発している。明石の浦を通って来たが、『源氏物語』の「須磨明石」のことが思い出された、か。

■きつね塚付近の展望（撮影：2023.4.22）
現在、「きつね塚」からは高層マンションがあるため海は見えないが、下のJR沿いから往時の展望を偲ぶことができる。

■山田川河口の渚（撮影：2012.3.6）
渚の前方に見える２つのテトラポットの列の間が河口。河口より外は潮流があるが、河口内側は干満時以外は穏やか。

（2）『平家物語』と『吾妻鏡』の平清盛墓所相違の謎

清盛は養和元（1181）年に逝去したが、遺骸は平家の根拠地六波羅近くの愛宕《おたぎ》念仏寺で荼毘にふされた。この寺は後に鴨川の氾濫で流失荒廃したが、その一部が化野《あだしの》の奥、嵯峨鳥居本に遷り、千二百羅漢で有名な愛宕寺となった。六波羅近くに残ったのが、小野篁《おののたかむら》と地獄の入り口で有名な六道珍皇《ろくどうちんのう》寺《じ》だ。『平家物語』では遺骨は、清盛の腹心で能福寺住職円実法眼により経ヶ島に納められたというが、その墓所は定かでない。しかし、諸説あるが、『吾妻鏡』にいう、播磨国山田（現・垂水区西舞子の山田川周辺）の法華堂に葬送されたという説にとても魅力を感じる。海への限りない情熱を持つ清盛の墓所としてふさわしいからだ。山田は平家領の荘園で清盛の別邸があった所だ。『高倉院厳島御幸記』の記述から庭園は淡路島を望む明石海峡を借景にしていると思われる。海を借景できる高台か、兵庫津の「和田神社」のように山田川河口辺りで船泊と一体となった邸宅庭園も想定できる。現に『高倉院厳島御幸記』では、河尻（五泊の一つ）の寺江（尼崎）に藤原邦綱の山荘があり、高倉院一行が〈御舟ながらにさしいれて〉とあるので、あながちなきにしもあらずと思う。山田の地は「きつね塚古墳」や「五色塚古墳」など古代から美しい海の見える墳墓の地に近い。清盛は神戸の何処かで今も静かに眠っている。知りたい気持ちもあるが、そっと永遠の眠りを妨げないように願う気持ちも強い。

■山田川右岸（撮影：2023.4.22）
写真左上が「きつね塚」あたり。かなり急な斜面地だ。川は潮が満ち始めている。

■きつね塚緑地（撮影：2023.4.22）
きつね塚入り口。円墳。現在、海は見えない。

（3）山田川近くの法華堂はどこにあったか

現地は、「明舞団地」の造成によって高台部分の地形の改変が著しい。また、山田川の流路も現在とは違うかもしれないから法華堂がどこにあったか定かでない。

「法華堂」とは、「法華三昧堂」の略で、貴人の墓所に建てられることが多いといわれている。『高倉院厳島御幸記』の記述からも、遺構は出土していないが、山田川河口近くの平清盛別邸に「法華堂」があったことはほぼ間違いないと思われる。

現地を歩いてみたが、それらしいところは見つけられなかった。海に限りない思いを抱く清盛の死後の安寧の地は、いつも海が眺められる高台ではないか。山田川右岸は高台が迫っているが眺望からいうと、「きつね塚」の手前あたりとなる。それと、山田川を少し遡上した左岸にある高台―縄文遺跡の「大歳山遺跡」だ。ここからの風景も淡路島が間近に見え、海も現在より近かったと思われるから適地のひとつだ。しかし、『高倉院厳島御幸記』には、昼食接待の後、通親は風が出て、潮騒や舟が軋む音を聞いているから、別邸は海辺にあり、山田川右岸は高台が迫っているから法華堂はその高台にあった可能性もある。とすると、「きつね塚」の前面、『平家物語』延慶《えんぎょう》本〈初音尋る山田御所〉が有力となる。現在は高層マンションが建ち、海への展望は効かないが、往時の「きつね塚」あたりは目の前に淡路島が見える風光明媚な地であったことは推察できる。

COLUMN 32

山、海へ行く

「山、海へゆく」は、神戸の枕詞になっているが、初めて唱えたのは、平清盛らしい。大輪田の泊（兵庫津）は、水深があり天然の良港であったが、東南の大風に弱く、朝夕の逆波も激しかった。

承安3（1173）年、清盛は私財を投じて経ヶ島の建設を始める。廃船に一切経を墨書した石を積み、そのまま沈める、現代の潜函工法にも通じる工事だ。工事は風雨のたびに元に戻りはかどらなかったという。

『西攝大観《せいせつたいかん》』によると、埋め立ての土は、JR兵庫駅の北側「羽坂通《はさかどおり》」あたりにあった「塩槌山《しおつちやま》」を応保元（1161）年切り崩して用いたとある。経ヶ島までの距離は約800 m。『新・神戸の町名』神戸史学会編によると、現在の羽坂通あたりから七宮の山裾の丘を削って残った小高い丘陵を「羽坂」といい、先端を「針ヶ崎」と呼んだという。小字「羽坂」、「針ヶ崎」は『兵庫県小字名集』「VI神戸・阪神間編」にも掲載されている。「羽坂」はトンネル工事など坑内最前線の掘削現場「切羽」に通じる。「針ヶ崎」は『太平記』錦絵や、兵庫の福海寺蔵『太平記合戦図』（歌川芳虎　天保14・1843）に、追う白藤彦七郎永正と、福海寺の前身・針ヶ崎観音堂に逃げ込む足利尊氏の様子が描かれていて「針ヶ崎」の地名が見える。

切り崩し工事を始めると、塩槌山の神が怒ったので、会下山の南麓にあった美奴売《みぬめ》神社を塩槌山の尾先（山裾）に七宮を鎮座させたという説（七宮神社縁起）もあるという。これは、コラム5の「敏馬神社はどこにあったか」の由来と関連している。七宮神社縁起では、延喜式にいう八部郡汝売神社は当社の前身と記している。

現在では山を崩し、海を埋め立てることは自然破壊の元凶とされているが、当時としては、人力が頼みの平安時代に一山を取り崩して海を埋め立てるという発想はすごい。しかも私財で行ったことも驚きだ。右図は小字から想定した「塩槌山」。今は丘があったことさえ想像できない。

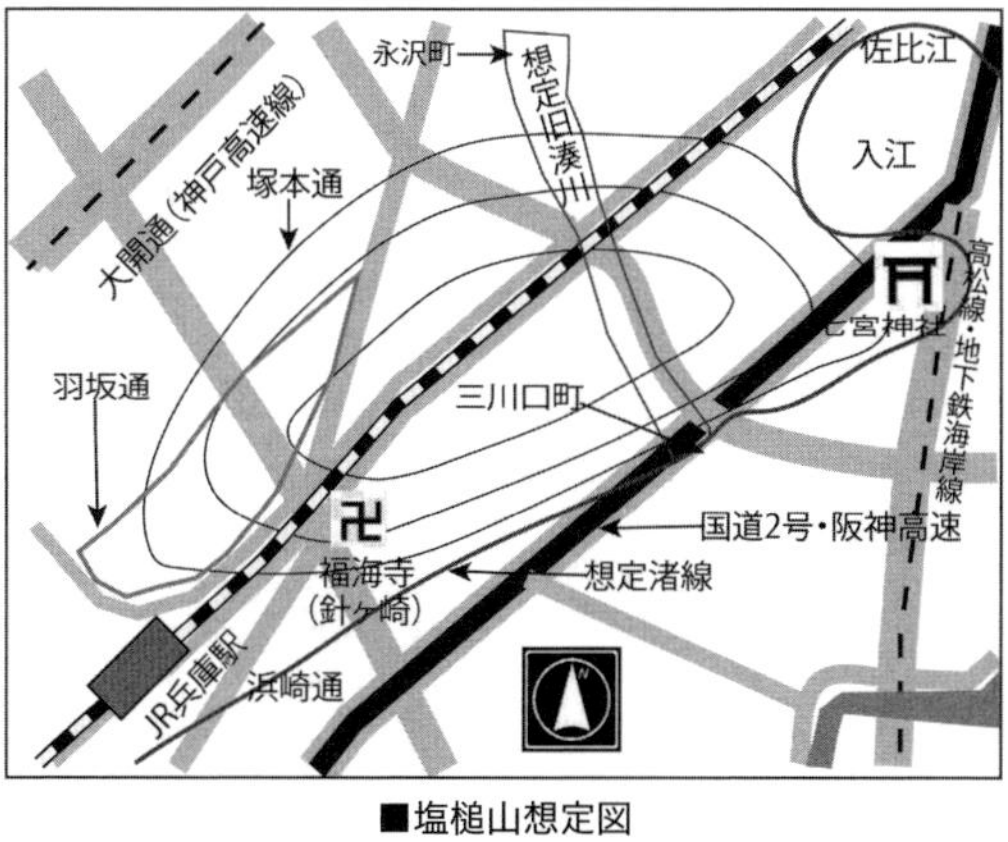

■塩槌山想定図

■櫨谷川（櫨谷町二ツ屋付近）
（撮影：2023.4.23）
かなりの水量だが、平安時代には周囲は田畑や草原、丘の山麓部は林で未開発だったから、水量は遙かに多かったと思われる。

■櫨谷川（松本下橋付近）
（撮影：2023.4.23）
谷口川合流点まで櫨谷町松本から約1.6 km。ここまでは、水深も水量も川幅も舟の航行は可能だったと思う。

12 櫨谷川《はせたにがわ》

『源氏物語』紫式部と須磨・明石

（1）物語のはじめ

『源氏物語』は、『摂津名所図会』にも〈紫氏も中秋の月に須磨明石の巻より書き初め給ひしとかや〉と記されているように「須磨明石の巻」から書き始められたという説が有力だ。光源氏は須磨・明石で約一年半の生活を送る。他に「須磨・明石」書き初め説の異論や和辻哲郎の「原源氏物語」存在説などもある。南北朝から室町時代前期公家・学者四辻善成《よつつじよしなり》が著した室町時代唯一の源氏物語注釈書『河海抄《かかいしょう》』の序によると、『源氏物語』は一条院の御宇、寛弘の初め（１００４～１００５年）に出で、堀川院の康和（１０９９～１１０４）の末に出来上がったという。諸説はあるが、光源氏のモデルのひとりといわれる西宮左大臣（源高明）が安和２（９６９）年大宰府権帥《だざいふごんのそち》に左遷されたころ、大斎院《だいさいいん》（村上帝女十宮）が上東門院《じょうとうもんいん》に何か珍しき草子はないかと聞かれた。『宇津保物語』や『竹取物語』のような古物語は珍しくないので、新物語を創作して献上せよ、と藤式部（＝紫式部）にお命じになった。式部は石山寺に籠もって構想を練った。ちょうど八月十五夜（＝中秋の名月）が湖水に映り、心が澄み渡って物語の風情が浮かんだので、忘れないうちにと寺の大般若の料紙を本尊よりいただいて、まず「すま・あかし」の両巻から書き出したという伝説がある。

■須磨の浦（撮影：2011.12.2）
JR 須磨駅下車すぐ。夏には須磨海水浴場として賑わう。遠く淡路島を望む。『源氏物語』の舞台となった須磨の浦は、現在の渚よりかなり後退した現・国道２号あたりといわれており、光源氏が禊した浜辺も関守稲荷下あたりが想定できる。

■如意寺（撮影：2023.4.23）
大化５（649）年、孝徳天皇勅願寺として建立された。その後衰退、正暦年間(990～995）に願西上人が再興した。

（2）紫式部は「須磨・明石」を訪れたか

紫式部は須磨・明石を訪れたことがない、というのが通説だ。両巻を読んでも印象に残る叙景が少ないことがその理由だが、それだけでは訪れなかったとはいえない。また、見たこともない土地から物語を始めることは可能だがむずかしい。それに当時、近畿の西端だが、歌枕になるほど風光明媚で、かつて在原行平流謫の地として都人に知られていたが、人づてだけでは書けないと思う。これは現代文学のセオリーに近いが、心理描写と重ねない情景描写は書かなかったのではないか。

考古学、歴史学、文学者で、『待賢門院璋子の生涯』など詳密な人物評伝で知られる角田文衞《つのだぶんえい》の『紫式部伝―その生涯と『源氏物語』』を参考に、次ページに「櫨谷川」関連からの推察を加味してみた。

紫式部は当時「摂津守」の伯父藤原為頼に招かれて正暦４（９９３）年ごろの娘時代（21歳）に須磨・明石方面に旅行したのではないか、と角田はいう。当時、須磨への旅は楽だった。舟で桂川か賀茂川を下り、巨椋池《おぐらいけ》、山崎津から淀川まで半日。川尻で船に乗り換えて輪田泊まで小一日。そこから須磨の浦までは潮がよければ2時間ぐらいと容易。『古今和歌集』を愛読していた紫式部は、業平を高く評価していて、その兄行平のわび住まいの須磨へ、行きたいと切に思ったのではないか。そして明石の浦は播磨国だがすぐ近くだから、『源氏物語』に3回も出てくる〈ほのぼのと明石の浦の朝霧に島がくれゆく舟をしぞ思ふ〉と詠んだ「明石の浦」へ行ったと推察できる。

■絵はがき「須磨の浦」
渚から少し離れたところに停泊している明治から大正時代の竜骨構造帆船。平安時代は、竜骨構造でない平たい船底だったと思われる。舟と船の違いは小型と大型。または舟は内海・川用。船は外洋か。

■櫨谷川「松本の自噴泉」
(撮影：2015.9.20)
「岡の屋形」想定箇所「松本」付近。櫨谷川の豊富な水流を物語っている。

(3) 北山の僧都《そうず》、横川《よかは》の僧都と「如意寺《にょいでら》」中興の祖「願西上人」

筆者も紫式部は「須磨・明石」を訪れたという説に賛同したい。

角田説をさらに補強する『源氏物語と明石氏の系譜』の中村寿夫説がある。紫式部の明石の情報は比叡山の高僧源信からという説だ。やや、時間的ずれがあるように思うが、『源氏物語』の「若紫」に出てくる「北山の僧都」と「宇治十帖」の「手習」以降で浮舟を助けて出家させる「横川の僧都」のモデルは「源信」といわれている。紫式部と源信は親交があり、源信の姉が櫨谷川支流の谷口川沿いの天台宗の古刹「如意寺」中興の祖「願西上人（安養尼）」だったからだ。これは筆者の推測の域をでないが、安養尼は正暦年間(990~995年)に如意寺にいたようだから、もしかしたら紫式部は安養尼に会ったかもしれない。

紫式部は須磨から舟で、やまたの浦、明石の浦を経て、明石川を遡上。出合で合流する櫨谷川をさらに松本（明石藩第5代藩主松平忠国が設定した「岡の屋形」の地）まで遡り、「如意寺」近くを源流とする支流谷口川との合流点で舟を下り、川幅や流量の少ない谷口川沿いを輿で「如意寺」を訪問。願西上人と面会を果たしたような気がする。明石川も櫨谷川も舟は無理というかもしれないが、当時は未開発地の原野を流れる川の流量は想像以上に多く滔々と流れていたと思う。前々頁写真の現在の櫨谷町二ツ屋付近にその流れの面影が感ぜられる。なお、源信は寛弘元（1004）年、姉の追悼を兼ねて如意寺を訪れ1ヶ月滞在。これは『源氏物語』の執筆中。時間的整合性はある。

COLUMN 33

「源氏の庭」廬山寺《ろざんじ》桔梗の枯山水

『紫式部伝』角田文衞の緻密な考察で「紫式部の居宅」はどこにあったのか、ほぼ解明された。それは、「中河の地」すなわち京都市上京区北之辺町の「廬山寺」だという。ここは紫式部の曾祖父「堤中納言藤原兼輔」の屋敷だった。紫式部はここで娘時代、結婚生活（夫：藤原宣孝は通い婚）を過ごし、一子賢子（大弐三位）も育てた（有馬の瑞宝寺公園に大弐三位の〈有馬山いなの笹原風吹けば……〉の歌碑がある）。宮中出仕もしている。『源氏物語』は場所は不明ながら「隠れ家」で執筆したようだが、一部はこの居宅で書かれたらしい。「中河の地」とは、かつて現在の御所の東、京極大路と賀茂川との間に「中河」が流れていたが、涸れていつの間にか埋め立てられた。廬山寺が秀吉の京城造成のためこの地に移転してきたころは、秋里籬島の『都名所図会』「廬山寺」図でも分かるように寺の門前、京極大路の東端を中河が流れていた。それが市電寺町線の敷設に伴い地下化されたようだ。

『紫式部伝』のあとがきで角田文衞は、昭和 40（1965）年 11 月、(財)古代学協会の協力のもと、廬山寺に枯山水の「源氏の庭」を造り、紫式部邸宅跡顕彰碑を設置した、と記している。

「源氏の庭」は、原形だった松の疎林を活かしながら、『源氏物語』の「朝顔」の巻と紫式部の「紫」に因んで「桔梗」を植えた苔の島と白砂からなる枯山水庭園だ。庭園構成としては簡素な意匠の平庭といえる。

「朝顔」は、『万葉集』に山上憶良の〝秋の七草〟〈萩の花尾花葛花なでしこの花おみなえしまた藤袴朝顔の花〉でも詠まれているが、「桔梗」のことだ。「朝顔」の巻の概略は、かつて光源氏が朝顔の花をつけて文を贈った従姉妹《いとこ》の「朝顔の斎院《さいいん》」が斎院を退いたので、しきりに彼女の元を訪れるが、「夕顔」のように生き霊に取り殺されたくない斎院は、光源氏を遠ざける。

そんな光源氏に、理想の女性として育まれた「紫の上」は嫉妬する。

■源氏の庭（撮影：2016.8.10）

■『都名所図会』「廬山寺」

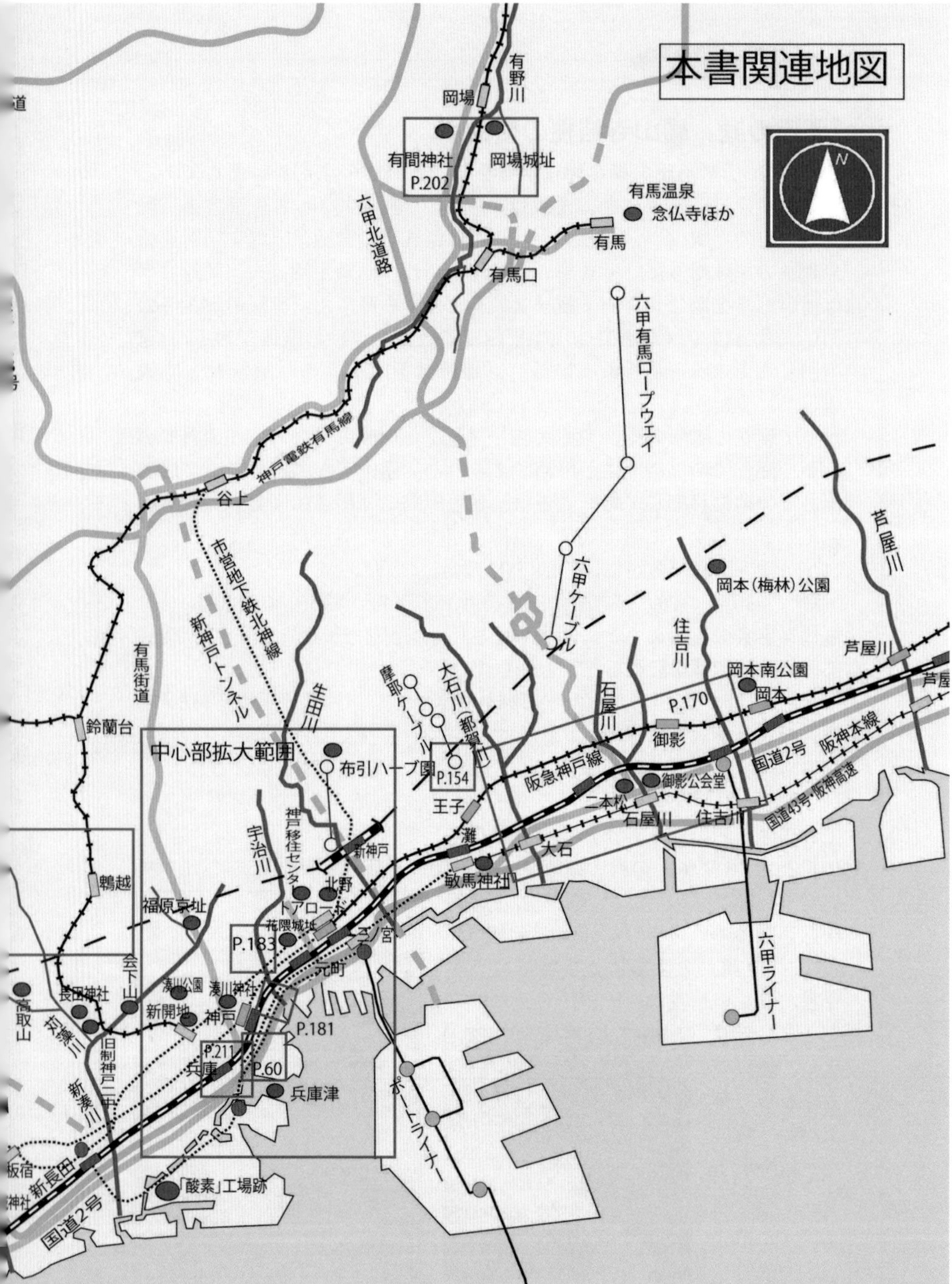
本書関連地図
有野川
岡場
有間神社
岡場城址
P.202
有馬温泉
念仏寺ほか
有馬
有馬口
六甲北道路
六甲有馬ロープウェイ
神戸電鉄有馬線
谷上
市営地下鉄北神線
新神戸トンネル
有馬街道
鈴蘭台
六甲ケーブル
岡本（梅林）公園
芦屋川
住吉川
石屋川
摩耶ケーブル
大石川（都賀川）
生田川
P.170
岡本南公園
岡本
芦屋
御影
国道2号
阪神本線
中心部拡大範囲
布引ハーブ園
P.154
阪急神戸線
御影公会堂
二本松
国道43号・阪神高速
王子
石屋川
住吉川
神戸移住センター
宇治川
新神戸
灘
大石
鵯越
北野
敏馬神社
福原京址
トアロード
花隈城址
P.183
三ノ宮
元町
六甲ライナー
会下山
湊川公園
湊川神社
長田神社
高取山
新開地
神戸
P.181
苅藻川
旧制神戸二中
P.211
兵庫
P.60
兵庫津
新湊川
ポートライナー
板宿
神社
新長田
「酸素」工場跡
国道2号

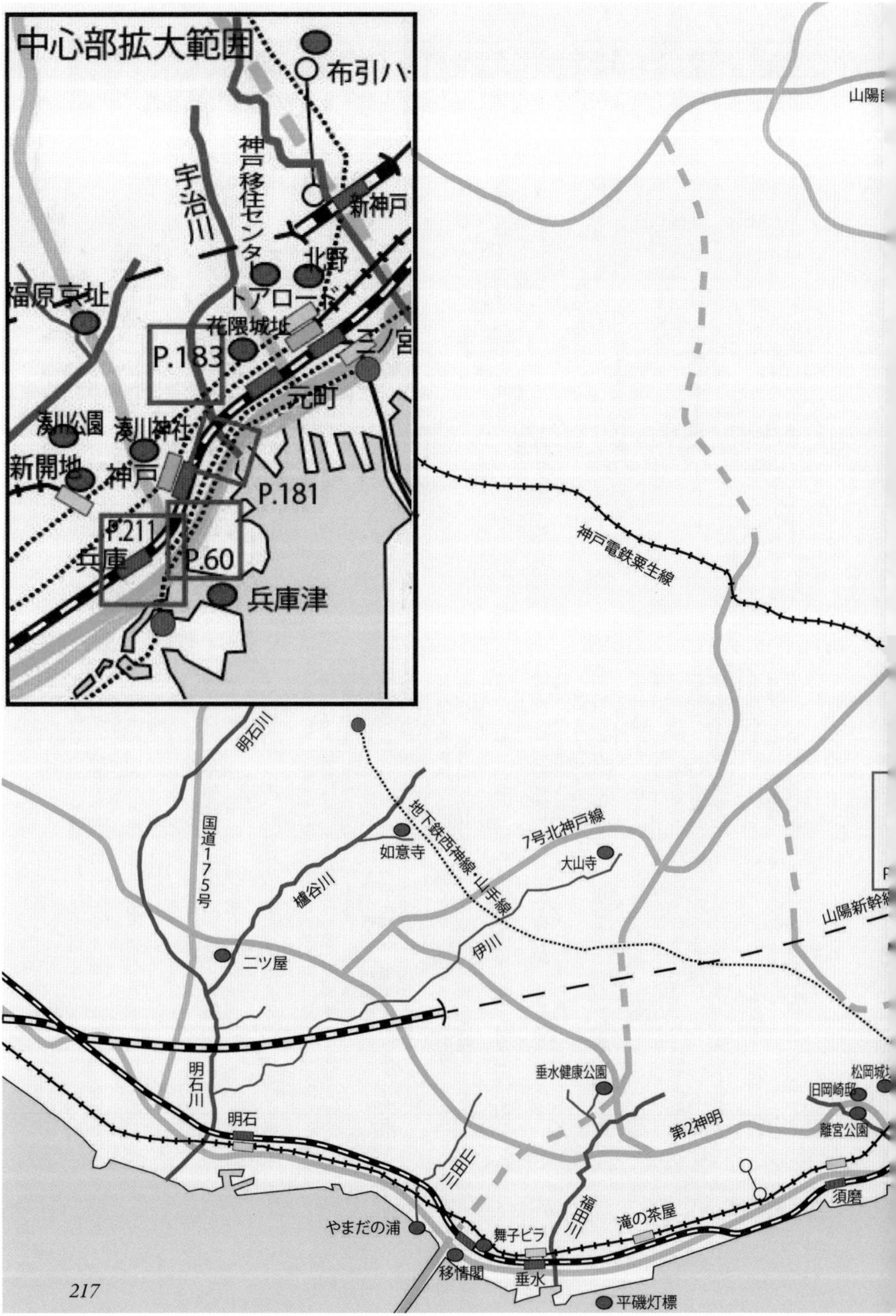

中心部拡大範囲
布引ハ
神戸移住センター
新神戸
宇治川
北野
福原京址
トアロード
花隈城址
P.183
三ノ宮
元町
湊川公園
湊川神社
新開地
神戸
P.181
P.211
兵庫
P.60
兵庫津
山陽自
神戸電鉄粟生線
明石川
国道175号
地下鉄西神線・山手線
如意寺
7号北神戸線
大山寺
櫨谷川
山陽新幹線
二ツ屋
伊川
明石川
垂水健康公園
松岡城址
旧岡崎邸
明石
第2神明
離宮公園
三田川
福田川
滝の茶屋
須磨
やまだの浦
舞子ビラ
移情閣
垂水
平磯灯標

■参考文献

『明石』稲垣足穂　木村書店　１９６４
『明石城　なぜ、天守は建てられなかったのか』神戸新聞明石総局編
　神戸新聞総合出版センター　２０２０
『赤松一族八人の素顔』播磨学研究所編　神戸新聞総合出版センター
　２０１１
『敦盛の萩』加藤隆久　国書刊行会　１９９７
『幾度目かの最期』久坂葉子　講談社文芸文庫　２００５
『石屋史の旅』渡辺益国　渡辺石彫事務所　１９８７
『倚松庵の夢』谷崎松子　中公文庫　２００４
『一千一秒物語』稲垣足穂　新潮文庫　２００４
『星を売る店』稲垣足穂（ちくま日本文学）筑摩書房　２００８
『稲垣足穂の世界』タルホスコープ　コロナ・ブックス編集部　２００７
『失われた風景を歩く』ビジュアルブック編集委員会編
　神戸新聞総合出版センター　２００２
『埋もれた神戸の歴史』落合重信　神戸史学会　１９７７
『描かれた神戸物語』神戸市立博物館　１９９９
『絵図と歩く　ひょうご西国街道』大国正美　神戸新聞総合出版センター
　２０１８
『絵本　源氏物語』石山版　石山寺　２０１６
『お家さん』上下　玉岡かおる　新潮文庫　２０１０
『大神神社と山辺の道』三輪山文化研究会　２００２
『小田原事件』ゆりはじめ　小田原ライブラリー16　夢工房　２００６
『おヨネとコハル』ヴェンセスラウ・デ・モラエス　岡村多希子訳　彩流社
　２００４
『花木歳時記』今井徹郎　文化服装学院出版局　１９６９
『花丈記』山本周五郎　新潮文庫　２００８
『角川日本地名大辞典』28兵庫県「角川日本地名大辞典」編纂委員会
　角川書店　１９８８
『華麗なる一族』上中下　山崎豊子　新潮文庫　２００２
『枯草の根』陳舜臣　講談社文庫　１９９８
『漢字に強くなる本』佐藤一郎・浅野通有編　光文書院　１９７９
『消えゆく幻燈』竹中郁　編集工房ノア　１９８５
『北風遺事・残燈照古』喜多善平　１９６３
『北区の歴史』有井基　神戸市北区役所　１９９６
『北神戸歴史の道を歩く』野村貴郎　神戸新聞総合出版センター　２００２
『逆説の日本史』２古代怨霊編　井沢元彦　小学館文庫　２００８
『逆転の日本史』河合敦　新人物文庫　２０１１
『居留地の街から』神戸外国人居留地研究会編　神戸新聞総合出版センター
　２０１１
『九鬼奔流』水軍九鬼氏と三田藩の歴史ドラマ九鬼奔流で町おこしをする会
　２００７
『久坂葉子作品集・女』六興出版　１９８１
『くずし字辞典を引く』由井宏子　東京堂出版　２０１９
『源氏物語』全10巻　瀬戸内寂聴　講談社文庫　２０１８
『源氏物語』全９巻　柳井滋・室伏信助・大朝雄二・鈴木日出男ほか
　岩波文庫　２０２１
『源氏物語』上下（阿部秋生・秋山康・今井源衛・鈴木日出男）小学館
　２００８
『源氏物語』ビギナーズ・クラシックス角川ソフィア文庫　２００８
『原色樹木検索図鑑』矢野佐・石戸忠　北隆館　１９８１
『源平争乱と平家物語』上横手雅敬　角川選書　２００１
『源平覧会』記念写真帖（復刻版）神戸史談会　２０１１
『絢爛たる暗号』百人一首の謎を解く　織田正吉　集英社文庫　１９８６
『神戸〜尼崎　海辺の歴史』辻川敦・大国正美編著
　神戸新聞総合出版センター　２０１２
『神戸・続神戸・俳愚伝』西東三鬼　講談社文芸文庫　２０００
『神戸・阪神間の古代史』坂江渉編著　神戸新聞総合出版センター
　２０１１
『神戸・横浜散歩　芸備の道　街道をゆく』司馬遼太郎　朝日新聞社
　２００２
『神戸・横浜開花物語』神戸市立博物館　２００５
『神戸外国人居留地』ジャパン・クロニクル紙ジュビリーナンバー
　神戸新聞総合出版センター　１９８０
『神戸かいわい歴史を歩く』田辺眞人　神戸新聞総合出版センター
　２０２２
『神戸港１５００年』鳥居幸雄　海文堂　１９８２
『神戸と少年夢二』中右瑛　緑の笛豆本の会　２００２
『神戸残照』柏木薫・志村有弘・久坂葉子研究会　勉誠出版　２００６
『神戸市立博物館総合案内』神戸市立博物館　２００３
『神戸と平家』歴史資料ネットワーク編　神戸新聞総合出版センター
　１９９９
『神戸と華僑』この１５０年の歩み　神戸華僑華人研究会編
　神戸新聞総合出版センター　２００４
『神戸の史跡』神戸市教育委員会編　神戸新聞総合出版センター　１９７５

『神戸の伝説』田辺眞人　神戸新聞総合出版センター　２０１１
『神戸の良さが元町に』神戸元町商店街連合会　２０１４
『神戸の歴史―研究編』落合重信　後藤書店　１９８０
『神戸の歴史―通史編』落合重信　後藤書店　１９８９
『こうべ花を巡る文学散歩』全９区　野元正監修　神戸市建設局　２００３
『神戸文学散歩』橘川真一監修　神戸新聞総合出版センター　２０１０
『神戸ものがたり』陳舜臣　平凡社　１９８１
『神戸歴史トリップ』新・中央区歴史物語（改訂版）神戸市中央区役所
２００５
『神戸　我が幼き日に…』田宮虎彦・小松益喜　中外書房　１９５６
『呉錦堂　神戸と中国』孫中山記念会　２００６
『孤高の人』上下　新田次郎　新潮文庫　２００２
『ここですやろ谷崎はん』たつみ都志　広論社　１９８５
『「古事記」75の神社と神様の物語』由良弥生　王様文庫（三笠書房）
２０１７
『弧愁　サウダーデ』新田次郎・藤原正彦　文藝春秋　２０１２
『古代幻視』梅原猛　文春文庫　２００１
『古地図で楽しむ神戸』大国正美編著　風媒社　２０１９
『古地図で見る神戸』大国正美　神戸新聞総合出版センター　２０１３
『今昔物語集』全４冊　池上洵一編　岩波文庫　２０１４
『櫻男行状』笹部新太郎　星雲社　１９９１
『櫻守』水上勉　新潮文庫　２００１
『細雪』上中下　谷崎潤一郎　新潮文庫　２００６
『酸素』大岡昇平　新潮文庫　１９７９
『獅子文六先生の応接室』福本信子　影書房　２００３
『史跡五色塚古墳』神戸市教育委員会　１９７５
『史跡の紹介とまちづくりの歩み』西出・東出・東川崎地区まちづくり協議会
１９９９
『死線を越えて』賀川豊彦現代教養文庫（社会思想社）１９８３
『司馬遼太郎と藤沢周平』佐高信　光文社知恵の森文庫　２００５
『ふるさとの想い出写真集』荒尾親成編　国書刊行会　１９７９
『春琴抄』谷崎潤一郎　新潮文庫　２００６
『少将滋幹の母』谷崎潤一郎　新潮文庫　２００６
『少年Ｈ』上下　妹尾河童　新潮文庫　２００１
『食味歳時記』獅子文六　文春文庫　１９７９
『新・平家物語』全６冊　吉川英治　講談社　１９６７
『辛亥革命と神戸』陳徳仁編著　孫中山記念会　１９８６
『新・神戸の町名』神戸史学会編　神戸新聞総合出版センター　１９９６

『信長公記』太田牛一・中河太古現代語訳　新人物文庫　２０１４
『新版・古事記』角川ソフィア文庫　２００９
『新版／都名所図会』竹村俊則校注　角川書店　１９７６
『随筆草木志』牧野富太郎　中公文庫　２０２３
『図説・平家物語』佐藤和彦他　河出書房新社　２００４
『須磨寺　歴史と文学』ジュンク堂書店　１９８７
『須磨寺と山本周五郎』第２刷　ジュンク堂書店　１９９５
『摂津名所図会』上下　秋里籬島　復刻版　臨川書店　１９７４
『造園辞典』上原敬二編　加島書店　１９７１
『早春』庄野潤三　中央公論社　１９８２
『蒼氓』石川達三　新潮社　１９７２
『その夏の今は・夢の中での日常』島尾敏雄　講談社文庫　１９７２
『その日の久坂葉子』柏木薫　編集工房ノア　２０１１
『大君の都』上中下　オールコック　岩波文庫　１９６２
『太平記の時代』新田一郎　講談社学術文庫　２０１１
『太平記』武田友宏　ビギナーズ・クラシックス角川ソフィア文庫
２００９
『平清盛』２０１２年ＮＨＫ大河ドラマ50年　特別展図録
ＮＨＫ／ＮＨＫプロモーション　２０１２
『平清盛福原の夢』高橋昌明　講談社選書メチエ講談社文庫　２００７
『高田屋嘉兵衛』黒部亨　神戸新聞総合出版センター　２０００
『蓼食う虫』谷崎潤一郎　新潮文庫　２００５
『谷崎・春琴なぞ語り』三島佑一　東方出版　１９９５
『谷崎潤一郎・「関西」の衝撃』たつみ都志　和泉書院　１９９２
『谷崎潤一郎・「細雪」そして芦屋』芦屋市・芦屋市教育委員会　１９８８
『谷崎潤一郎』ほろ酔い文学談義　たつみ都志　幻冬舎ＭＣ　２０１６
『谷崎潤一郎「春琴抄」のなぞ』人文書院　１９９４
『谷崎潤一郎文学案内』千葉俊二編　中公文庫　２００６
『谷崎潤一郎』文豪ナビ新潮文庫　２００５
『谷崎先生の思い出』瀬戸内寂聴講演録　芦屋市谷崎潤一郎記念館
２００７
『探偵小説発祥の地神戸』企画展図録　神戸文学館　２００７
『地域社会からみた「源平合戦」』岩田書院　２００７
『Ｄの複合』松本清張　新潮文庫　２００８
『天の夕顔』中河与一　新潮文庫　２００５
『桃源郷』上下　陳舜臣　集英社文庫　２００７
『ながたの民話』田辺眞人編　神戸市長田区役所　１９９３
『ながたの歴史』田辺眞人・竹内隆　神戸市長田区役所　２００５

『灘区の歴史』有井基　神戸市灘区役所　1993
『菜の花の沖』1〜6　司馬遼太郎　文春文庫　2006
『南蛮コレクションと池長孟』神戸市立博物館　2003
『西求女塚古墳と青銅鏡』神戸市教育委員会　2005
『島尾敏雄全集第4巻』晶文社　1980
『日輪・春は馬車に乗って他八編』横光利一　岩波文庫　2021
『日本からブラジルへ—移住100年の歩み—』日伯協会　2012
『「日本の神様」がわかる本』戸部民夫　PHP文庫　2019
『日本風景論』志賀重昂著・近藤伸行校訂　岩波文庫　1995
『二楽荘と大谷探検隊』龍谷大学　龍谷ミュージアム　2014
『猫と庄造と二人のおんな』谷崎潤一郎　新潮文庫　2005
『鼠』城山三郎　文春文庫　2011
『野に咲く花』山渓ハンディ図鑑1　山と渓谷社　2002
『ハーブ図鑑』横明美・中島隆　小学館　1998
『ハイカラ神戸幻視行』西秋生　神戸新聞総合出版センター　2009
『鉢花・育てる花』岡田比呂実・鈴木康夫　小学館　1998
『花の辞典』金田初代　西東社　2010
『バナナ』獅子文六　中央公論社　1959
『花の神話伝説辞典』C・M・スキナー　垂水雄二・福屋正修訳
八坂書房　2016
『花の降る午後』宮本輝　角川文庫　1999
『播磨の街道』橘川真一著　大国正美解説　姫路文庫
神戸新聞総合出版センター　2004
『遙かなる海路』神戸新聞社編　神戸新聞総合出版センター　2017
『播州名所巡覧図絵』復刻版　柳原書店　1972
『阪神間の地名』大国正美編著　神戸新聞総合出版センター　2005
『阪神間の文学』武庫川女子大学文学部国文科編　和泉選書　112
和泉書院　1998
『東灘歴史散歩』田辺眞人　神戸市東灘区役所　1992
『東山魁夷—我が遍歴の山河』東山魁夷　日本図書センター　1999
『兵庫県小字名集　Ⅵ神戸・阪神間編』神戸史学会　神文書院　2022
『ひょうごの地名再考』落合重信　神戸新聞総合出版センター　1988
『ひょうご文学歳時記』宮崎修二朗　神戸新聞総合出版センター　1978
『標準原色図鑑・樹木』岡本省吾　保育社　1968
『ふり向けば港の灯り』日本随筆紀行19　作品社　1987
『ふるさと文学館』水上勉ほか監修　ぎょうせい　1994
『平家と福原京の時代』歴史資料ネットワーク　岩田書院　2005
『平家物語』全4冊　岩波文庫　2005
『平家物語』角川書店編　角川ソフィア文庫　2006
『保元・平治の乱』元木泰雄　角川ソフィア文庫　2012
『ボタニカ』朝井まかて　祥伝社　2022
『火垂るの墓』野坂昭如　新潮文庫　1998
『ホメーロス』高津春繁・呉茂一訳　筑摩書房　1961
『牧野・新日本植物図鑑』牧野富太郎　図鑑の北隆館　1974
『牧野植物随筆』牧野富太郎　講談社学術文庫　2002
『牧野富太郎と神戸』白岩卓巳　神戸新聞総合出版センター　2008
『牧野富太郎自叙伝』講談社学術文庫　2004
『街・里の野草』門田裕一・熊田達夫　小学館　1998
『街の達人・神戸地図』昭文社　2021
『松方・金子物語』兵庫新聞社　1960
『マンガでわかる「日本画」のテーマ』誠文堂新光社　2020
『萬葉集』上中下　武田祐吉校註　角川書店　1965
『万葉の旅』上中下　犬養孝　現代教養文庫　社会思想社　1986
『万葉集』ビギナーズ・クラシック角川ソフィア文庫　2007
『湊川新開地ガイドブック』木ノ下智恵子
新開地アートストリート実行委員会　2003
『都林泉名勝図絵』上下　秋里籬島　白幡洋三郎監修　講談社学術文庫
2000
『宮本輝宿命のカタルシス』二瓶浩明　EDI学術選書
エディトリアルデザイン研究所　1998
『むかしの神戸』和田克巳編著　神戸新聞総合出版センター　1998
『紫式部伝』角田文衞　法蔵館　2007
『名作を歩く』神戸新聞文化部　神戸新聞総合出版センター　1995
『燃ゆる頬・聖家族』新潮文庫　1994
『やまと花萬葉』片岡寧豊・中村明巳　東方出版　2002
『ゆの山御てん』有馬温泉・湯山遺跡発掘調査の記録　神戸市教育委員会
2000
『夢二繚乱』展図録　トウキョウステーションギャラリー　2018
『謡曲　平家物語』白洲正子　講談社文芸文庫　2005
『離宮公園に残る武庫離宮庭苑』神戸市公園緑化協会　2011
『竜馬がゆく』1〜8　司馬遼太郎　文春文庫　2009
『黎明の女たち』島京子編　神戸新聞総合出版センター　1986
『歴史が語る湊川』新湊川流域変遷史　神戸新聞総合出版センター
2002
『歴史散歩辞典』山川出版社　2004
『私のびっくり箱』竹中郁　神戸新聞総合出版センター　1985

写真・図版索引

おわりに

〈古絵図は歴史ロマンの宝庫、汲めども尽きぬ無限の情報源。地名は歴史の証人、そして地域の遺産―。〉これは監修の大国正美氏『古地図で見る神戸』「あとがき」の書き出しだ。筆者は大国氏の数々の著作から学んだことが多い。地名に込められた風土や人びとの思いに関心をもったのも大国氏と落合重信氏の著作だ。その大国氏に監修をお願いできたことは望外のしあわせだった。全編にわたり真摯な監修もしていただいた。これは本書の質を高めたと思う。この場を借りてお礼申し上げる。

さて、筆者は造園家として神戸市役所で六甲山や神戸市内の公園緑地行政に携わり、特に地域の街区公園（児童公園）の設計、施工監理を担当したことも本書を書くにあたって大きな力となった。地元の特色を活かした公園設計は、その地域の地名のいわれや伝説、故事、口碑、歴史を知らなければ、地元説明に堪えられない。また、地域に密着した公園名はその土地の小字名から付ける慣例だったから、まず地域の小字名から調べる。令和４（２０２２）年6月に発刊された大国氏の長年の努力の結晶、『兵庫県小字名集』「Ⅵ神戸・阪神間編」などない時代、むずかしい調査だった。

本書は１ページから読む必要はない。花の季節に合わせてとか、川の畔に立ってとか、コラムだけとか、必要ページを開いて読んでいただけるように構成されている。また、古写真を含めてできるだけ多くの写真や図版を掲載することを心がけた。

筆者が撮りためた写真がほとんどだが、写真や図版の提供などについては、神戸市行財政局担当局長谷口真澄氏と神戸市文書館館長井谷誠司氏にひとかたならぬお世話になった。

特に谷口氏を通じて牧野富太郎関連で池長孟氏のご子孫池長徹氏から貴重な個人蔵写真の提供だけでなく、初校ゲラの校閲もいただいたことは、谷口局長のお力添えによる。ここに改めて謝意を表すとともに、併せて池長徹氏にも感謝申し上げる。

最後に編集担当の岡容子氏には本の構成、表題、校正など、大変お世話になった。心から御礼申し上げる。

野元　正

◎著者

野元　正（のもと ただし）

東京都生まれ。小説家・造園家・技術士（建設部門：都市及び地方計画）。京都大学農学部卒。造園学専攻。元神戸市公園砂防部長。神戸市の公園緑地の計画、設計、管理などの傍ら、文芸同人誌『八月の群れ』で純文学小説を書いてきた。受賞歴は第27回北村賞（2005）、第3回神戸エルマール文学賞（2009）、芸術文化団体半どんの会文化賞（2010）、明石市文化功労賞（2014）、兵庫県文化功労賞（2016）、神戸市文化賞（2016）など。著作等に小説集『幻の池』、『海の萌え立ち』、『八景』、『飴色の窓』、『空のかけら』、『薄紅色のいのちを抱いて』。執筆・監修に「花を巡る文学散歩」（神戸市発行）など。

◎監修

大国　正美（おおくに　まさみ）

福井市生まれ。京都大学文学部卒。近世史専攻。神戸新聞社常務取締役の傍ら、神戸史学会『歴史と神戸』の編集を担当。伊丹市資料修史等専門委員長。ボランティアで東灘区にある神戸深江生活文化史料館の運営に関わる。編著書に『古地図で見る神戸』（2013）、『神戸・阪神「名所」の旅』（2016）、『明治の商店』（2017）、『絵図と歩く ひょうご西国街道』（2018）、『古地図で楽しむ神戸』（2019）など。

こうべ文学逍遥《ぶんがくしょうよう》　花《はな》と川《かわ》をめぐる風景《ふうけい》

2023年10月21日　初版第1刷発行

著者・発行——野元　正
監修　　　——大国正美
制作・発売——神戸新聞総合出版センター
〒650-0044 神戸市中央区東川崎町 1-5-7
TEL 078-362-7140／FAX 078-361-7552
https://kobe-yomitai.jp/

印刷——株式会社 神戸新聞総合印刷

落丁・乱丁本はお取り替えいたします

ISBN978-4-343-01199-2 C0095